LA VOÛTE ÉTOILÉE CONTIENT LES RÉPONSES,
DANS SES ASTRES SI BRILLANTS,
AU CŒUR DE CE MESSAGE BROUILLÉ
SE CACHE LA LUEUR DE L'OURSE, ELLE TE GUIDERA.
CHERCHE LES ÉTOILES À CINQ BRANCHES,
ET DÉCRYPTE CE QUE TU TROUVERAS.
CAR AU FOND DES TÉNÈBRES
REPOSENT LES CLÉS DE SON ESPRIT.
LAFFAIREAMANDA.COM

L'AFFAIRE AMANDA

la vérité

TOME QUATRE

STELLA LENNON

L'AFFAIRE AMANDA

la vérité

TOME QUATRE

Par Cathleen Davitt Bell

Traduit de l'anglais (États-Unis)
par Marianne Durand

bayard jeunesse

Couverture :
Polly Kanevsky et Dale Robbins

Publié avec l'accord de Harper Collins Children's Books,
une marque de Harper Collins Publishers.
Titre original : *Unraveled – The Amanda Project.*

ISBN : 978-2-7470-32665-7
Dépôt légal : mars 2013

Pour Max et Eliza, mes guides à moi

L'Officiel a haussé les épaules.

– À vous de voir, a-t-il déclaré. Si vous voulez continuer de fuir, je continuerai de vous pourchasser. Jamais je ne vous lâcherai. Vous n'imaginez pas les ressources dont je dispose. Vos parents ne peuvent pas vous aider. Déjà, en vous mêlant de cette affaire, vous avez mis vos frères et sœurs en danger. Vous ne tenez pas à aggraver la situation, n'est-ce pas ?

... La tension est devenue presque palpable à mesure que chacun pensait aux risques que nous faisions courir à nos familles. Je songeais à Iris et Pen, à ce que mes parents avaient sacrifié pour nous protéger, et à la façon dont j'avais tout réduit à néant.

– Pour être honnête, a repris l'Officiel à voix basse, comme pour lui-même, plus vous vous rapprochez d'Amanda, plus je me rapproche d'elle. Finalement, peut-être vaut-il mieux vous laisser filer dans la nature.

... La peur montait en moi aussi. J'essayais de lutter contre la panique, de ne pas supplier. Mais j'ignorais combien de temps je pouvais tenir.

L'AFFAIRE AMAN

la vérité

C'est moi, Zoé. Le guide secret. Celle qui, pareille à une ombre, a suivi tout le monde. J'ai gardé les informations pour moi, observé de loin, dissimulé des indices. Pas très amusant, ni très plaisant. Mais je n'avais pas le choix, aussi insensé que ça puisse paraître.

Vous voulez connaître le plus dingue, dans cette histoire ?

Je suis capable de faire ce truc. Je peux à peine le dire à haute voix. D'abord parce que je ne suis pas sûre que ce soit vrai. Et ensuite parce que personne ne me croirait.

Moi-même, je ne me croirais pas.

Et pourtant c'est arrivé.

J'ai toujours eu un certain talent pour comprendre les gens, les écouter, savoir ce qu'ils pensent. Ce doit d'ailleurs être pour ça que j'ai toujours été aussi douée pour me cacher. Ne pas se faire repérer : quand Amanda et moi étions petites, c'était notre jeu favori.

Mais désormais, lorsque je me concentre très fort sur une personne, j'arrive à savoir exactement à quel moment, et où, son regard va se poser. Je ressens la musique de son souffle, le rythme de son cœur. Et, parce que je perçois tous ces détails, je suis capable, aux yeux de cette personne, de me rendre invisible.

Ne vous méprenez pas. Je ne deviens pas réellement invisible : je ne disparais pas. Si je baisse les yeux, mes pieds sont toujours là. Mais dans ma tête tout ralentit. Ma respiration se calque sur les battements des paupières de cette personne. Je ne suis pas vraiment certaine de comprendre comment ça fonctionne. Je sais seulement qu'à ce moment-là, il est pratiquement impossible de me voir.

CHAPITRE UN

Pendant une bonne minute, j'ai cru que Nia allait s'évanouir.

On était assises sur un banc devant l'école. Je l'avais entraînée dehors lorsqu'elle avait commencé à s'effondrer dans le hall, juste après le concours de talents. Elle était penchée en avant, et ses longs cheveux lui retombaient sur le visage. Je ne savais pas si elle avait simplement besoin d'air, ou si je devais appeler une ambulance. J'essayais de ne pas paniquer. Dans la cohue de la fin du spectacle, on avait perdu Callie et Hal, les deux seules autres personnes capables de comprendre ce qui se passait.

– Garde la tête entre les genoux, lui ai-je conseillé.

Que faire ? Devais-je aller chercher un professeur ? Ma mère ? Mon instinct me poussait à me cacher.

– La mort, a murmuré Nia de nouveau.

Elle a relevé les yeux. Ils étaient emplis de terreur.

– Je n'arrête pas de la voir.

J'ai regardé par-dessus mon épaule pour m'assurer que personne ne pouvait nous entendre. Je m'attendais presque à voir les ennemis d'Amanda nous tomber dessus. Certains nous avaient pourchassés dans les bois, ce jour-là. Mais depuis le banc j'avais vue sur l'entrée principale de l'école, et il n'y avait personne. Je ne voyais personne, en tout cas. La nuit, l'école est toujours un peu inquiétante.

Je me suis mordu la lèvre, rassemblant le courage nécessaire pour poser une question dont je redoutais la réponse.

– Tu parles d'Amanda ? ai-je soufflé.

Amanda Valentino, notre amie disparue depuis un mois. On la cherchait sans relâche, suivant une série d'indices incompréhensibles qu'elle laissait à notre intention. On ne savait pas si elle était toujours à Orion, ou si elle se cachait ailleurs. On avait vu l'homme qu'on pensait être son père, mais uniquement après qu'il avait été capturé par les poursuivants d'Amanda.

Pendant que Nia, Callie et Hal travaillaient ensemble, j'avais cherché de mon côté, même si ce n'était pas ce qu'Amanda avait voulu. Lorsqu'elle m'avait laissé des indices montrant que nous devions nous unir tous les quatre, ses guides, j'étais sortie de l'anonymat... Difficile de croire que c'était arrivé juste quelques heures plus tôt. J'avais l'impression que ça faisait une éternité.

Nia s'est redressée en se frottant les yeux. Elle portait une marinière blanche, un jean noir moulant et des ballerines rayées blanc et noir. Une gamme de couleurs appropriées, car Nia voit le monde en noir et blanc. Vous êtes son ami ou vous ne l'êtes pas. Soit vous dites la vérité, soit vous mentez. Quand elle a une mauvaise nouvelle à annoncer, elle ne l'enrobe pas de sucre.

– Je te l'ai dit, a répondu Nia. Je ne vois que le passé. Cette mort n'était pas celle d'Amanda.

– Attends.

J'ai soulevé le sac rose vintage posé sur ses genoux, et Nia a poussé un soupir de soulagement, comme s'il s'agissait d'une énorme valise que je lui proposais de porter à sa place.

Nia, Hal et Callie avaient vu ce sac pour la première fois une semaine auparavant, entre les mains d'une femme nommée Waverly Valentino, qui prétendait être la tante d'Amanda. Puis, juste une demi-heure plus tôt, nous l'avions de nouveau aperçu, cette fois au bras d'une jeune femme à la peau chocolat et aux yeux bleus, coiffée de dizaines de petites tresses. Elle avait accepté de nous le vendre moins cher qu'elle ne l'avait acheté, avant de disparaître dans la nuit. Nia avait ouvert le sac : il était doublé d'une vieille couverture de bébé où avait été brodé le nom d'Ariel. On savait maintenant qu'il s'agissait du nom de naissance d'Amanda. Toucher ce bout de couverture avait déclenché la vision de Nia.

Depuis qu'on a commencé à chercher notre amie, chacun de nous a développé des sortes de pouvoirs. Hal est un vrai médium : il a des prémonitions et des intuitions qui se révèlent toujours exactes. Callie est devenue extrêmement forte : elle peut arracher une porte de ses gonds. Et lorsque Nia touche un objet, elle apprend quelque chose de son histoire. Elle sait qui l'a utilisé ou manipulé en dernier, et ce qui s'est passé autour de lui. Je n'ai pas encore parlé de mon don aux autres. Comment leur expliquer que je deviens invisible ? Plus étrange encore : la première fois qu'on s'est retrouvés tous les quatre, on s'est aperçus qu'une décharge électrique nous parcourait lorsqu'on était en contact.

Alors que j'ouvrais le sac pour regarder la couverture, Callie et Hal nous ont rejointes en courant. Lorsque Callie était une iGirl ultra-populaire, je la voyais beaucoup. Je me fondais dans n'importe quel groupe, et on s'est souvent retrouvées aux mêmes soirées et réunions de club. Parfois, on était chacune à un bout de la même table pour déjeuner. Je savais qu'elle ne s'estimait pas aussi jolie que Kelli, Traci et Heidi, les autres iGirls. Elle n'avait pas l'air de comprendre que quelque chose dans sa beauté allait bien au-delà de la leur. Son sourire pouvait faire apparaître le soleil dans un ciel plombé.

Hal, qui courait à côté d'elle, est aussi un type plutôt lumineux. Il a un faible pour Callie depuis des années, et il est évident que c'est réciproque. Il lui a jeté de nombreuses œillades, jusqu'à ce que Nia se lève et se mette entre eux.

– Hal a été incroyable, non ? a lancé Callie.

Son visage couvert de taches de rousseur rayonnait. Hal avait joué avec son groupe, et leur performance avait été géniale.

– Et tu dois être ravi que Heidi et ses iGirls n'aient pas gagné ! a ajouté Nia.

Aucun de nous n'appréciait les iGirls. D'accord, tout le monde a des défauts, et c'est difficile d'être toujours objectif. Mon amie Kenzi, qui est populaire sans être dans la clique des iGirls, soutient que certaines peuvent être adorables. Je le croirai quand je le verrai.

– Je suis heureux que Béa ait gagné, a répondu Hal de façon très diplomate. Elle le méritait.

Béa Rossiter avait été victime d'un accident de la route quelques mois plus tôt, et le chauffard s'était enfui. On était les seuls à savoir que c'était Heidi Bragg, la reine des iGirl qui était au volant. Elle s'en était prise à Béa, croyant que c'était Amanda. Heidi n'était pas quelqu'un de bien, c'était connu, mais on n'aurait jamais cru qu'elle puisse aller aussi loin. On ignorait encore pourquoi elle avait fait ça. Béa était sortie de l'hôpital et du centre de rééducation, plus belle que jamais, et elle avait surpris tout le monde en chantant comme un ange.

– Oui, Béa a été géniale, ai-je acquiescé en donnant un petit coup à Hal. Mais il s'est passé un truc.

– C'est vrai..., a-t-il répondu.

Callie a rejeté ses longs cheveux en arrière et Nia a rajusté ses lunettes.

– Le sac à main que cette femme nous a vendu..., ai-je repris. La doublure est un morceau de la couverture d'Amanda. Nia l'a touché, et elle a ressenti un truc.

– La mort, a répondu Nia, avant d'ajouter précipitamment: Mais pas celle d'Amanda.

Hal a ramassé le sac et l'a fait passer d'une main à l'autre, comme un ballon de basket. Il a fini par l'ouvrir, et jeter un coup d'œil à la doublure.

– Regardez, s'est-il exclamé en sortant une carte postale. C'était coincé dans le tissu.

Callie s'en est emparée.

– Qu'est-ce qu'il y a dessus? On dirait un monument. (Elle l'a retournée et a lu l'inscription.) Le mémorial national de la Seconde Guerre mondiale, à Washington.

– OK, a dit Nia. Plutôt inattendu.

– Vous croyez que ça pourrait être un indice? a demandé Callie.

– Peut-être qu'on est censés aller à Washington avec le club d'Histoire, ai-je suggéré.

Vous vous rappelez cet homme, dont on pensait qu'il était le père d'Amanda? C'était le proviseur adjoint de notre lycée. M. Thornhill. Quand on l'a découvert dans le hangar d'un aérodrome abandonné après son enlèvement, il nous a dit d'aller à Washington, et de chercher Robin, la sœur d'Amanda.

– Justement, a répondu Nia. J'ai été voir le président du club d'Histoire, soutiré quelques infos... Devinez qui sont les membres passionnés, et susceptibles d'être choisis pour le voyage à Washington qui part lundi?

Callie a éclaté de rire, et Hal a souri. Nia ne perd jamais de temps.

J'ai levé la carte postale afin de l'observer à la lumière du lampadaire. J'adore la photographie, et j'espérais qu'avec tout ce temps passé à observer des photos pour le journal du lycée et l'album de fin d'année, je pourrais voir quelque chose de plus. Et ça a été le cas. Je crois.

– Regardez !

J'ai montré la carte à Hal, en lui désignant une petite marque noire qui aurait pu être faite par un ongle.

– Tu penses que cette entaille est un nouvel indice ? a-t-il demandé.

– Ça pourrait être accidentel, a remarqué Callie.

– Je ne crois pas, a rétorqué Nia. Avec Amanda, rien n'est jamais accidentel.

Hal regardait fixement le devant du sac, qui était décoré d'un tournesol en cuir.

– Attendez... c'est incroyable. Regardez. Vous voyez ?

– Heu, non, ai-je répondu.

– Callie ?

Il lui a tendu le sac, comme si elle était la plus à même de comprendre. Callie est un génie en mathématique, caractéristique héritée de sa mère astronome, qui a elle aussi disparu. Callie ne sait pas où elle se trouve, seulement qu'elle a dû partir pour protéger sa fille.

– Ne regarde pas ça comme une fleur, a conseillé Hal. Ne pense pas aux pétales. Pense à autre chose.

– Mais à quoi ? a-t-elle répliqué.

Elle s'est concentrée un moment. Et soudain elle a saisi :

– C'est une horloge !

– Exactement, a répondu Hal.

Je l'ai vue à mon tour. Les pétales jaunes étaient entourés de feuilles vertes, douze pour être exacte, espacées de façon régulière, exactement comme des chiffres sur un cadran. Sauf qu'en y regardant de plus près, je me suis rendu compte qu'il n'y en avait pas douze, justement : celle qui figurait le neuf manquait.

Un frisson étrange et familier m'a traversée, ce frisson que je ressens toujours lorsque les indices d'Amanda deviennent clairs. Soudain, c'est comme si elle était avec moi. Elle est là. Elle me parle, mais dans une langue que je suis la seule à comprendre.

– Et vous avez vu comment elle a fait les minutes ? a continué Nia.

La plupart des pétales étaient jaunes, mais un bon nombre (quarante ? cinquante ?) avaient une touche de brun. Un seul de ces pétales sortait du lot : il était d'un rose unique et pétant. Inutile de compter les bruns. Je savais qu'il y en aurait soixante, comme il y a soixante minutes dans une heure. Le pétale rose représentait la trentième.

– Neuf heures et demie, ai-je dit. Ce qui pourrait signifier...

– Nous sommes censés retrouver Amanda à neuf heures et demie, au mémorial de la Seconde Guerre mondiale, à Washington, a résumé Nia.

Hal et Callie ont acquiescé.

– La fille aux tresses aurait volé le sac de la prétendue tante d'Amanda ? ai-je réfléchi à voix haute.

– Il y a encore tellement de choses qu'on ignore, a répondu Nia. Par exemple... On est censés faire quoi, pendant les cinquante heures qui nous séparent de lundi, neuf heures et demie ?

Personne n'a su quoi répondre. Nos regards se sont perdus dans le parking désert. J'avais le sentiment qu'Amanda nous le dirait.

Chapitre 2

Je me souviens du jour où j'ai vu Amanda pour la première fois, à Endeavor. C'était dans la cafétéria, le jour d'Halloween. Des sacs en papier peints en orange, censés représenter des citrouilles, pendaient du plafond sur un fil de pêche.

J'étais à la table de mon groupe de musique, occupée à regarder les décorations, et écoutant d'une oreille distraite Dwayne Wright qui nous bassinait avec sa petite amie, rencontrée en camp de vacances.

J'ai toujours été douée pour déchiffrer les gens. Lorsque quelqu'un parle, la plupart entendent les mots. Moi, je discerne plus. J'entends les raclements de gorge, je remarque les hésitations, les bégaiements. Je vois la façon dont les pieds bougent, les bras se croisent, les yeux se détournent. C'est comme ça que j'ai su que la petite amie de Dwayne n'était pas réelle. Je ne pouvais pas lui en vouloir de s'en inventer une : j'aurais fait pareil, si j'avais été constamment persécutée parce que j'étais la plus petite de la classe.

J'ai pris une bouchée de mon sandwich au saucisson – je déteste le saucisson, mais ma mère en achète parce que ce n'est pas cher, et j'ai regardé la file d'attente. Je me suis figée.

Je l'ai vue.

Mon amie.

Ma meilleure amie, peut-être même la seule que j'aie jamais eue.

Depuis qu'Arabella Bruyère avait déménagé sans même me dire au revoir – j'avais découvert qu'elle était partie en voyant le panneau « À louer » devant chez elle –, je n'avais jamais eu de véritable ami. Oh ! je faisais partie d'une quinzaine de clubs et d'activités. Je saluais des centaines de personnes, dans les couloirs d'Endeavor, et dans tout Orion. Mais Arabella avait été la seule personne à me faire rire si fort que mon soda m'était remonté par le nez, la seule à qui je racontais tous mes secrets, qui se sentait aussi à l'aise que moi pour un goûter dans ma cuisine.

Il m'a fallu cligner des yeux pour me convaincre qu'elle était réelle. J'avais vu Arabella pour la dernière fois trois ans auparavant, et c'était à l'autre bout du pays.

Les membres de la famille d'Arabella étaient les seules personnes appartenant au passé de mon père que j'aie jamais rencontrées. Je devais avoir huit ans quand ils avaient emménagé, et elle et moi étions immédiatement devenues copines. Ma mère préparait le dîner ou jouait de la musique, tandis que mon père et Amy, la mère d'Arabella, se rappelaient des souvenirs de jeunesse. On pensait qu'ils parlaient de camps de vacances, d'années de pension, ou encore de l'université. Ils mentionnaient parfois « le labo », sans plus de précisions. Un labo de sciences ? Au début, mon père et Amy riaient beaucoup. Mais, au cours des mois précédant le départ de la famille Bruyère, leurs voix avaient quelque chose de changé. Ils avaient peur. Apparemment, nous étions alors tous en danger, et mon père comme Amy l'avaient compris. Les Bruyère étaient partis.

Mais voilà qu'Arabella refaisait surface, au bout de la courte file d'attente. Elle semblait être toujours la même, si ce n'était sa robe grise à col serré d'inspiration asiatique, et son chignon sévère retenu par deux baguettes. Dans mon dernier souvenir, elle avait des tresses.

À la voir ainsi – ce simple aperçu de ses yeux gris-vert et de sa bouche aux lèvres pleines figée dans une expression déterminée et sereine – tout m'est revenu d'un coup : elle, mon ancienne vie. Je me suis rappelé tout ce que j'avais travaillé si dur à oublier : comment c'était du temps de mon père, lorsque ma mère n'avait pas constamment l'air effrayé, avant qu'Arabella ne déménage et que mes e-mails ne me reviennent, avant que ma mère n'entraîne ma famille dans un *road-trip* à travers le pays, avec caravane et cours par correspondance, avant que nous n'arrivions là, à Orion.

Avant.

Quand je pensais avoir une vie normale.

En voyant Arabella, j'ai eu l'impression qu'au fond de moi, une lumière se rallumait, cette même sensation que lorsque je joue du saxophone : comme si je pouvais enfin débrancher cette partie de moi qui analyse les autres, et m'écouter moi-même un instant.

Elle était sortie de la file d'attente, et passait à côté de notre table. J'ai vu qu'elle avait retiré une tranche de cheddar d'un sandwich et l'avait posée sur sa part de tarte aux pommes. Avec le carton de lait, elle avait recréé sur son plateau le casse-croûte nocturne préféré de mon père. Il le préparait toujours pour nous lorsque Arabella restait dormir.

– Arabella, ai-je appelé à voix haute.

J'étais déjà à moitié debout, prête à courir après elle, lorsque Justin, qui joue du saxophone dans un groupe de jazz, m'a arrêtée :

– La nouvelle ? Elle s'appelle Amanda. Pas Arabella. Elle est en maths avec moi.

Je me suis rassise.

Pourquoi Arabella utiliserait-elle un autre nom ?

Mes yeux se sont posés sur elle. J'attendais qu'elle me voie. Lorsque ça a été le cas, elle a soutenu mon regard, avec intensité.

« L'observateur est un prince qui jouit partout de son incognito[1] », a-t-elle articulé en silence, sans paraître bouger un muscle.

---

1. En français dans le texte. Citation de Charles Baudelaire.

Arabella savait que j'apprenais vite, la musique comme les langues. À dix ans, on s'était beaucoup amusées à découvrir comment lire sur les lèvres, afin de jouer aux espionnes. Mais comment avait-elle deviné que j'avais retenu le français lorsque ma mère nous avait fait traverser le Québec, pendant son voyage du siècle ?

Et puis, que pouvait bien vouloir dire « L'observateur est un prince qui jouit partout de son incognito » ? Connaissant Arabella, c'était certainement une citation quelconque. Pour s'amuser, elle collectionnait des dictionnaires.

Mais je ne comprenais pas. Arabella avait été ma meilleure amie. Depuis son départ, je m'étais imaginée la croiser dans chaque centre commercial et chaque cinéma où j'allais. Pourquoi ne lâchait-elle pas son plateau pour courir vers moi, au lieu d'articuler silencieusement une obscure citation en français ?

J'ai considéré les choses sous un angle logique. « L'observateur », c'était tout à fait moi, mais « l'observateur jouit de son incognito », ce devait être elle. C'était elle qui avait changé de nom. Et, quand on apprécie son anonymat, on ne veut pas que quelqu'un le réduise à néant. Alors j'ai compris : « Je suis Amanda désormais, pas Arabella. Je ne connais personne ici. Toi y compris. »

J'ai frissonné en faisant le lien avec les histoires que racontaient mon père et Amy. Le camp de vacances, l'école... Parfois, on aurait dit qu'ils parlaient d'une prison. Arabella avait entendu ces histoires, elle aussi. Et elle avait disparu quelques semaines avant la mort de mon père. Était-il possible que les deux soient liés ?

Un bref instant, j'ai refusé de penser à tout ça. Pourquoi devrais-je m'en soucier ? Pourquoi ne pouvais-je pas être une gamine normale qui retrouve sa meilleure amie ?

J'avais envie de courir la rejoindre et de piailler comme les autres filles de mon âge. J'avais envie de sautiller et d'avoir l'air ridicule. Mais je ne l'ai pas fait. Je n'ai pas pu. Je connaissais les enjeux.

– Amanda, vraiment ? ai-je dit à Justin.

Je voulais savoir comment sonnait le mot « Amanda » dans ma bouche. Si c'était son nom, j'apprendrais à l'utiliser. Si c'était ce qu'elle voulait, je le lui accorderais. En mémoire de ce qui avait été. De qui j'avais été. Du danger contre lequel mon père avait lutté si fort pour protéger ma famille.

– Tu la connais ? a demandé Justin.

– J'ai cru qu'elle ressemblait à quelqu'un de mon enfance, ai-je répondu. Mais je me trompais.

CHAPITRE 3

Lorsque je me suis réveillée le lendemain du spectacle, un SMS de Hal m'attendait. *Bizarre...* J'ai attrapé mon téléphone en me frottant les yeux. Après cette soirée riche en évènements, je pensais que tout le monde ferait la grasse matinée. Vision de mort ou non, nous avions tous besoin de dormir.

HAL – 07 : 53 : 41

CORNELIA A TROUVÉ QQCH. VIENS CHEZ MOI DÈS QUE TU PEUX.

Cornelia était la sœur de Hal, un petit génie de l'informatique, douée pour garder des secrets. Elle avait aidé son frère à pirater l'ordinateur de Thornhill, et avait créé le site de « L'affaire Amanda », qui nous servait à récolter des informations sur elle. Même si je venais de débarquer dans le groupe, je connaissais déjà Cornelia : mes petites sœurs jumelles, Pen et Iris, étaient dans sa classe.

Cornelia était l'un de ces rares enfants vraiment brillants dès le collège. Elle avait d'excellentes notes en cours comme en sport, maîtrisait l'informatique, et disait toujours ce qu'elle pensait. J'étais contente que mes sœurs passent du temps avec elle.

Je suis du genre à être prête en quinze secondes. J'ai pris une douche rapide, et j'ai glissé un petit mot sous la porte de la chambre de ma mère : « Entraînement pour le tournoi de quiz – toute la journée. » Ce qui était vrai. L'une des meilleures façons de disparaître, c'est de multiplier les clubs et les activités : si on rate un entraînement, les gens se disent qu'on en avait un autre.

J'ai sauté sur mon vélo. Je commençais à m'habituer à voir ma mère dormir tard, et c'était étrange. Ce devait être épuisant de chanter dans les boîtes de jazz et les mariages, en plus d'enseigner la musique à Endeavor, mais elle n'avait jamais semblé aussi *fatiguée*. Elle n'avait jamais eu autant de concerts non plus.

Qu'elle puisse me mentir, que ces concerts n'en soient pas réellement... je refusais d'y penser. Je ne voulais pas réfléchir au fait qu'elle n'était jamais, jamais, à la maison, pas même le lundi, alors que la plupart des boîtes de jazz sont fermées.

Mais j'y songeais quand même. Et j'avais des doutes.

Après tout ce qui était arrivé à ma famille, je savais que ce ne pouvait pas être la seule explication, mais je le sentais. Ma mère avait rencontré quelqu'un. Un type. Un homme.

Argh ! J'ai pédalé plus fort.

Je savais que mon père était mort. Je savais que ça faisait quatre ans, mais je n'étais pas prête à voir ma mère avec quelqu'un d'autre.

Et, honnêtement, elle n'était pas prête non plus. On nous a raconté qu'il avait eu une crise cardiaque à la concession automobile dans laquelle il travaillait, un soir où ils faisaient des offres promotionnelles. Mais ce n'était pas tout. Ma mère savait qu'il y avait plus, je l'ai découvert plus tard. À l'époque, je voyais surtout que nous quittions notre maison de Pinkerton en Californie, sans même prendre des mesures pour disperser les cendres de mon père. Pas le temps de procéder à un enterrement. Nous quittions une maison avec des meubles, du lait dans le frigo, et tous nos dessins d'enfants encadrés dans l'entrée. Nous n'emmenions même pas notre répondeur. « Tourner la page » est une expression qu'on entend dans plein d'émissions, mais ça se vérifie aussi dans la vraie vie : les gens en ont réellement besoin après un décès. Contrairement au sourire forcé qu'arborait ma mère lorsqu'une nouvelle connaissance demandait ce qui était arrivé à mon père, et qu'elle marmonnait deux mots sur son décès, tourner la page, ce n'était pas quelque chose qu'on pouvait feindre.

Pour moi, mon père était toujours là à trifouiller des voitures dans l'allée, toujours là à regarder la cafetière se remplir les matins d'école, toujours là à attendre notre retour.

L'hiver précédent, Amanda et moi avions regardé *Elle et lui* à la télévision, et je m'étais plainte du manque de réalisme de ce film.

« Peut-être, mais tu n'as pas besoin de comprendre quelque chose pour croire que ça peut être vrai », avait-elle répondu avec une expression faussement rêveuse.

Nous avions éclaté de rire, parce que ça aurait pu être une réplique du film. Et pourtant elle me regardait intensément, comme si elle espérait que je retiendrais ses paroles. Je me suis demandé si elle parlait de ma capacité de disparaître. Mais j'ai compris plus tard que ce n'était probablement pas ça. Elle voulait peut-être simplement que je sache qu'elle comprenait cette certitude que mon père était toujours en vie, quelque part.

J'ai laissé mon vélo derrière la maison de Hal, près du garage. En entendant des voix résonner dans la cuisine, j'ai décidé de frapper à la porte arrière. Lorsque Hal m'a ouvert, j'ai vu toute sa famille attablée pour le petit déjeuner.

Oups... J'allais devoir leur parler.

– Qui est-ce ? a demandé sa mère.

– Une amie ! On finissait tout juste, a ajouté Hal pour moi. Tu veux manger un bout avec nous ?

J'ai haussé les épaules et l'ai suivi dans la maison.

Je me sentais assez idiote de les interrompre. Depuis notre départ de Pinkerton, je m'efforçais d'éviter les gens qui pourraient demander « Où est ton père ? », ou « Pourquoi il n'y a aucun souvenir d'enfance chez toi ? ». M'asseoir à cette table de petit déjeuner se rapprochait dangereusement de ce genre de situation.

Cependant, la mère de Hal m'a installé un couvert si rapidement, que c'était comme si elle l'avait préparé à l'avance. Elle m'a également versé un verre de jus d'orange.

– Un pancake ou deux ? m'a demandé le père.

– Ne t'inquiète pas, a ajouté sa femme, ce n'est pas moi qui les ai faits.

Comme tout le monde a éclaté de rire, j'ai compris que la mère de Hal ne devait pas être un cordon-bleu.

Mais, s'il y avait sur Wikipédia un article intitulé « famille heureuse », la photo représenterait celle de Hal. M. Bennett était très discret, mais Mme Bennett était le genre de femme qui, une fois son attention fixée sur vous, vous donnait l'impression d'être la seule personne présente dans la pièce. Pendant que je dévorais mes pancakes – j'avais oublié de manger chez moi –, elle m'a bombardée de questions. Elle voulait savoir si je faisais partie de l'équipe du journal, comment fonctionnait la mise en page, et s'extasiait devant mon poste d'éditrice graphiste.

Cornelia a admiré le pendentif ancien qui ne quitte jamais mon cou, une outre à larmes : une jolie petite boîte en argent de style victorien, contenant une fiole en verre. À l'origine, elle est censée recueillir les larmes versées à la mort de quelqu'un. Amanda la portait autrefois, et elle me l'avait donnée en voyant qu'elle me plaisait. Je ne l'avais plus jamais retirée, et la cachais sous mon t-shirt. Lorsqu'elle me l'avait offerte, elle y avait glissé un petit mot : « Puisses-tu la remplir, et panser les blessures de ton cœur. »

« Merci », ai-je répondu à Cornelia, avant de remettre le collier sous mon T-shirt.

Lorsque la sonnette a retenti, Cornelia s'est dépêchée d'aller ouvrir. Elle portait sa tenue de football : T-shirt large, short satiné et protections de jambes. Mais ça n'empêchait pas de voir qu'elle allait devenir magnifique : elle avait d'immenses yeux bleus, et se déplaçait comme quelqu'un qui n'a jamais douté de sa place dans le monde.

Lorsqu'elle a fait entrer Callie et Nia, Hal a sauté sur ses pieds. S'il a adressé un regard à Nia, il s'est surtout attardé sur Callie. Elle a rougi, baissé les yeux, avant de les relever et de croiser les siens. Aucun des deux n'a remarqué le regard perçant de Mme Bennett, mais moi si. Elle avait très bien compris ce qui se passait.

Cornelia a commencé à interroger Callie sur le spectacle, et nous sommes tous entrés dans la discussion. Au bout d'un moment, Cornelia nous a subtilement offert une porte de sortie.

– Viens, Callie, a-t-elle lancé, je vais te montrer des vidéos du spectacle que j'ai trouvées sur Internet.

J'ai vu qu'elle luttait pour conserver un air naturel.

– Retrouve-moi dans le bureau, a-t-elle ajouté. Je vais chercher un truc dans ma chambre.

À peine étions-nous assis dans le bureau, que Cornelia est arrivée avec un CD.

– C'est la nouvelle chanson de Girl Like Me ? a demandé Nia en haussant un sourcil.

Girl Like Me était le groupe de Hal.

– Encore mieux, crois-moi. Ceci, mesdames et monsieur..., a déclamé Cornelia, tellement excitée qu'elle semblait prête à exploser. C'est le disque dur de M. Thornhill !

– Quoi ? s'est exclamé Hal.

– Comment as-tu..., a commencé Callie.

– Un tour de magie assez exceptionnel, a répondu Cornelia en faisant tournoyer le CD sur son index.

Notre expression abasourdie semblait la ravir au plus haut point.

– Je travaillais en salle informatique hier, après les cours, a-t-elle expliqué. Je devais effacer les disques durs des machines prévues pour être réaffectées. Généralement, c'est assez ennuyeux. Après avoir écrasé les données, on optimise les capacités du disque dur, on booste la mémoire, on s'assure que les nouveaux périphériques sont installés, et on ajoute des logiciels. Vous voyez.

Quand Cornelia disait « Vous voyez », malheureusement, ce n'était pas vraiment le cas. Quelles que soient les raisons pour lesquelles Amanda nous avait choisis comme guides, ce n'était certainement pas pour nos connaissances en informatique.

– Quand j'ai allumé la machine de Thornhill, a continué Cornelia, j'ai tout de suite reconnu l'adresse IP. Je n'arrivais pas à croire qu'ils nous l'aient envoyée aussi vite. Il aura bien besoin de ses affaires quand il rentrera, non ?

J'ai échangé un regard avec Nia.

– Personne ne doit vraiment croire à son retour, a-t-elle avancé.

– Ou bien quelqu'un a pensé que son ordinateur était grillé. Et il l'était, a-t-elle ajouté en regardant Hal. Les données étaient complètement mélangées, et j'ai d'abord pensé que le disque dur avait été attaqué par un virus. J'ai dû le mettre sur deux machines avant qu'il ne fonctionne.

– Tu veux dire que les données ont été perdues ? a demandé Hal.

– Rien n'est jamais vraiment perdu dans le monde des informations binaires, a répondu Cornelia. Il faut juste savoir où et comment les obtenir. J'ai connecté le disque dur à un système en marche, mais hors ligne, bien sûr.

– Je suis perdu, là, l'a arrêtée Hal.

– J'ai utilisé un logiciel de récupération bien plus performant que ceux du lycée, a-t-elle continué comme s'il n'avait rien dit, et j'ai réussi à avoir quelques données. Ensuite, j'ai lancé des programmes plus perfectionnés.

On attendait patiemment qu'elle se remette à parler anglais.

– Pour faire simple, a-t-elle conclu, si on met ce CD dans l'ordinateur de nos parents, vous aurez accès à ce que vous cherchiez.

– Attends, s'est exclamé Hal. Je vais retrouver ce que je regardais quand son ordinateur s'est éteint ? Comme cette liste des habitants d'Orion ?

Sa sœur a hoché la tête.

– Alors qu'est-ce qu'on attend ? a demandé Callie.

– Que j'arrête de vous expliquer mes exploits, a répondu Cornelia en haussant les épaules, amusée.

Elle a glissé le CD dans le lecteur et cliqué sur une icône : une liste de documents est apparue à l'écran. Aussitôt, Hal s'est penché en avant, tout excité.

– C'est exactement ce que j'avais trouvé, s'est-il exclamé avec un grand sourire pour sa petite sœur. Attends, descends un peu... Celui-là. C'est ce fichier.

Hal l'a désigné sur l'ordinateur. Le fichier était intitulé « Casting – Beaucoup de Bruit pour rien ».

– Souvenez-vous : la pièce de cette année, c'est *Comme il vous plaira.*

J'entendais la fierté dans sa voix. Quand il avait piraté l'ordinateur de Thornhill la première fois, il avait craqué le code d'accès. Ce qu'il ignorait, c'est que je l'observais depuis la fenêtre. Je ne le lui ai pas dit.

Cornelia a ouvert le fichier, donné la souris à Hal, et on s'est tous massés autour de l'écran. Le silence était total. On ne respirait même pas.

Devant nous s'étalait une série de colonnes, de symboles, de nombres... On avait le vertige à l'idée d'essayer de tout décoder et comprendre. Mais beaucoup de noms nous étaient familiers.

Certains comme « DeLonghi, Habbinson » ou « Cole, Samara » ne me disaient rien, mais j'en reconnaissais la plupart.

– Ce n'est pas cette amie d'Amanda, l'artiste, que tu as rencontrée à Baltimore ? a demandé Callie à Hal en désignant « Starfield, Frieda ».

– « Potts, Louise ».

Nia a posé le doigt sur ce nom, celui de la femme qui tenait la boutique de vêtements vintage qu'Amanda adorait, Play it again, Sam.

Hal a désigné une liste de noms :

– Quand j'ai regardé la première fois, j'ai compris que ces noms correspondaient chacun à un nombre de cette colonne.

La liste était coincée entre une tripotée de dates et de nombres, qui tous commençaient par C33.

– Toute la famille Bragg est là, ai-je dit.

« Bragg, Heidi », son frère « Bragg, Evan », son père, le chef de la police « Bragg, John », et « Bragg, Brittney », sa mère, la star de la télévision locale.

– Et là, ce doit être celle d'Amanda, a ajouté Hal.

« Beckendorf, Max », « Beckendorf, Annie », « Beckendorf, Robin », et « Beckendorf, Ariel » : nous avions récemment appris les vrais noms des membres de sa famille.

– J'avais trouvé bizarre qu'il y ait tellement de noms là-dedans, et pas celui d'Amanda, a-t-il ajouté.

– Robin, a murmuré Callie. C'est la sœur que Thornhill nous a demandé de trouver à Washington. Elle pourrait nous mener à Amanda.

– Et voilà Zoé Costas ! s'est exclamé Hal.

Il s'est tourné vers moi avec un sourire ironique qui disait : « Tu es célèbre ! »

J'ai souri en retour, jetant un œil à l'écran. Je l'ai vu, moi aussi. Mon nom, « Costas, Zoé ». Juste en dessous venaient « Costas, Iris », « Costas, Penelope » et « Costas, Constantina ».

Et, enfin, « Costas, George ».

George Costas. Mon père.

CHAPITRE 4

Je me souviens encore du coup de fil qui a tout changé.

Je regardais la télévision avec ma mère, une émission sur la chaîne culinaire. On y voyait un chef qui parcourait le monde à la recherche des plats les plus repoussants : des insectes, des vers, des entrailles d'animaux, des saucisses faites de sang qu'on appelle du boudin... C'était presque terminé, et ça m'embêtait que ma mère manque la fin. Je n'écoutais qu'à moitié ce qu'elle disait.

– Oui, c'est moi.

Il y a eu un silence, et puis...

– Non.

Sa voix s'est mise à trembler.

– Non.

Je me souviens qu'elle s'est assise sur le sol. Comme ça, sur le lino.

Je me souviens que l'émission continuait, mais je ne regardais plus.

Je me souviens que Pen faisait ses devoirs à la table de la cuisine. Elle était encore petite, mais elle aussi savait que quelque chose clochait. Je voyais son visage pâle dans l'embrasure de la porte.

Je me souviens quand ma mère a commencé à pleurer.

– Constantina, c'est ta mère, et tes sœurs s'appellent bien Iris et Pen ? Alors George doit être ton père, a dit Hal.

Je fixais toujours l'écran. Je ne voulais pas parler de ça. Oh, que non !

J'avais la gorge serrée. J'ai pensé à cinq façons de disparaître : sous le canapé, à travers les portes vitrées, derrière les rideaux, ou le bureau. Ou en gardant un livre ouvert devant mon visage...

– Oui, ai-je répondu. George Costas est mon père...

– Oh ! a fait Callie.

– Pourquoi son nom est-il surligné en jaune comme ça ? a demandé Nia.

J'étais très douée pour dissimuler mes émotions, mais je sais que ma voix a tremblé lorsque j'ai répondu.

– Parce que mon père est mort.

Silence. Je devinais qu'ils se demandaient tous comment exprimer qu'ils étaient désolés, mais qu'ils craignaient que ça ne fasse qu'empirer les choses.

J'étais contente de leur avoir dit. En quelque sorte. Je songeai aussi au placard de l'entrée. Je pourrais prétendre que j'allais aux toilettes, et rester dans le noir un moment, avant de me glisser dehors.

Au lieu de ça, je me suis forcée à regarder l'ordinateur. Hal a fait défiler la liste une nouvelle fois, l'air sombre et tendu.

– Voilà ma famille. Tu vois, a-t-il ajouté en regardant Cornelia, tu es là.

Pour la première fois, elle n'avait pas l'air d'en savoir plus que tout le monde. Elle a ouvert de grands yeux. J'ai songé à Iris et Pen : elles ignoraient ce que j'avais appris sur la mort de notre père.

– Est-ce que je suis sur la liste ? a demandé Nia en croisant les bras.

Hal a fait descendre le curseur, avant de désigner une ligne :

– Là.

Nia s'est penchée en avant, avant de se redresser brutalement, les yeux étrécis :

– Mes parents y sont aussi. Et Cisco.

– Et moi ? a renchéri Callie. Ma mère... Est-ce que son nom est de la bonne couleur ?

– Oui, a confirmé Hal.

Il a cliqué sur un autre nom, et une nouvelle fenêtre s'est ouverte.

– Je vais vous montrer comment ça marche. Vous connaissez une Marguerite Blaine ? Moi non plus, a-t-il dit lorsque nous avons toutes secoué la tête. Mais voici son permis de conduire.

Le document s'est affiché à l'écran : le scan d'un permis de conduire délivré en Indiana. La photo montrait une femme aux cheveux frisés, avec de grands yeux bleus et un sourire malicieux. Hal a fait descendre le curseur.

– Elle vit dans la ville de South Whitley. Elle a quarante-trois ans, et elle mesure 1,65 m.

Il est tombé sur un autre permis, celui-ci issu du Maryland.

– Regardez, elle est plus jeune sur celui-ci, a dit Callie. Et elle vivait à Orion.

En effet, les joues de Marguerite Blaine étaient plus pleines, et ses cheveux plus longs. Hal a cliqué de nouveau, et un véritable charabia est apparu.

– Je crois que c'est l'acte de propriété de sa maison, a dit Nia.

L'élément suivant m'était familier, parce qu'on en avait parlé quelques jours auparavant en cours d'instruction civique.

– Et ça, c'est un formulaire de recensement, ai-je dit. Regardez, ça précise où on vit, combien on gagne, ce qu'on fait comme boulot...

– Mais pourquoi Thornhill était-il en possession de tout ça ? a demandé Callie.

Hal a haussé les épaules. Il a trouvé un diplôme, et la copie d'un e-mail envoyé à Danone pour se plaindre d'un yaourt.

– Clique sur Louise, a dit Callie. Je voudrais savoir où elle vit.

– Non, attends, a objecté Nia. Regarde plutôt Mme Bragg.

Hal a obtempéré. On avait sous les yeux le dernier rapport médical de Mme Bragg, probablement établi lors d'un contrôle de routine.

– Elle est allergique au miel ? s'est étonnée Callie.

Hal a ensuite ouvert ce qui ressemblait à un album photo de Facebook, sauf qu'il ne contenait pas les clichés habituels. La plupart étaient flous, et il nous a fallu un moment avant de comprendre ce qu'ils montraient. L'un d'eux représentait Mme Bragg à l'épicerie, en train de choisir une boîte de céréales. Mais il avait été pris selon un angle étrange : Mme Bragg était dans un coin de la photo, et ne souriait même pas. Visiblement, elle ne savait pas qu'on la photographiait.

– Vous croyez que ça a été pris par une caméra de surveillance ? a demandé Callie.

– On dirait, oui, a répondu Hal.

– Et c'est flippant, ai-je ajouté.

Il a continué à chercher, et fait défiler quelques images de Heidi : des photos scolaires, d'autres prises dans un parc quand elle était petite, puis sa victoire à un concours de beauté lorsqu'elle avait onze ans. Des photos récentes. Certaines semblaient avoir été scannées à partir d'un album de fin d'année, d'autres laissaient une partie de son visage dans l'ombre, comme pour sa mère. Sur une image, on voyait son visage et un bout de son bras : elle était au téléphone, alors que son père prenait de l'essence.

– Je ne savais même pas que les stations-service avaient des caméras de sécurité, s'est exclamée Callie.

– Visiblement, il y en a partout, a répondu Hal en passant l'une après l'autre les images de Mme Bragg.

– Essaie Max Beckendorf, a suggéré Nia.

M. Thornhill est alors apparu à l'écran, beaucoup plus jeune. C'était une photo de groupe, dans un article de journal sur des gens qui avaient rassemblé des fonds pour un refuge animalier bien avant qu'Amanda, ou aucun d'entre nous, ne soit née.

– Regardez ses cheveux ! s'est écriée Callie.

– Et Annie Beckendorf ? ai-je demandé.

Avant qu'il ne puisse cliquer sur son nom, nous avons entendu des pas dans le couloir. En un éclair, Cornelia a lancé une vidéo du spectacle. Et, soudain, Mme Bennett est entrée dans la pièce.

– Vous vous amusez bien ? a-t-elle demandé avec un sourire aussi chaleureux que sincère. Cornelia, c'est l'heure d'aller à ton match. Et je suis désolée, mais tu vas devoir venir avec moi aux portes ouvertes, après. (Mme Bennett travaillait au bureau des admissions de l'université d'Orion.) Hal, tu pourras passer la tondeuse pendant ce temps-là ? Dans une demi-heure, environ ? Je crois que la pelouse en a bien besoin.

– Bien sûr, a-t-il répondu.

Je voyais presque les rouages de son esprit se mettre à tourner : il calculait les heures qu'il pourrait mettre à profit pour explorer les dossiers de Thornhill. Peut-être Mme Bennett les voyait-elle aussi.

– Ton père va rester à la maison aujourd'hui, a-t-elle ajouté, il vérifiera.

– OK, maman, a répondu Hal avec une grimace.

Une demi-heure, c'était bien trop peu. Dès qu'on a été sûrs que Mme Bennett ne pouvait plus nous entendre, Nia a relevé ses manches.

– Si on n'a qu'une demi-heure pour bosser ensemble là-dessus, a-t-elle dit, il va falloir faire vite.

– Sans blague ! a ironisé Callie en haussant les sourcils.

– En plus, a repris notre amie, même si c'est drôle de cliquer au hasard, on va devoir se montrer plus pragmatiques.

– C'est vrai.

Avec son esprit mathématique, Callie n'aimait rien tant que des données organisées dans un tableau. Le nirvana pour elle ? Établir un graphique.

On s'est donné la mission suivante : découvrir ce que tous ces gens avaient en commun. On a pris des notes. On a fait des tableaux. On a ouvert et fermé des documents, fait défiler les noms, essayé de croiser les renseignements, de comprendre les liens familiaux, de savoir qui avait vécu à Orion et quand.

Qu'est-ce qui les reliait ?

On s'est rendu compte que ça faisait plus d'une demi-heure, mais on s'est dit que le père de Hal viendrait le chercher. On voulait continuer le plus longtemps possible.

– Fait numéro un, a commencé Callie.

– Tout le monde est réparti dans un groupe selon son âge, a établi Hal.

– Un groupe pour ceux qui ont environ l'âge de nos parents, a ajouté lentement Nia pour avoir le temps de noter, et un pour ceux plus proches du nôtre.

– Fait numéro deux, ai-je repris: ceux sur la liste de notre génération sont les enfants des gens de l'autre liste.

– ... de l'autre liste, a répété Nia en se mordillant la lèvre, écrivant rapidement. OK.

– Trois, a continué Hal: la plupart de ces gens vivent à Orion.

– Et ceux qui n'y sont plus maintenant y ont habité à un moment, a renchéri Callie.

– Quatre, ai-je dit en comptant sur mes doigts: au moins un membre plus âgé de chaque famille possède un numéro de sécurité sociale commençant par 090-56-24. Les deux derniers chiffres sont les seuls à changer selon la personne.

– Il faudrait que je les regarde tous, est intervenue Callie, mais il me semble que jamais ces deux chiffres ne forment un nombre plus bas que vingt, ni plus haut que soixante.

– Ceux de Pen et d'Iris n'ont qu'un chiffre de différence, ai-je fait remarquer, parce qu'ils ont été attribués en même temps.

– Tu voudrais dire, a réagi Nia, que près de quarante personnes qui viennent de diverses régions, ne se connaissent pas et ont tous un âge différent... Tu crois que leurs numéros leur ont tous été attribués au même moment?

– Impossible! s'est exclamé Hal.

– Je sais.

– Et fait numéro cinq, a repris Callie, ceux dont les numéros sont les plus proches ont deux points communs: ils ont les plus longues immatriculations commençant par C33, et on n'a que peu d'infos sur leur enfance.

Elle avait raison. Pour tous les jeunes de notre âge, il y avait des centaines de données : des bulletins, des emplois du temps, des cartes de transport, des récompenses sportives, et des photos d'enfants jouant dans un jardin, qui semblaient avoir été prises par un satellite. Chaque fois que Nia avait fait partie du tableau d'honneur, il en avait été fait mention dans le journal. On trouvait des programmes de mes premiers récitals de piano, et des photos scolaires.

Pour certains des adultes, le même genre de documents était disponible. J'ai vu des photos de ma mère, de la ferme dans laquelle elle avait grandi en Oregon ; un article sur sa famille tenant un stand sur la culture grecque dans une fête foraine. C'était tellement typique de leur part. Ma grand-mère, qu'on appelait Yiayia, avait probablement apporté ses yaourts et ses pâtisseries faits maison, et portait sa jupe brodée ainsi que son foulard de Limnos sur les cheveux. Ma mère a toujours été fière de nos ancêtres grecs. Elle disait que mon père était tout juste assez grec aux yeux de ses parents, et il grimaçait.

Hal a également reconnu sa mère sur des photos : elle était pom-pom girl ! En voyant qu'elle était nulle en cours d'économie domestique, il a ri, tellement fort que j'ai cru qu'il allait en tomber de sa chaise. Le père de Callie était le basketteur vedette du lycée : on a trouvé beaucoup d'images de lui avec son équipe, et d'articles de journaux.

Mais mon père... C'était comme s'il n'avait jamais existé avant d'obtenir son permis à dix-neuf ans, et un document du gouvernement attestant qu'il avait des connaissances équivalant à celles d'un élève de terminale. À vingt ans, il avait travaillé six mois dans une usine. Il avait pris quelques cours à l'université du coin. Il nous racontait toujours comment, à vingt et un ans, il avait traversé le pays en faisant du stop. On le voyait avec son sac à dos sur une aire d'autoroute, en arrière-plan d'une photo de moto ; puis dans une banque quand il devait avoir vingt-deux ans. Il y avait un papier d'hôpital daté de six mois plus tard : apparemment, il s'était brûlé en cuisinant.

On n'a rien trouvé sur la mère de Callie et sa vie avant qu'elle ne commence un parcours professionnalisant pour diplômés d'astronomie. À l'âge de seize ans.

« Attends ! s'est exclamé Hal. Elle n'est pas allée au lycée ? Ni à l'université ? Il ne devrait pas y avoir des traces de ça ? »

Aucune mention non plus du père de Hal jusqu'à ses dix-huit ans : voilà qu'il apparaissait sur la photo d'un stage d'été pour une formation interne d'une société de comptabilité de Philadelphie. On avait des programmes de ses cours d'université, sa spécialisation en économie, ses excellentes notes.

Pour la plupart des adultes C33, le même schéma se répétait. C'était comme ça pour au moins un membre de chaque couple. Et, lorsqu'un adulte n'était pas marié, on ne trouvait aucune info sur son enfance. C'était le cas pour Louise Potts et Frieda Starfield.

« C'est différent pour mes parents », a dit Nia.

Mais elle ne l'a pas écrit sur sa liste, elle a repris la souris et ouvert le dossier sur sa mère. Mme Rivera est apparue, âgée de dix ans et ressemblant beaucoup à Nia. Elle portait des tresses et un uniforme, et se tenait en rang au milieu de ses camarades. L'inscription était en espagnol, et Nia nous l'a traduite.

– C'est sa photo de fin de primaire. Ma mère a grandi en Colombie. (Hal a fait défiler des photos.) Et ça, a ajouté Nia, c'est la maison de mon *abuela.*

– Comment se fait-il qu'à part toi, tout le monde a au moins un parent à l'enfance inconnue ?

– Peut-être qu'ils commencent à s'intéresser à la vie d'une personne lorsqu'elle épouse quelqu'un qu'ils surveillaient déjà, a avancé Callie.

– Ça se tient, a acquiescé Hal.

– Non, a-t-elle répondu. C'est ma mère qui a disparu, pas mon père. C'est elle qui fait partie de tout ça, pas lui.

– Mais regarde. On a déjà vu ça.

Il a désigné l'écran : le scan d'une petite carte, portant un numéro qui commençait par C33, le mot « terminé », puis une signature à peine visible. Au bas, en tout petit, on pouvait lire : « Animateur, faculté de pharmacie d'Orion ». On les a toutes regardées, parce qu'on ne comprenait pas.

– Tous ceux dont on ne connaît pas l'enfance ont une carte comme celle-ci, a repris Hal. Les deux parents d'Amanda en ont une : chacun avec un numéro C33, et une enfance inconnue. Ta mère aussi, a-t-il ajouté pour Nia.

– Mais qu'est-ce que c'est ? Pourquoi en ont-ils tous une ? a-t-elle réfléchi à voix haute. Et pourquoi il n'y a pas de photos de ma mère avant ses dix ans ? Pour mon père, on a trouvé des trucs qui dataient de sa naissance.

– Attendez une minute, a dit Callie.

Elle a fermé les yeux, comme si le fait de nous regarder risquait de faire fuir l'idée qui se formait progressivement dans sa tête.

– Nia, quel âge a ta mère ? a-t-elle demandé.

– Elle est jeune. Quand elle a épousé mon père, elle était encore à l'université et lui en études avancées. Elle n'avait que vingt-deux ans quand Cisco est né, et elle en a trente-neuf maintenant.

– Zoé, quel âge aurait ton père s'il était toujours en vie ?

– Quarante-huit ans, ai-je répondu.

– Il serait donc né neuf ans avant ma mère, a calculé Nia. Et trois ans avant celle de Callie. Hal, quel âge a ton père ?

– Hmmm... Laisse-moi réfléchir. Quarante-sept ? a-t-il dit après un rapide calcul.

Callie a poussé une exclamation et ses yeux verts se sont illuminés, comme chaque fois qu'elle trouve la solution à un problème de maths particulièrement épineux.

– Heu, Callie ? l'a appelée Hal. Je crois que tu nous as oubliés en route.

– Quoi ? a-t-elle fait, comme s'il était impensable qu'on n'ait pas suivi son raisonnement. Voilà : les documents, les photos, tout ce qu'on a qui fait référence à nos parents pour la première fois, date de la même année.

– Comment ça ? ai-je demandé.

– Ton père, Zoé, avait dix-neuf ans quand ma mère en avait seize, le père de Hal dix-huit, et la mère de Nia dix. On a commencé à suivre leurs vies au même moment.

– Wow! Alors il a dû se passer quelque chose cette année-là, a avancé Nia, quelque chose à l'origine de ce rassemblement de données.

– 1984, a dit Callie. Qu'est-ce qui a bien pu se passer en 1984?

Avant qu'on puisse y réfléchir, on a entendu la porte du garage s'ouvrir.

– Mince, c'est ma mère, a dit Hal en récupérant le CD. On est là depuis combien de temps?

– Ça fait quatre heures! s'est exclamée Nia en regardant sa montre.

– Et je n'ai pas tondu la pelouse...

– Ton père n'est pas venu te chercher, ai-je remarqué.

– C'est bizarre. Il est toujours sur mon dos pour les corvées.

On s'est précipités dans le jardin par les portes vitrées du bureau. La pelouse était rase.

Et le père de Hal était installé dehors, avec son café et son journal. Ses gants de jardinage étaient posés sur la table, comme s'il venait de les retirer.

Hal l'a regardé, interloqué, et M. Bennett a gonflé ses biceps avec un clin d'œil.

– Parfois, tondre la pelouse, c'est exactement ce dont on a besoin après avoir passé la semaine coincé dans un avion! a-t-il dit.

Hal a ri. Enfin, presque. Il s'est plutôt étranglé. Je me suis doutée que ce n'était pas comme ça que les choses se passaient chez les Bennett, d'habitude.

– Inutile d'en parler à ta mère, OK? a ajouté son père avec un clin d'œil.

Il s'est de nouveau plongé dans son journal, sans laisser le temps à son fils de répondre.

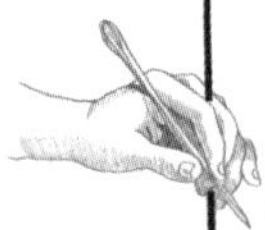

Chapitre 5

Deux jours après la mort de mon père, ma mère a garé un camping-car dans notre allée. Elle l'avait acheté sans prévenir. Elle était si petite qu'elle atteignait à peine le volant une fois assise dans le « fauteuil du capitaine », le siège du conducteur. Et pourtant elle nous a fait monter, Iris, Pen et moi, et elle est partie sans un regard en arrière. C'était la dernière fois qu'on voyait la maison de notre enfance.

On n'a dit au revoir à personne. Ni à nos amis, ni à nos professeurs, ni aux voisins qu'on connaissait depuis toujours, et dont les plats allaient pourrir dans notre frigo. On a fui comme si quelqu'un nous poursuivait. J'ai compris plus tard que c'était probablement le cas.

Quand on demandait pourquoi à ma mère – et on l'a fait, encore et encore, au cours de cette année passée sur la route –, elle fermait les yeux et répondait : « Je suis désolée. Il fallait que je le fasse. »

Un jour, on était perdues en Arizona et il faisait très chaud. On roulait sans air conditionné parce qu'on était sur le point de se retrouver en panne d'essence dans le désert. Pen n'a jamais été du genre à garder pour elle ce qu'elle ressentait.

– Pourquoi on fait ça ? a-t-elle crié. Dis-nous la vérité !

Elle avait l'air à deux doigts de pleurer, alors ma mère a répondu :

– Je ne sais pas. Je suis des instructions, d'accord ?

Elle avait l'air tellement désespérée qu'on n'a pas insisté, même si sa réponse n'avait aucun sens.

À l'époque, j'ai simplement pensé qu'elle avait perdu la tête. J'ai remarqué que, lorsqu'on s'arrêtait dans des campings, elle allait parfois jusqu'à donner de faux noms, comme Dolly Nabokov, Mme Reginald V. Quilty ou Arianna Adore. Des trucs bizarres. Quand on a atterri à Orion et qu'elle nous a inscrites à l'école, elle a pourtant donné notre véritable nom. En revanche, elle a inventé une histoire d'incendie pour expliquer pourquoi on n'avait pas de dossier scolaire de notre ancienne école, ni de numéro de sécurité sociale. C'était comme si toute notre vie, mon père, la Californie, n'avait jamais existé.

Le lendemain était un dimanche. Nia devait aller à l'église puis déjeuner avec sa famille, Hal nous a prévenues qu'il partait pour un long jogging, et Callie aidait son père à transporter et ranger du bois pour sa nouvelle entreprise de construction de meubles. J'ai préparé des gaufres pour Iris et Pen pendant que ma mère faisait la grasse matinée, épuisée après être restée debout jusqu'à quatre heures du matin à faire on ne savait quoi. J'avais entendu sa voiture dans l'allée.

Elle a émergé à midi, mangé une gaufre, et emmené les filles à un anniversaire. J'ai joué un peu de saxo, mais j'avais du mal à me concentrer : je pensais constamment aux photos et documents sur l'ordinateur de Thornhill. Si ma mère passait à l'épicerie, y aurait-il quelqu'un pour prendre des photos d'elle ? Ceux qui regroupaient toutes ces informations savaient-ils ce qu'elle faisait la nuit ? Je voulais la prévenir que sa vie privée ne l'était plus vraiment. Je n'avais aucune envie de lui parler de son petit ami pas si secret, mais c'était irresponsable de ne pas la prévenir que quelqu'un, quelque part, la surveillait.

Je suis partie à deux heures pour retrouver les autres en ville, au belvédère. On avait dit à nos parents qu'on allait étudier à la bibliothèque. Nia est arrivée la dernière, échappée du déjeuner dominical pantagruélique des Rivera.

– J'ai fait quelques recherches hier soir, a entamé Callie. La faculté de pharmacie d'Orion a été fondée dans les années 1950. Elle a reçu une subvention du gouvernement : dès la première année, ils ont construit un campus hors de la ville et acheté des bâtiments dans Orion. La plupart des facultés y arrivent petit à petit, mais celle-ci a fait très fort. Ça veut dire qu'il y avait de l'argent dès le début, et beaucoup.

– D'accord, a dit Nia. Pourquoi ont-ils fermé ?

– Ce n'est pas la bonne question : pas *pourquoi*, mais *quand* ! Vous vous rappelez de 1984 ?

Un frisson glacial m'a parcourue. Vingt-quatre heures et une nuit presque blanche après, les fichiers de M. Thornhill ne me paraissaient pas plus clairs. Et, bizarrement, je ne m'attendais pas à voir des explications toutes simples nous tomber du ciel. Que nos parents aient été l'objet d'une telle surveillance ne signifiait rien de bon.

– Eh bien, c'est cette année-là qu'ils ont fermé, a conclu Callie avec une grimace.

Nous avons pédalé jusqu'à la bibliothèque, accroché nos vélos au cas où nos parents passeraient vérifier, et pris le bus pour nous rendre au campus de la faculté de pharmacie. La route était courte et facile, et je me suis demandé pourquoi la ville conservait une ligne de bus menant à une institution fermée depuis plus de vingt-cinq ans.

On s'est assis au fond et, comme le bus était vide, on a discuté à voix basse des fichiers de Thornhill et de la façon dont on pourrait retrouver Robin à Washington.

– Quelqu'un d'autre a réfléchi aux documents ? a demandé Nia.

– Ça me paraît tellement bizarre que Thornhill ait rassemblé toutes ces informations, a répondu Hal. Je n'aime pas ça.

– On s'est toujours dit qu'il était du côté des gentils, est intervenue Nia, mais il pourrait très bien être un criminel. Et s'il volait l'identité de tous ces gens ?

– Franchement, c'est un peu gros, a ajouté Callie. Il y a quelques semaines, j'aurais juré que M. Thornhill ne rêvait que de punir les élèves, et maintenant je me rends compte que c'est un... un être humain. Et même le père de quelqu'un.

– Celui d'Amanda, par-dessus le marché, a ajouté Nia.

– Il n'était pas si horrible que ça, en fait. Il était strict, mais, à bien y réfléchir, il était toujours juste.

– Et, en dehors de l'école, il était plutôt sympa, ai-je fait remarquer.

J'ai immédiatement regretté ces mots. Trois paires d'yeux écarquillés se sont tournées vers moi.

– Quoi ? s'est exclamée Nia.

– Tu le connaissais en dehors des cours ? a demandé Callie sur le même ton incrédule.

– Un peu, ai-je répondu. C'était un ami de la famille.

Je n'ai pas ajouté qu'à Orion, il était notre seul ami.

Nia s'est massé les tempes, comme pour chasser une migraine soudaine.

– Quand on a déménagé à Orion, ai-je poursuivi avec réticence, il s'est occupé de tout. Il a offert du boulot à ma mère, il nous a aidées à trouver une maison. Il... c'était le seul sur qui on pouvait compter. D'après ma mère, mon père lui faisait confiance. Maintenant que je sais que c'est le père d'Amanda, je comprends pourquoi.

Tout à coup, ils m'ont regardée comme si j'avais fait quelque chose de mal.

– Quoi ?

– Rien, a répondu Callie en détournant les yeux.

Apparemment, si je ne comprenais pas toute seule, je ne méritais pas une explication. Hal a tout de même volé à mon secours :

– On est juste scotchés que tu saches autant de choses sur la vie d'Amanda, et pas nous, que tu l'aies connue quand elle était...

Il n'arrivait pas à finir sa phrase.

– Quand elle était *vraie*, a conclu Nia pour lui.

– Je ne sais pas jusqu'à quel point elle était honnête, ai-je répondu.

– Peut-être, mais tu en sais beaucoup plus que nous, a rétorqué Callie. Parfois, j'ai l'impression que chacun de ses mots était un mensonge. Je sais qu'elle n'avait pas le choix, mais quand même.

– J'ai déjà du mal à croire qu'elle ne s'appelle pas réellement Amanda, a ajouté Nia.

– Ni Arabella, ai-je dit.

– Mais tu la connaissais, a insisté Callie. Tu la connaissais avant qu'elle ne commence à comprendre tout ça, avant qu'elle ne nous prépare à être ses guides. Il y a quelque chose, à propos de ces secrets... Je ne sais pas. C'est mal.

– C'est vrai, mais ce n'est pas de sa faute, ai-je répondu. Ces photos, toutes ces informations, ça, c'est vraiment mal.

Callie a hoché la tête

Le bus s'est arrêté dans un grincement de freins, devant une vieille pancarte accrochée de travers à un poteau: «Faculté de pharmacie d'Orion: où les futurs pharmaciens viennent apprendre.»

– C'est peut-être son slogan qui a fait couler la faculté, a suggéré Nia, et on a tous éclaté de rire.

On a très vite remarqué que le campus était étroitement surveillé. Partout des gardes faisaient les cent pas. Il y avait une demi-douzaine de bâtiments rectangulaires en brique, avec des toits plats et des vitres sales; et il était entouré d'un grillage qui semblait avoir été installé dès la fermeture de la faculté.

– Wow! a fait Hal.

– Double wow, a renchéri Callie.

On s'était groupés sous l'abribus, et un des gardes nous observait déjà.

– On bouge, ai-je lancé.

– Où ça? a demandé Callie, incrédule.

Pourtant, elle s'est mise à courir à côté de moi, Nia et Hal juste derrière. Il balançait ses bras à chaque foulée: en tant que joggeur, il devait en avoir l'habitude pour aller plus vite, mais ça attirait l'attention.

– N'importe où, du moment qu'on donne l'impression d'aller ailleurs que vers le campus.

– Mais on va où? a insisté Nia.

En dehors du campus grillagé, c'était plutôt désert: un champ de blé à moitié pelé de l'autre côté de la route, et des bois de part et d'autre. J'ai pris une profonde inspiration. Allaient-ils me croire ?

– Peu importe où. Il faut simplement qu'on disparaisse.

– Qu'on disparaisse, ben voyons ! s'est exclamée Nia.

J'ai désigné un érable au large tronc, qui semblait avoir plus de cent ans.

– Mettez-vous là. Assurez-vous de rester dans l'ombre. Le soleil passe directement au-dessus de la faculté, donc tout ce qui est dans l'ombre est caché par cet arbre.

– D'accord, a répondu Callie. Et ensuite ?

Les poings sur les hanches, elle me regardait avec de grands yeux.

– Vous ne bougez pas, jusqu'à ce que les gardes aient oublié qu'ils vous ont vus.

– Comment sais-tu qu'ils vont finir par oublier ?

– Parce que c'est mon don. Je disparais.

– Tu fais quoi ? s'est écriée Nia.

– Je ne deviens pas complètement invisible, ai-je expliqué. Juste un peu.

Je me suis souvenue de mes cours de grammaire : l'importance de l'exemple.

– Quand je sèche les cours, je peux traverser le couloir et passer devant un prof sans qu'il me demande un justificatif.

– Sérieux ? a fait Hal.

Avant de rencontrer Amanda, il avait dû sécher deux fois, maximum.

J'ai relevé ma manche. Mon tatouage de caméléon était presque effacé, mais je traçais régulièrement les lignes au stylo.

– Vous voyez ?

– Oui, a répondu Nia.

D'après son ton, mes explications étaient loin de la satisfaire.

– Rappelez-vous : c'est moi, ai-je dit.

CHAPITRE 6

Deux semaines environ après qu'Amanda eut fait des graffitis sur la voiture de Thornhill, j'ai trouvé un flyer accroché à l'étui de mon saxophone, annonçant qu'un concert piano/saxo aurait lieu à l'Arcadia, un bar à Orion qui proposait du jazz une fois par semaine. Le groupe m'a semblé peu intéressant, jusqu'à ce que je voie son nom au bas du papier : les Brubella Duella, avec Zoé Costas au saxophone et Amanda Valentino au piano. Heu, Zoé Costas ? C'était moi.

De l'autre côté, Amanda avait griffonné quelques mots : « Répèt demain à 17 heures. »

Je suis arrivée en avance, nerveuse et des questions plein la tête. Mais la salle était organisée de telle façon que nous étions toujours à portée d'oreilles des employés, et Amanda n'arrêtait pas de m'interrompre : impossible de lui demander quoi que ce soit. Après avoir effectué le test de son et établi la liste des morceaux, nous avons commencé à jouer. J'ai oublié toutes mes interrogations, mais aussi à quel point cela me rendait mal à l'aise de jouer en public. C'était de la musique, et ma concentration quand je joue est maximale : je ne fais plus qu'un avec elle. Lorsque nous sommes sorties, Amanda est entrée dans un salon de tatouage, comme attirée par un motif au-dessus du comptoir. Je l'ai suivie, et les lumières m'ont presque aveuglée.

Comme toujours avec Amanda, ce n'était pas un hasard. Plus tard, je me suis demandé si cette répétition n'avait été qu'un prétexte pour en arriver là.

– D'où venait cette envie ? ai-je demandé.

L'idée d'être marquée de façon indélébile, sans rien pouvoir y changer... Je ne comprenais pas l'attrait.

C'est alors qu'Amanda, qui se métamorphosait chaque jour, a relevé la manche de sa veste de motarde, et m'a montré le tatouage sur son avant-bras, un coyote au henné.

– Tu veux en choisir un ? a-t-elle proposé. Pour le concert ?

Je me suis rappelé que ce genre de dessin partait à l'eau.

– OK. Pourquoi pas ça ? ai-je dit en montrant un canari. Quelque chose de musical...

Amanda a secoué la tête. Elle portait une longue perruque blonde, des leggings de velours rouge et des baskets à plateforme. Avec sa veste de motarde, elle ressemblait vraiment à la chanteuse d'un groupe de garage.

Cet après-midi-là, sa musique n'avait cessé de me signifier qu'elle avait quelque chose à me dire, mais elle se retenait chaque fois au dernier moment. Elle commençait des séries de notes lourdes de sens, puis les terminait avec légèreté. Les accords devenaient compliqués, se succédant les uns les autres. J'appréciais vraiment ce qu'elle jouait, mais ça m'inquiétait.

Cependant, dans le salon de tatouage, elle affichait un immense sourire, comme si quelque chose l'amusait beaucoup. Mon regard a suivi son doigt tandis qu'il traçait les lignes d'un animal en forme de croissant de lune, avec des pattes courtes et une longue queue.

J'ai éclaté de rire.

Un caméléon. Le champion du camouflage. Un lézard qui peut aller partout sans être vu, et se faire passer pour n'importe quoi : une feuille, un bout de bois, un tas de sable... Il se fond si bien dans le paysage, qu'il semble disparaître.

– Il est parfait ! ai-je dit.

– En effet, a-t-elle répondu, mais pas pour les raisons que tu imagines.

– Hm ?

– On a longtemps cru que les caméléons changent pour se cacher, mais maintenant on sait que c'est beaucoup plus compliqué que ça.

– Alors ça sert à quoi ? Ils s'amusent ? ai-je raillé.

– D'après les scientifiques, ils communiquent. Leurs changements de couleur leur servent à s'envoyer des messages.

– Vraiment ? Mais comment ça marche ?

– À toi de me le dire, a-t-elle répondu en fixant l'animal sur le mur de ses grands yeux gris-vert.

– Me fondre dans le décor, c'est quelque chose qu'Amanda m'a appris, ai-je expliqué à Hal, Nia et Callie. Plus ou moins. On s'entraînait quand on était petites. Ensemble. Pour s'amuser.

Rien à faire, ils ne comprenaient pas et continuaient à me dévisager avec de grands yeux.

– On choisissait quelqu'un au hasard à la bibliothèque, et on le suivait partout en ville, ai-je ajouté.

– Wow ! a soufflé Hal. Ça, c'est un jeu inhabituel.

– C'est vrai. On a appris quelques trucs, et je me suis entraînée de mon côté. Comme avec les casiers. On peut faire beaucoup de choses avec des casiers.

– Tu te caches dans les casiers ? a demandé Callie.

– Non. Je suis trop grande, et puis je ne connais pas le code des cadenas. En plus, il y a sûrement des vieux sandwichs et des chaussettes de gym dedans. Mais il me suffit d'avoir un casier ouvert pour qu'un prof ne me voie pas dans un couloir où je ne suis pas censée être.

– Une minute, s'est exclamée Nia. Tu peux traverser un couloir, croiser un prof, et il ne te voit vraiment pas ?

– Ce n'est pas qu'il ne me voie pas, ai-je corrigé, mais plutôt qu'il ignore m'avoir vue, ou qu'il oublie que c'est important.

Bien sûr, il lui fallait une preuve.

– Mais... comment ? Comment tu fais ça ?

– Je ralentis mon rythme, ai-je commencé, mais de façon imperceptible. Et puis, je ne sais pas, je retiens mon souffle. Je chante dans ma tête. Si ça ne risque pas d'être remarqué, je chantonne à voix haute. Je choisis une chanson qui me semble appropriée : parfois, quelque chose qui va distraire ma cible, ou bien qui ne lui correspond absolument pas... Pour faire simple, je prends un rythme qu'il lui est impossible de suivre. Comme une harmonie moderne et discordante pour quelqu'un qui n'écoute que de la pop : la personne va faire la sourde oreille.

– Pourtant, la musique devrait attirer l'attention sur toi, a fait remarquer Callie.

– Si tu fais ça bien, la personne ne remarque rien. Pense à la musique dans un magasin : tu l'entends à peine, pas vrai ? Si le magasin était silencieux, là tu le remarquerais.

Nia ne semblait pas convaincue. Il allait me falloir expliciter un peu plus.

– Ce truc, avec le casier, ai-je repris. L'autre jour, je m'en suis servie quand Mme Mukoski est arrivée, alors que je séchais le cours d'histoire. Je l'ai vue, et j'ai commencé à chantonner *Strangers in the Night.* Vous connaissez ?

– De la soupe assez mièvre, oui, a répondu Nia.

– Je parie que, quand Mme Mukoski était à l'université, cette chanson était populaire. Pour elle, c'est peut-être même lié à l'amour. Alors je n'ai pas vraiment détourné les yeux, ni vraiment regardé vers elle, mais plutôt vers le casier ouvert.

Du coup, elle l'a regardé aussi, en se demandant : « Pourquoi je le regarde ? Pourquoi est-il ouvert ? A-t-il été forcé ? » Puis elle a entendu la musique, et ça lui a rappelé un souvenir. Elle s'est remémoré une fête dans les années 1960, un truc comme ça, mais en tout cas elle ne pensait pas à moi. Et, quand je suis partie, elle ne se souvenait pas de m'avoir vue.

– Et ça marche ? a demandé Hal.

– Bien sûr que oui.

– Tu sais, a repris Nia, ça a un nom.

– Ah bon ?

– Oui, ça s'appelle le détournement d'attention. J'ai lu quelque chose là-dessus dans un livre sur Harry Houdini. C'est comme ça que marchent les tours de magie. Tu agites le poignet en faisant sortir une pièce de l'oreille d'un enfant, du coup il croit qu'elle vient de ta manche et non de ton poing fermé. C'est comme ça aussi que les pickpockets réussissent à te voler ton portefeuille sans que tu le sentes : ils te marchent sur le pied, s'excusent, attirent ton attention sur autre chose. Les psychologues ont fait des études : si quelqu'un qui a un mouchoir rouge dans la poche de sa veste essaie de te vendre le pont de Brooklyn, tu lui poseras moins de questions que s'il n'en a pas. C'est comme si ton cerveau était distrait par la couleur. Ça casse ta concentration, ta capacité de raisonner de façon logique.

– Wow ! ai-je fait. Ça s'appelle comment déjà ?

– Le détournement d'attention, a-t-elle répété.

Je me suis sentie un peu bête de ne pas savoir ça, mais Callie et Hal semblaient tout aussi ignorants que moi.

Je ne leur ai pas dit que ce que je faisais était du détournement d'attention à la puissance dix, que même Harry Houdini ne pouvait pas disparaître comme je le faisais.

– Et maintenant ? a dit Hal. Comment on fait pour traverser le campus sans être vus ?

– Même méthode, ai-je répondu. On part dans la direction opposée, comme si on était en retard. On se sépare : ils s'attendent sûrement à un groupe de gamins. S'ils nous voient un par un, ils ne nous prêteront aucune attention. Le plus important, c'est qu'on ne leur apparaisse pas comme une menace : ce sont des gardes, ils sont entraînés à remarquer le danger.

– D'accord, a acquiescé Callie.

– Et, Hal..., ai-je repris. Ne balance pas les bras. Ça ne te donne pas l'air décidé, on dirait que tu fais signe. Et on ne veut pas leur faire coucou.

Il a haussé les épaules, mais gardé les bras le long du corps. On est sortis du champ de vision des gardes avant de traverser la route, et de revenir par les bois.

– Et là ? a demandé Nia.

– Aucune idée, ai-je répondu. On s'approche autant que possible, en espérant trouver une autre façon d'entrer.

– Je sais, a dit Hal. Il y a une entrée non gardée à l'arrière, près d'un vieux sentier.

– Tu as eu une autre prémonition ? a demandé Nia, tout excitée.

– Non, a-t-il répondu avec un sourire moqueur. Je viens courir par là, de temps en temps.

– Oh ! a-t-elle soufflé, déçue.

– Mais c'est la première fois que je vois ces gardes, a-t-il ajouté.

On a traversé les bois, avant de sortir près du grillage. Hal avait raison : il y avait un vieux garage juste à côté, et un portail dans la clôture. Malheureusement, il était fermé par une lourde chaîne. Entre les arbres tout proches et le garage, les gardes ne pouvaient pas nous voir.

– Vous êtes sûrs de vouloir entrer ? a demandé Nia. Même le hangar de l'aérodrome n'était pas sécurisé comme ça, et on a failli se faire prendre.

Hal a regardé Callie. Callie m'a regardée. J'ai regardé Nia.

– D'accord, d'accord, a-t-elle lâché dans un soupir. C'est justement pour ça qu'on doit entrer.

– Exactement, a confirmé Hal.

Puis, comme si c'était un bout de bois, Callie a brisé la chaîne. Le portail s'est ouvert et nous sommes entrés.

Il y avait suffisamment d'arbres sur le campus pour qu'on puisse courir de l'un à l'autre sans se faire repérer. Il fallait juste espérer qu'il n'y avait pas de caméras, mais je n'en avais pas vu. On s'est cachés derrière des buissons à côté du premier bâtiment. Nia s'est levée pour regarder par la fenêtre :

– C'est une vieille salle de classe.

– Quelque chose de spécial ? ai-je demandé.

– Non.

Longeant les murs et sautant derrière les arbres, on a rejoint un autre bâtiment. De l'extérieur, il paraissait immense, aussi grand que notre lycée. Par les fenêtres, on a vu qu'il entourait une immense cour, sur laquelle les salles de classe avaient vue.

On s'est appuyés sur les murs pour mieux voir, et Nia a soudain fait un bond en arrière, se frottant les mains comme pour effacer la sensation des briques :

– Whoa !

– Tu as senti quelque chose ? ai-je demandé.

– Entendu, plutôt. Des voix d'enfants. Comme la récréation d'une école primaire, des gamins qui jouent. Je pense que la cour servait à ça.

– Une cour de récréation dans une faculté de pharmacie ? s'est étonnée Callie. Les étudiants auraient commencé franchement jeunes.

– Je ne crois pas qu'ils prenaient des cours pour être pharmaciens, a répondu Nia d'un air sombre.

Les fenêtres étaient fermées, mais, en poussant assez fort, Callie a réussi à en soulever une. Hal s'est glissé le premier à l'intérieur, et on l'a suivi.

– Vous ne trouvez pas ça bizarre, a-t-il lancé, qu'aucune alarme ne se déclenche ?

– Si, a acquiescé Callie. S'ils se sont donné la peine de protéger un campus abandonné avec un grillage et des gardes, ils auraient pu mettre un système d'alarme.

– Peut-être qu'il est silencieux, a suggéré Nia.

– Tu sens quelqu'un approcher ? ai-je demandé à Hal.

Il s'est immobilisé un instant, le regard vague, avant de secouer la tête :

– Pas pour le moment. Mais on ferait mieux de se dépêcher.

On a pris un couloir désert, passant la tête dans une série de salles de classe vides, mais, après un tournant, on a remarqué un changement : les portes étaient fermées.

Nia a touché une poignée, et son visage a pris une expression étrange. Était-elle en colère ? Effrayée ? Bouleversée ?

– Je sens des enfants, a-t-elle dit. C'était leur dortoir, derrière. Ils ont touché cette poignée des centaines de fois, depuis l'intérieur. Ils la regardaient tout le temps. Ils se demandaient ce qu'il y avait de l'autre côté. Ils se demandaient si le monde normal, le monde dans les livres et les films pédagogiques, était juste derrière cette porte. Ils n'avaient pas le droit de sortir.

Hal a lancé un regard appuyé à Callie.

– Tu veux que je... ?

Il a hoché la tête. Elle a fait un pas en avant, et posé la main sur la poignée. Il fallait appuyer sur un loquet pour ouvrir, mais Hal n'avait pas réussi. Quand Callie a essayé, elle a grimacé un instant, et soudain la porte était ouverte. La poignée ne tenait plus que par une vis.

– Joli, a apprécié Hal en lui tapant dans la main.

Elle a rougi.

– Les gars ? a fait Nia, amusée. On se concentre ?

On s'est retrouvée dans une grande pièce avec des rangées de lits en fer, à la peinture blanche écaillée. La plupart des matelas avaient disparu, mais ceux qui restaient étaient tout minces, déchirés et tachés.

– Ces enfants... ils dormaient là, a indiqué Nia en regardant partout avec de grands yeux.

– Mais c'était quoi, cet endroit? s'est exclamée Callie en tapotant une tête de lit du bout des doigts.

J'ai décidé d'aller voir les doubles portes au fond de la pièce. Elles avaient la même poignée, mais n'étaient pas verrouillées. J'ai vu une pancarte avec le dessin d'un micro, ainsi qu'un bouton sur le mur, avec écrit « Sonnez pour entrer ».

Hal est passé avec moi.

– C'était une école, a-t-il dit.

Cette grande pièce contenait un tableau noir dans un coin, et quelques bureaux à l'avant. Un tapis à l'air poussiéreux et aux couleurs passées avait été roulé contre un mur. Des tables basses et de petites chaises étaient rassemblées au centre, les chaises posées sur les tables comme pour faciliter le ménage. Des cartes étaient punaisées au mur: celle de l'Europe datait de l'époque où l'Union soviétique regroupait l'essentiel des pays d'Europe de l'Est.

Mon père adorait l'histoire. Quand on voyageait ou qu'on faisait la queue quelque part, il me racontait comment vivaient les gens autrefois, ou les exploits d'hommes célèbres. Il aimait particulièrement parler de la guerre froide, qui s'était déroulée pendant son enfance – il était né en 1965. À l'époque, tous les Américains craignaient d'être attaqués par les Russes.

« Ils étaient les deux plus grands pouvoirs du monde, expliquait-il. Ils voulaient se battre, mais ils avaient tellement d'armes atomiques que le plus petit affrontement aurait pu se transformer en catastrophe nucléaire. »

Quand il avait vingt-six ans, l'Union soviétique avait été dissoute. Tous les pays de l'Est avaient retrouvé leur indépendance, et la guerre froide avait pris fin.

Un des murs était couvert d'étagères remplies de cartons de documentation. Certains portaient des étiquettes que je reconnaissais : maths, arts du langage, chimie... Mais d'autres étaient plus surprenants. Que pouvait-on apprendre en « planification métrique » ? En « réalités diplomatiques » ? Ou encore en « optimisation de l'intelligence » ?

J'ai soulevé le couvercle d'un carton intitulé « Études du sommeil », pour y trouver quatre fichiers en accordéon. J'en ai pris un, où était écrit « Étude du sommeil 17 : test de la sirène ». J'ai saisi une feuille au hasard : « 12 mars : jour 7, décibel 35 ». En dessous était rédigé le rapport d'une expérience très étrange.

« **Sujets :** C33-4867, C33-2990, C33-1109, C33-9821

Objectif : Mesurer les réactions de fuite ou d'agressivité volontaires ou involontaires chez les sujets améliorés avec l'hormone d'ultra-sensitivité génétique 5K.

Méthode : Les sujets exposés à la thérapie génique ainsi qu'à diverses quantités de l'hormone d'ultra-sensitivité génétique 5K au cours d'un programme expérimental de neuf mois ont été informés qu'en raison de la présence (fictive) d'un virus dans le dortoir, ils seraient déplacés dans la Salle d'Expérimentation 16, qui a été transformée en chambre de laboratoire en vue de cette expérience, et équipée d'un système d'isolation sonore, de captage audio et de surveillance vidéo pour permettre une observation clinique.

À 20:28, les quatre sujets ont reçu un mélange de somnifères par injection, malgré quelques protestations de la part de C33-2990*. Les sujets sont entrés en phase de sommeil paradoxal à respectivement 20:35, 20:42, 20:51 et 21:07. La sirène C (alerte de l'aviation britannique) a été diffusée à 21:12:00 depuis des haut-parleurs dissimulés dans la pièce, à la puissance de 35 décibels (équivalent à une corne de brume à un mètre de l'oreille).

À 21:12:12, 21:12:16, 21:12:16 et 21:12:21, les sujets ont ouvert les yeux et leur rythme cardiaque a augmenté de 45 %. Des analyses de sang ultérieures ont démontré des augmentations du taux d'adrénaline ainsi que, plus étonnant, de cortisol. Les sujets ont tenté de se libérer des entraves de bras et de chevilles. C33-2990* a réussi à dégager sa main gauche et presque à retirer sa perfusion, au point que des techniciens ont dû entrer, le contenir et remettre la perfusion en place avant que les essais #2-#14 puissent être lancés dans la même session de tests.

*C33-2990 continue de montrer une tendance dérangeante à saboter les expériences. Le sujet a dû être mis sous sédatifs. »

« Résistance à la pression », ai-je lu sur un autre carton : les sujets devaient se mesurer les uns aux autres, le premier à terminer une série de tests de QI recevrait une récompense. Au départ, ils travaillaient sans entraves, puis ils ont dû accomplir les tâches avec divers handicaps : en portant une lourde veste militaire, ou des lunettes qui obscurcissaient leur vision. À un moment, ils ont mis le chauffage tellement haut qu'un des sujets s'est évanoui, ou l'ont tellement baissé que le rapport disait: « Les sujets ont vaillamment persévéré, malgré des contusions découvertes plus tard là où leurs doigts gourds serraient les crayons. »

Et quelle était cette récompense incroyable pour que les sujets soient prêts à tout pour terminer les tests? Une dispense d'une semaine « des visites à l'infirmerie ».

– À ton avis, ça veut dire quoi, « les visites à l'infirmerie » ? a demandé Callie.

– Je ne suis pas sûre de vouloir savoir..., ai-je répondu.

Tous les articles contenaient une ligne au bas signé du Directeur des Recherches. Et de temps en temps, il s'agissait d'un homme dont le poste était décrit comme « Directeur, programme de recherche sur le développement humain C33, confidentiel ». Mais ce n'est pas ça qui m'a surprise. C'est le nom inscrit au-dessous: je l'avais vu sur les formulaires de sortie d'hôpital de Thornhill, entendu dans les histoires de mon père et de la mère d'Amanda. L'homme qui dirigeait ce programme n'était autre que le Dr John Joy.

CHAPITRE 7

Pendant notre tour du pays en caravane, ma mère gardait l'argent dans une boîte de café, sous le siège du conducteur. Un jour, vers la fin du voyage, elle a emmené mes sœurs. J'ai récupéré la boîte pour compter l'argent, et j'ai trouvé un morceau de papier, tout froissé. On était sur la route depuis longtemps, et sur le point de nous installer à Orion. J'avais été perdue et intriguée pendant ces longs mois, mais ce petit mot m'offrait un début d'explication.

« Ma très chère Tha,

Si tu lis ceci, c'est que je suis mort. J'espère que tu es en sécurité, que ce qui m'est arrivé ne t'a pas mise en danger. Ces derniers mois, je n'ai pensé qu'à votre sécurité, à toi et aux filles. J'ai donné cette lettre à un ami, quelqu'un en qui j'ai confiance, qui veillera sur nous, et sur toi.

Si je ne suis plus là, je t'en supplie : suis mes instructions, et fais-le vite. Crois-moi quand je te dis que c'est la seule issue. Pour commencer, vends ton piano. J'ai un accord avec un homme en ville, son adresse est au dos de cette lettre. Il te paiera comptant, et tu devras apporter cet argent à Sam, au parking. Il te vendra une caravane pas chère. Le jour où tu l'achètes, prends les filles et partez. Roulez sans vous arrêter pendant une semaine. Pas de campings. Ne donnez vos noms nulle part. Dormez quand vous pouvez, mais éloignez-vous le plus possible. Ne paie qu'en liquide, vole s'il le faut. Rappelle-toi : tu dois sauver la vie de nos enfants.

Jusqu'à ce qu'on te dise le contraire, change de nom chaque fois que tu dois l'écrire. Ne donne jamais le nom de gens ou de lieux au téléphone. Repars au bout d'une semaine. Si tu penses qu'on te suit, roule. Continue pendant un an et, si tu penses être alors en sécurité, crée une nouvelle adresse électronique dans un cybercafé et envoie "tu me manques" à not1956@gmail.com. Continue de rouler sur 300 kilomètres en changeant constamment de direction, avant de regarder si tu as une réponse. Des instructions suivront.

Je ne peux qu'espérer et prier pour que tu ne découvres jamais cette lettre, que tu n'aies jamais à la lire, que ce qui m'inquiète est bien trop terrible pour être réel. Et sache que, s'il m'est possible de veiller sur vous depuis là-haut, je serai près de vous.

À jamais,

George »

Le lendemain, la boîte avait disparu. J'avais dû mal replier la lettre, ou faire une autre erreur, qui avait indiqué à ma mère que je l'avais lue. Mais elle ne m'a rien dit. Deux mois plus tard, quand nous vivions à Orion, j'ai retrouvé la boîte dans un bocal intitulé « farine » (personne n'utilise de farine chez nous), mais la lettre avait disparu.

Callie a eu un hoquet. Du moins, c'est ce que j'ai pensé. Lorsque j'ai levé les yeux de mon dossier, elle se tenait devant une étagère remplie de puzzles. Elle en avait un dans les mains, et le regardait comme s'il risquait d'exploser d'un instant à l'autre. Elle avait les yeux écarquillés, et a laissé échapper une larme.

– Qu'est-ce qu'il y a ? a demandé Nia.

– Ce puzzle, a-t-elle soufflé. Il contient cinq mille pièces, et pas une seule n'est de la même forme. Il n'existe qu'une seule entreprise, en Allemagne, qui les fabrique.

– Comment tu le sais ? a demandé Hal.

– Parce que ma mère a commandé précisément celui-ci pour moi. Pour Noël, il y a deux ans. Elle a dit que ça lui rappelait un de ses souvenirs d'enfance préférés.

– Oh, wow..., a fait Hal.

Elle a pris une profonde inspiration, comme pour contenir ses sentiments :

– Ce n'est pas le moment de s'attarder là-dessus. Pas le temps. Les gardes.

– Elle a raison, a approuvé Nia en lançant un regard acéré à Hal.

– À ton avis, qu'est-ce qu'il y a derrière ces portes? a-t-il demandé, comme pour distraire Callie.

Il désignait de nouvelles doubles portes équipées elles aussi d'une sonnette. Était-ce une sorte de suite, comme dans un hôtel?

Elles n'étaient pas fermées à clé. Hal a ouvert et nous sommes entrés dans une pièce qui semblait sortie d'un hôpital, ou du cabinet d'un médecin. Ou un mélange des deux. Des box étaient séparés par des rideaux. Il y avait des tables d'examen, quelques lits d'hôpital, de vieilles armoires métalliques dont les portes tenaient à peine, et d'antiques machines avec des sièges de cuir et de petits écrans qui semblaient dater du tout début de l'informatique.

Dans un coin, j'ai aperçu une dizaine de lampes sur pied, comme dans les salles d'opération. La plupart avaient une ampoule brisée, et elles étaient couvertes de poussière, mais elles avaient dû être extrêmement puissantes.

– C'est un équipement pour opérer? Ils faisaient des opérations? Ici? s'est exclamé Hal.

– Vous croyez que c'était ici, les «visites à l'infirmerie»? a demandé Callie.

– Et qu'ils faisaient aussi de la thérapie par électrochocs? a ajouté Nia.

Elle désignait un lit d'où pendaient des électrodes, à côté duquel trônait une vieille machine avec un cadran inquiétant.

– Ou alors c'était simplement de la torture, a dit Hal. Enfin, regardez autour de vous: je serais prêt à faire un test de QI dans un froid glacial, encore et encore, pour ne pas avoir à venir ici.

– Attendez, a fait Nia en posant sa main sur la table d'examen. Je sens quelque chose, mais c'est faible. Ça marcherait peut-être mieux si on se tenait la main ?

J'ai aussitôt compris qu'elle parlait de cette énergie qui semblait nous traverser quand on se touchait tous. Elle devait penser que ça nous rendait plus forts.

On s'est tous attrapé les mains. Et j'ai senti l'énergie.

– Ça marche ? ai-je demandé à Nia.

Mais, soudain, j'ai vu quelque chose qui m'a fait basculer.

Je pensais que cette énergie améliorerait la vision de Nia, pas qu'on allait la partager.

J'ai ressenti un terrible besoin de fermer les yeux, et alors c'était comme si je regardais la télévision à l'intérieur de ma tête.

Je les ai rouverts brusquement.

– Vous aussi..., ai-je commencé.

– Ne me distrais pas, a sifflé Nia.

J'ai refermé les yeux.

J'ai vu un enfant assis sur la table. Il était jeune, peut-être sept ans. Pas plus de neuf, en tout cas.

– Il court, il court, le furet, Morton, a égrené une infirmière d'une voix sèche.

Je n'arrivais pas à voir son visage, ni son corps d'ailleurs, juste le flou blanc de sa blouse. En revanche, je distinguais très bien le petit garçon. Il avait un menton pointu, de petites oreilles sous ses cheveux courts, et son expression indiquait qu'il était effrayé.

– J'ai super peur de ces trucs, disait-il, la lèvre tremblante. Je suis plus peurable que les autres enfants. Je suis le plus peurable.

– Tu es apeuré, a grommelé l'infirmière.

Elle a débouché une fiole. Une autre, vide, reposait sur un plateau à côté d'une immense aiguille.

– Je veux ma maman, a soufflé le petit garçon.

Il ouvrait de grands yeux, sa respiration s'était accélérée. Il était sur le point de pleurer. Ou de faire pipi dans son pantalon.

– Tu n'as pas de maman, a grogné l'infirmière. Ta maman ne voulait pas de toi. C'est pour ça que tu es là.

Soudain, Nia a lâché nos mains.

– Je ne peux pas voir ça, a-t-elle dit.

Callie avait les larmes aux yeux.

– Ça me rend fou, a grondé Hal.

– Vous imaginez..., a commencé Nia en frissonnant.

Je n'arrivais même pas à parler. Comment pouvait-on faire ça à des enfants ? Pour que les autres ne me voient pas pleurer, j'ai détourné la tête.

J'allais m'interroger sur la façon dont nous avions tous partagé la vision de Nia, mais mon regard est tombé sur une étiquette sur l'armoire : « Profil des sujets ». Ce devait être à l'infirmière : elle y notait sûrement les protocoles de traitement pour chacun des enfants qui venaient la voir.

– Hé, regardez, a lancé Hal.

Il a ouvert le tiroir, qui débordait de dossiers, chacun avec un numéro au lieu du nom d'un enfant. Chaque numéro commençait par C33.

– Cherche le C33-2990, ai-je dit. C'est celui qui refusait de se plier aux expériences.

Hal a obtempéré et tendu le fichier à Nia.

– 2990, c'est Max Beckendorf ! s'est-elle exclamée.

– Thornhill ? a soufflé Callie.

Nia nous a montré le dossier. Un sommaire était agrafé sur la couverture. Il indiquait que le « Nom du sujet » était Max Beckendorf. La case « Nom de naissance » avait été recouverte de marqueur noir. Une ligne pour « Thérapies géniques », une autre pour « Amélioration chirurgicale », et « Immuno-tech ». On ne savait pas à quoi ça correspondait, ce qui rendait le tout encore plus macabre. Et ce gamin avait enduré tout ça. J'ai songé au petit garçon de la vision de Nia.

Une ligne « Compétences » se trouvait sous cette liste. Max Beckendorf, alias C33-2990, semblait en posséder un certain nombre : Autorité, Autodiscipline, Sens du sacrifice, Force, Endurance, ainsi qu'Adhérence idéologique aux concepts tels que « l'Honneur » et « le Service ». Au bas de la feuille avaient été griffonnés quelques mots, qui rappelaient le rapport brouillon trouvé plus tôt.

« C33-2990 est un parfait exemple précoce du prototype de guerrier amélioré. Tout en possédant une intelligence affûtée et la capacité d'établir des stratégies, 2990 est capable de sacrifice de soi, d'endurance, et de supporter la douleur sur de longues périodes afin de défendre des idéaux. En tant que prisonnier de guerre, le sujet n'aura de cesse d'établir, de tester et d'exécuter des tentatives de fuite, sans jamais abandonner les éléments les plus faibles de "l'équipe" dont il se sent responsable. Bien qu'il soit doux envers les animaux et ceux qu'il estime être moins forts que lui, 2990 est un combattant féroce lorsqu'il est face à des adversaires appropriés – tels que C33-1780 – en boxe, arts martiaux, ou toute autre activité de préparation au combat. Ces derniers temps, 2990 entretient avec C33-3496 une relation de nature romantique, qu'il essaie par tous les moyens de cacher au personnel médical (et il pense avoir réussi). »

Le reste du dossier contenait essentiellement des mises à jour, des rapports des expériences menées et des traitements reçus, des bilans de santé hebdomadaires, la régulation des signes vitaux... Il n'était jamais question d'un anniversaire, mais le dernier bilan estimait que 2990 avait dix-neuf ans.

Tous ces papiers, y compris celui sur la couverture, étaient datés et signés par le Dr John Joy.

Les mains tremblantes, Hal a sorti le dossier de C33-3496. Annie McLean.

– Ce doit être la mère d'Amanda, a dit Callie. Un amour d'école. C'est trop mignon !

– Ce n'était pas une école, a rétorqué Nia en haussant les sourcils.

– C'est vrai...

Le dossier d'Annie McLean ressemblait beaucoup à celui de Max. Elle avait suivi à peu près autant de traitements, mais ce n'était pas les mêmes. Ses « Compétences » étaient plutôt Acquisition des langues, Compréhension et logique grammaticales, Communication empathique, Écoute analytique et Dissimulation.

« C33-3496 continue d'user de ses compétences en langage et communication pour établir un sentiment d'unité entre les sujets, et développe son sens de la mission. 3496 maîtrise le swahili et a été initiée à l'urdu et à diverses formes de dialectes maori qu'elle a appris dans un laps de temps plus court que prévu. Au cours des trois derniers mois, après avoir travaillé avec un professeur de théâtre, elle a été emmenée hors site et est parvenue à pénétrer dans les ambassades de Thaïlande, d'Iran et de Suède, où elle a réussi à extraire de faux codes dissimulés par des agents alliés. Comme toujours, le sujet a été informé que chaque être humain qu'elle croisait était un employé ou un acteur engagé pour cet exercice. Voir la note sur le dossier de C33-2990 pour le développement d'une relation. »

– Cherche Brittney Bragg, a suggéré Nia. Quelles compétences particulières l'ont amenée à être présentatrice télé ?

– Tu connais son numéro ? a demandé Hal.

– C33-4750, a répondu Callie.

– Tu l'as mémorisé juste comme ça ? s'est-il étonné.

– C'est facile avec les nombres.

– OK, la voilà, a-t-il annoncé en sortant le dossier. Wow ! elle a subi un grand nombre d'opérations et d'améliorations.

– Ça expliquerait beaucoup de choses, a commenté Nia qui lisait par-dessus son épaule. À votre avis, c'est quoi, la Reconstruction du Génome ?

Hal a feuilleté le dossier, faisant défiler les rapports de diverses procédures, de tests et d'observations.

– Là ! a fait Nia.

Il nous l'a lu à voix haute :

– « **Thérapie de Reconstruction du Génome**

Le 6 novembre 1978, le 23 janvier 1979, le 14 mai 1979, le 8 juillet 1979 et le 7 juin 1980, le Dr John Joy a posé les bases des techniques de la thérapie de reconstruction du génome. Au cours de sa petite enfance, le sujet C33-4750 a reçu du matériel génétique provenant de sujets adultes, tout en subissant des opérations de chirurgie plastique. Le matériel génétique a été prélevé sur des individus présentant un pourcentage de 90 % pour les caractéristiques suivantes : « belle », « adorable », « amusante », « séduisante », « charmante ». Ces données ont été recueillies lors d'études d'audimat entre octobre 1976 et juillet 1977. Le nez, le menton, les joues, la bouche et la forme des yeux, ainsi que d'autres caractéristiques physiques, ont été privilégiés, usant du matériel génétique ainsi que de photographies des modèles dans leur enfance. 4750 a été physiquement modifiée et génétiquement améliorée à sept, huit et neuf ans, période au terme de laquelle les opérations ainsi que la thérapie génique ont été finalisées. »

Ça dit bien ce que je pense que ça dit ? a grimacé Hal.

– Qu'ils ont pris des photos de top-modèles quand elles étaient enfants, et qu'ils ont charcuté Brittney pour qu'elle leur ressemble, puis qu'ils lui ont injecté du matériel génétique de ces mêmes femmes pour qu'elle soit comme elles en grandissant.

– C'est atroce, a soufflé Callie.

– Regarde ses compétences, ai-je suggéré.

Je me demandais quel impact la chirurgie plastique pouvait avoir eu sur quelqu'un d'aussi jeune.

Hal est revenu au début du dossier. Dans la ligne des compétences, il était écrit « N/A ».

– N/A, a lu Nia. Non applicable.

– Et le rapport ? a demandé Callie.

On s'est tous penchés dessus.

« C33-4570 continue de lutter contre des sentiments d'infériorité, de manque d'estime et de haine de soi. Avec les autres, 4750 est agressive et colérique. Ses traitements étant concentrés sur son apparence physique, son développement mental est loin d'égaler celui des autres. Le Dr Ellen Schwartzman, psychiatre spécialisée en anorexie mentale, a été consultée lorsque 4750 a cessé de s'alimenter entre l'avant-dernier et le dernier traitement. Après huit mois, le Dr Schwartzman a violé son serment de confidentialité et tenté d'enlever 4750 (voir le dossier #25-B). Le Dr Schwartzman a été retirée de l'opération et le Dr John Joy a tenté de remédier à l'anorexie et à la dépression du sujet par une thérapie de modification du comportement, basée sur une discipline de sanction et des jours de confinement solitaire. Le sujet a répondu favorablement. »

– De la chirurgie plastique sur une gamine... C'est flippant, a dit Callie. Je me demande ce qui est arrivé au Dr Schwartzman ?

On a tous frissonné, mais il fallait qu'on continue.

– Il y avait un autre enfant dans le dossier de Max, a fait remarquer Nia. Celui qui était de force égale. C'était lequel ?

– C33-1780, a aussitôt répondu Callie.

Hal a trouvé le dossier, l'a ouvert, refermé, et me l'a tendu :

– Tu devrais le lire toi-même.

Le prénom du sujet était « George ».

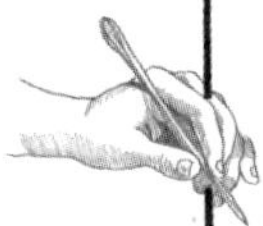

Chapitre 8

C33-1780, George, papa... avait subi de nombreux traitements, thérapies, tests et opérations. Ça me faisait bizarre de lire les traits de caractère de mon père en termes de « Compétences » : Empathie, Constance, Force, Endurance, Amabilité, Capacité de s'Intégrer.

« C33-1780 a été conçu comme le prototype du soldat de rang, pour travailler avec C33-2990, le prototype du chef de combat. Comme prévu, 1780 et 2990 ont tissé le genre de lien existant entre des frères d'armes sur le champ de bataille, en mission de couverture ou dans un camp de prisonniers. Exemple typique de la personnalité du “numéro 2”, 1780 est un élément important de la cohésion du groupe de sujets, sur qui ils peuvent tester leurs réactions face à 2990, qui leur donne énergie et motivation. De récentes expériences ont tenté d'entraîner 1780 à la musique malgré son absence de sens du rythme, afin d'améliorer ses capacités d'empathie, sans résultat. Aucune capacité d'écoute améliorée n'a été notée, contrairement à C33-3496. »

Respire. J'ai eu du mal à relever les yeux. C'était mon père. Sans aucun sens du rythme, mais très doué pour écouter. Quelqu'un qui vous mettait à l'aise pour lui parler, heureux de vous laisser mener la danse et toujours là pour vous. Il n'a jamais, jamais, baissé les bras. J'ai essayé de ne pas pleurer en refermant le dossier. J'ai presque réussi.

– Comment je peux trouver ma mère là-dedans ? a demandé Nia. Callie, tu te souviens...

Hal a mis un doigt sur ses lèvres.

– Il faut qu'on parte *maintenant,* a-t-il murmuré. Deux gardes sont dans le dortoir. Ils viennent par ici.

– Par où ? a demandé Callie, affolée.

Hal s'est arrêté un instant, puis il a désigné l'autre bout de la pièce :

– Des escaliers, par là. On y va.

C'était dans ce genre de situation qu'on était contents d'avoir un médium avec nous.

Le plus discrètement possible, on a traversé en courant la pièce médicale sordide et une série de portes battantes, puis on a dévalé les escaliers. J'étais en train de me dire que Hal devenait vraiment doué avec ses intuitions et ses prémonitions pour sauver notre peau, quand on s'est brutalement arrêtés au bas des marches. Les lumières vives qui se répandaient dans l'escalier auraient dû nous mettre la puce à l'oreille, mais on n'avait pas réfléchi. Et on se retrouvait coincés.

À l'étage, on s'était baladés dans un labo et une salle d'expérimentation humaine désaffectés depuis vingt ans. Là, on se retrouvait au sous-sol, dans un autre labo, pleinement opérationnel.

On aurait dû s'en rendre compte avant, à cause des gardes : les bâtiments étaient toujours utilisés. Mais on s'était tellement concentrés sur le passé que ce qu'on voyait constituait une surprise totale.

La pièce immense, s'étendait sur la surface de toutes celles de l'étage. On n'en voyait même pas le bout, au-delà des lits d'hôpital, des équipements médicaux, des hottes métalliques qui ressemblaient beaucoup à celle de ma cuisine, en plus énorme ; et des dizaines d'équipements brillants dont j'ignorais le nom, mais qui pour certains faisaient la taille de petites voitures. Des ordinateurs ronronnaient, des mesures s'affichaient, des machines bipaient. Des hommes et des femmes vêtus de blouses blanches consultaient des dossiers, déposaient des gouttes dans des tubes à essai pleins de bulles, et regardaient des écrans, assis sur de hauts tabourets au milieu de la pièce. Étonnamment, aucun d'eux n'a semblé remarquer notre présence. Hal a discrètement tourné les talons et nous a entraînées dans une pièce, derrière une porte vitrée où était écrit « Réfrigération ».

C'était une bonne chose qu'il nous ait rapidement trouvé une cachette. Mais, à noter : on ne peut tenir que soixante-dix-huit secondes dans une chambre froide avant de se transformer en sorbet humain. Il faisait glacial et sombre. La lumière qui nous parvenait par la porte vitrée était suffisante pour qu'on distingue de minuscules tubes à essai, tous recouverts d'un couvercle de caoutchouc. Nia a compris la première.

– On a un problème. Alerte rouge.

Elle avait raison. Ces fioles contenaient du sang, elles étaient identiques à celles retrouvées par Hal et Callie dans le bureau secret des Bragg. Mais, cette fois, on connaissait la signification des nombres avec C33 sur chaque étiquette. Je savais qu'on devait se concentrer sur une façon de sortir de là... mais du sang ? On ne pouvait pas ignorer ça.

– Regardez ! a dit Hal.

Il a touché un écran sur le mur et activé un ordinateur, qui semblait contrôler la température de la pièce. Une fois en route, il nous a permis de voir des données sur la température, un logarithme, ainsi que des statistiques sur l'humidité et la pression barométrique. Mais, quand Hal a cliqué sur « Documents », on s'est retrouvés avec les mêmes fichiers que ceux observés la veille chez les Bennett.

Sauf que, lorsque Hal a cliqué sur un nom, on n'a eu accès qu'à un numéro dans la collection d'échantillons.

– Bon, c'est fascinant, a fait Callie. Mais c'est quoi, le plan pour sortir d'ici ?

– On court ? a suggéré Hal.

– On a eu une chance d'enfer qu'ils ne nous voient pas, a-t-elle répondu. Hal, tu peux essayer de voir si quelqu'un arrive ?

– On se prend les mains, a proposé Nia, ça lui donnera plus de puissance.

Hal et Callie ont dû s'attraper les mains en un clin d'œil, parce qu'il lui a suffi d'une seconde pour se rendre compte que je n'étais pas là.

– Zoé ?

– Elle est passée où ? a demandé Callie.

Ils ne me voyaient pas parce que j'étais au fond de la pièce, et je me fondais dans les ombres, observant les étagères remplies de sang. J'avais réussi à trouver la fiole C33-1780, celle de mon père.

Quand on est entrés dans cette pièce, j'ai pensé à un truc : j'ai toujours regretté d'avoir abandonné le corps de mon père en Californie. J'aurais aimé le voir dans un cercueil. Ou au moins avoir une urne et des cendres à disperser. Quelque chose, n'importe quoi.

Et, là, j'avais quelque chose. C'était peut-être un peu glauque, mais tant pis.

J'ai refermé les doigts sur la fiole. J'ai saisi le pendentif offert par Amanda et l'ai trituré un moment pour me calmer. Je l'ai serré fort et j'ai pensé à mon père, essayant de me souvenir de la couleur exacte de ses yeux, des fossettes de son sourire, de son rire, de l'odeur de sa chemise quand j'étais dans ses bras... Soudain, c'était comme s'il était là, et les larmes me sont montées aux yeux. J'ai regardé le pendentif. *Des larmes, du sang... c'est la même chose.* Je me suis rendu compte que je pouvais glisser le tube dedans. Il rentrait parfaitement. Amanda avait-elle su que je trouverais le sang de mon père ? Ça m'a fait bizarre de le prendre, mais qu'il trouve sa place dans mon collier m'a réconfortée. Cet endroit avait volé l'enfance de mon père. Puis ils lui avaient volé sa vie. Je voulais le faire sortir de là.

J'ai quitté les ombres et rejoint mes amis.

Callie avait glissé son bras sous celui de Hal. J'ai fait quatre pas et attrapé son autre bras, puis Nia s'est accrochée à moi. On a attendu que Hal voie.

Mais rien. Je l'ai regardé, me demandant comment savoir à quoi il pensait. Il aurait dû bouger. Son expression aurait dû se modifier, ou quelque chose comme ça.

Mais il était parfaitement immobile.

Son téléphone s'est mis à vibrer, brisant le silence.

– Désolé, a-t-il marmonné, comme si un professeur venait de l'attraper avec son portable en classe.

Nia nous a lâchées, Callie et moi.

– Tu veux le regarder ? a-t-elle raillé.

– Et si c'était important ? a fait Hal d'un air absent.

Elle a levé les yeux au ciel.

Quand il a lu le message, il a froncé les sourcils, puis son visage s'est éclairé. J'ai aussitôt compris qu'on nous offrait une porte de sortie.

44355512123 17:48:22 1K

SORTEZ. ROULEMENT GARDES DANS 60 SECONDES. VOITURE DEHORS.

J'ai fermé les yeux, essayant de trouver un moment où tous les chercheurs regarderaient ailleurs. Et j'ai réussi.

« Maintenant ! » ai-je soufflé.

J'ai ouvert la porte, et on a traversé le labo en silence. On a monté les escaliers aussi vite que possible sans courir, mais, quand on est arrivés au niveau de l'hôpital, on courait à perdre haleine. On est passés dans le dortoir, le couloir, la salle de classe, à travers la fenêtre puis, toujours en longeant les murs et en sautant derrière les arbres, on a rejoint le portail, les bois, et enfin la route. Ce n'est qu'une fois adossés à un mur de briques que Hal a repris son souffle.

– Et vous n'allez pas me demander de qui vient ce message ? a-t-il dit.

– Il n'est pas d'Amanda ? s'est étonnée Callie.

– C'est ce que j'ai pensé, moi aussi, a dit Nia.

– Non, a répondu Hal. Croyez-le ou non, il est de mon père.

Difficile d'imaginer un moment où l'arrivée du mini-van de la mère de Hal, avec le sticker « Mon fils est major de promo et il va faire mordre la poussière au tien », ne serait pas une honte totale pour lui.

Et pourtant, là, c'était le cas.

La porte coulissante s'est ouverte et on s'est tous entassés à l'intérieur. M. Bennett a démarré avant même qu'on ait fermé. Le véhicule était rapide, et il le poussait au maximum, dérapant dans les virages et grillant les feux rouges sans même sourciller. Qui l'aurait cru ?

– Papa, mais qu'est-ce que tu fais là ? s'est exclamé Hal.

Le visage de M. Bennett était pâle et fatigué. Il ne ressemblait en rien à l'homme calme que nous avions vu la veille, qui lisait son journal et se délassait dans son jardin.

– Tout va bien, les enfants ? a-t-il demandé.

– Je vais bien, a répondu Hal. On va tous bien. Mais je ne comprends pas : comment tu as su qu'on était là ?

Je le voyais essayer de relier tout ce que nous venions de découvrir avec les derniers évènements : son père, le minivan, et le message.

– Je..., a-t-il repris. Je vais avoir des problèmes ?

– Pas du tout, a répondu M. Bennett en éclatant de rire malgré la tension. Vous... tous les quatre, vous êtes des génies, voilà ce que vous êtes.

– Pardon ? a dit Hal, incrédule.

– Je vais tout vous expliquer dans un instant.

Il a semblé sur le point de commencer, avant de faire un énorme demi-tour au milieu de l'intersection entre Astoria et Miller. Il nous a ramenés vers la faculté, puis il a tourné à gauche, nous conduisant en silence vers une destination qu'il n'a pas nommée.

CHAPITRE 9

– *Chez Brewster ?* s'est exclamé Hal au moment où on se garait devant le meilleur glacier d'Orion.

Ils créent leurs propres parfums, parfois ils n'ont même pas chocolat ou vanille, et je pense qu'ils ont inventé le sundae à la poussière.

– Allez vous prendre des sundaes, a ordonné M. Bennett. Ou ce que vous voulez. C'est le moins que je puisse faire. Ensuite, on discutera.

Je ne pensais pas être capable de manger, mais, dès que j'ai eu mon sundae à la menthe poivrée avec de la sauce au chocolat chaud et des morceaux de cookie, je me suis rendu compte que je mourais de faim. J'en avais déjà dévoré un tiers lorsque M. Bennett, qui savourait sa boule de moka, a brisé le silence :

– Écoutez. Je... nous – je pense parler au nom de vos parents, aussi –, nous sommes morts d'inquiétude. Quand vous êtes devenus les amis d'Amanda, quand elle a disparu, quand vous vous êtes rapprochés... Je vous observais.

– Wow ! attends, l'a arrêté Hal en levant la main. Tu es au courant pour Amanda ?

– Je travaille avec Roger Thornhill depuis des années, a répondu M. Bennett. C'est pour ça que notre famille a déménagé à Orion, avant Thornhill, d'ailleurs. Mes compétences particulières... Vous les avez lues ? Comment le Dr Joy a cherché des enfants, et même des bébés, qui avaient certains talents innés, puis comment il les a entraînés et modifiés génétiquement ?

Aucun de nous n'était vraiment prêt à répondre à cette question. Si M. Bennett travaillait avec Thornhill, et s'il nous observait... s'il savait pour le Dr Joy... pourquoi ne nous avait-il pas arrêtés ? Pourquoi nous avait-il laissés faire tous ces trucs dangereux ? On aurait pu être blessés tellement souvent !

– C'est choquant, n'est-ce pas, que vos parents vous laissent faire en toute connaissance de cause ? a-t-il repris. (Notre silence lui indiquait qu'il fallait qu'il revienne un peu en arrière.) Quel parent responsable, et même quel parent négligent, ne ferait rien pour empêcher son enfant d'affronter le genre de danger auquel vous avez été exposés ?

– C'est ce que je me demande, oui, a répondu Hal d'un air sombre.

– Et c'est normal, a acquiescé M. Bennett. Je peux vous dire que j'ai été inquiet, beaucoup plus que je croyais pouvoir le supporter. Mais je suis aussi impressionné. J'ai été abasourdi, même, par tout ce que vous avez accompli. Et maintenant il est important que je vous donne toutes les informations susceptibles de vous aider. Thornhill est convaincu, et je suis d'accord, que vous quatre êtes les seuls à pouvoir aider Amanda, et qu'elle est la seule à pouvoir tous nous aider.

J'ai regardé Hal, qui fixait son père la bouche ouverte, tout comme Callie. Seule Nia avait l'air d'encaisser la nouvelle. Elle est allée droit au but.

– D'accord, a-t-elle dit en se penchant en avant. Vous nous parliez des thérapies du Dr Joy. On a lu quelques dossiers. Et on sait que vous y étiez. Qu'est-ce qui vous est arrivé ?

– J'étais un de ces enfants, oui. Le Dr Joy voulait transformer mon cerveau en ordinateur. Il a augmenté au maximum ma capacité de stocker des données et de les analyser.

– C'est pour ça que tu es devenu comptable ? a demandé Hal.

– C'est facile pour moi, a répondu M. Bennett avec un sourire. Je peux gérer les entrées et les sorties de données d'une multinationale avec des revenus comparables à ceux d'un petit pays, et tout ça dans ma tête. Il n'y a pas beaucoup de gens qui en sont capables.

– Et c'est pour ça que tu voyages autant ? a demandé Hal. Parce que le Dr Joy t'a entraîné pour être un exceptionnel...

Je savais qu'il pensait à Thornhill, à ses talents de soldat, ses redoutables aptitudes au combat, à se comporter de façon héroïque et à tout sacrifier pour une cause en laquelle il croyait.

– Tu as été entraîné pour devenir une sorte de génie de la comptabilité? s'est-il enfin exclamé.

M. Bennett a éclaté de rire:

– Ce n'était pas vraiment le but du Dr Joy. Mais le résultat, c'est ça. Les comptables ont toujours du travail pendant la période des impôts. Et cet emploi était une couverture parfaite pour pouvoir travailler avec Thornhill. Je l'ai aidé à retrouver et à protéger autant d'anciens C33 et leurs familles que possible. J'ai créé une base de données. Mais ce n'est pas ce que vous avez vu sur l'ordinateur de Thornhill.

– Comment sais-tu ce qu'on regardait?

– Parce que j'ai installé un logiciel sur mon ordinateur portable, qui me permet de voir à distance ce qui se passe sur celui de la maison.

– Et tu n'as pas essayé de nous arrêter?

– Il fallait que je vous laisse faire. Vos talents, votre lien avec Amanda... vous êtes les seuls à avancer dans vos recherches, et elle est la clé pour tout arrêter. Pourquoi crois-tu que j'ai tondu la pelouse à ta place? a demandé M. Bennett en souriant.

– D'accord, a répondu Hal en secouant la tête. Wow!

– Après vos découvertes d'hier, j'ai su que vous iriez à la faculté. Et croyez-moi, j'ai fait tout ce que j'ai pu pour vous protéger. On a tout un système qui nous permet de surveiller les bâtiments, et vous aussi du coup. C'est comme ça qu'on a su pour le changement de gardes, et depuis combien de temps vous étiez là. Enfin..., a-t-il fait en mordant dans son cornet, ce que vous regardiez est une copie de la base de données de l'Officiel. Nous avons réussi à la pirater il y a un mois, mais elle a dû être mise à jour depuis.

– Une minute, l'a coupé Nia. C'était quoi, cet endroit? Vous viviez là-bas quand vous étiez petit? Avec les parents d'Amanda? Et le père de Zoé?

– Et ta mère, a-t-il ajouté d'une voix douce.

– Mais j'ai visité le village où ma mère a grandi, a protesté Nia. En Colombie.

– Ta mère était la plus jeune de notre groupe: elle n'avait que dix ans quand on a été libérés, elle a donc pu avoir une enfance à peu près normale après tout ça. Elle a été envoyée en Colombie parce que son héritage génétique l'y rattachait, mais personne ne connaissait sa famille. Les années passées dans le programme étaient floues, pour elle, ça tenait plus du cauchemar que de la réalité. Elle ne faisait pas partie des combattants, de ceux qui luttaient de toutes leurs forces contre le Dr Joy et ce qu'il voulait faire de nous.

– Il a mené des expériences sur vous? a demandé Hal. Et c'était légal?

– C'est ça, a répondu M. Bennett. À l'époque, notre gouvernement vivait dans la peur d'être assujetti à l'Union soviétique. Le Congrès a été convaincu par le projet du Dr Joy, parce qu'ils étaient désespérés au point d'accepter n'importe quoi pour sauver notre nation des Soviétiques.

– Et ça a marché? Vous êtes tous devenus des super-héros?

M. Bennett a éclaté d'un rire sans joie:

– Pas vraiment, non. Quelques-uns d'entre nous sont des génies, comme ta mère, Callie; ou ont des compétences qu'ils utilisent pour leur boulot, comme moi. Mais la plupart des C33 ont énormément de mal à vivre en société. Soit ils ont travaillé très dur pour se réintégrer, soit ils sont morts, ou vivent complètement reclus. Vous n'imaginez pas combien de ces gens ont simplement abandonné leur voiture au bord de la route pour disparaître.

– Wow ! a soufflé Hal.

– C'est vous, vous, les enfants, qui avez développé des capacités extraordinaires.

– Comment ça, tu..., a balbutié Hal. Tu es au courant ?

– Il y en a d'autres comme vous, a acquiescé son père. J'ai retrouvé une famille en Alaska, dont le fils de dix-sept ans peut communiquer avec les animaux. Je pense qu'Amanda a suivi sa piste avant de venir à Orion. Il a révélé ses pouvoirs à un moment où nous ignorions où se trouvait votre amie. Au Japon, l'enfant d'un ancien C33 a commencé à concevoir des jeux vidéo multijoueurs à l'âge de huit ans. On pense qu'une fois encore, il y a un lien avec la présence d'Amanda, qui y était avec Amie. Ce gamin ne se contente pas de programmer des ordinateurs : il arrive à communiquer avec les machines et à créer une forme d'intelligence artificielle dans leurs programmes. Il a dix-huit ans maintenant, et il travaille dans l'ombre, pour une organisation criminelle. On essaie de le retrouver : il est extrêmement intelligent, mais il ne se rend pas compte du danger.

– Une organisation criminelle ? a fait Hal. Tous les mensonges que j'ai pu raconter à maman ces dernières semaines me paraissent moins graves, d'un coup !

M. Bennett s'est raclé la gorge :

– Tu ne dois jamais mentir à ta mère.

C'était comme s'il craignait que sa femme n'ait installé des caméras de surveillance. Il avait beau être un agent secret combattant le mal, il observait une règle d'or : ne jamais contrarier Mme Bennett.

– La façon dont vos pouvoirs se développent..., a-t-il repris. C'est ce que le Dr Joy a toujours voulu accomplir.

– Vraiment ? me suis-je étonnée. C'était ça, alors, toute cette histoire de prototype de soldat qu'on a lue dans les dossiers ?

– C'était le plan de base, oui. De temps à autre, dans l'histoire, on voit apparaître des êtres humains capables de grandes choses. On pourrait les qualifier de génies, mais ça va au-delà de l'intelligence. Abraham Lincoln était un politicien exceptionnel. Martin Luther King était un visionnaire et un leader-né. Jeanne d'Arc représentait le soldat parfait : une foi inébranlable en ses idéaux, forte, résistante et déterminée. Quant à Beethoven... il a composé ses trois plus belles symphonies alors qu'il était complètement sourd. Pouvez-vous imaginer un monde dans lequel on serait capable de créer ce genre de pouvoirs ? C'est vers ça que tendait le programme du Dr Joy. Au début.

» Plus le temps a passé, plus il est devenu ambitieux : il voulait obtenir ce que vous avez, les enfants. Il n'y est jamais parvenu dans son laboratoire.

– Pourquoi a-t-il arrêté ? a demandé Nia. Quand le programme initial a-t-il été démantelé ?

– Oh ! il ne voulait pas arrêter. Mais la guerre froide touchait à sa fin, et sous Reagan l'accent a été mis sur des stations spatiales de défense. Le gouvernement a cessé de financer le Dr Joy, et nous avons tous été libérés. Il nous a fallu essayer de vivre une vie normale, alors qu'on avait été élevés sans famille ni parents, sans jamais voir autre chose que notre bâtiment. Pendant des années, le Dr Joy nous a suivis. On le voyait dans sa voiture, sur le parking de notre boulot, devant l'église ou notre maison. Il nous observait, prenait des notes, travaillant de façon illégale. Pendant un temps, j'ai cru qu'il avait été mis en prison. Mais c'était avant... avant Amanda.

– On en revient toujours à Amanda, n'est-ce pas ? a dit Callie.

– Amanda, a répété M. Bennett dans un soupir. Oui. Amanda est une anomalie. Quand le programme a été arrêté, Max et Annie étaient fous amoureux. Ils se sont mariés quelques mois après. Amanda est la seule enfant dont les deux parents sont des C33.

– Que s'est-il passé ? ai-je demandé. Max est parti ?

– Il n'avait pas le choix, a répondu M. Bennett. Vous comprenez, Max et Annie pensaient qu'ils ne pourraient pas avoir d'enfants, que les manipulations du Dr Joy avaient rendu cela impossible. Ils avaient déjà adopté Robin, la grande sœur d'Amanda, et cherchaient à accueillir un deuxième bébé, quand, à leur grande stupeur, Annie s'est rendu compte qu'elle était enceinte.

– C'est une histoire incroyable ! s'est exclamée Callie.

– Le Dr Joy était sorti de prison, et leur tournait autour depuis des années. J'ignore ce qu'il faisait pour vivre, et je crois qu'il dormait dans sa voiture. Il devait bien avoir une adresse, parce que dans un acte d'extrême générosité, ou d'extrême stupidité, j'ai encore du mal à décider, Max et Annie ont décidé de partager leur joie avec ce bon vieil oncle Joy, comme il nous disait de l'appeler. Mais on l'avait surnommé Joe, en référence à Joseph Staline, l'un des pires dictateurs de tous les temps. Toujours est-il que Max et Annie lui ont envoyé un faire-part de naissance.

– Et alors ? a demandé Nia. Où est le problème ?

– Le plus gros qu'on puisse imaginer, a répondu M. Bennett en secouant la tête. Le Dr Joy a immédiatement compris le potentiel d'Amanda. Nous pensons qu'il s'est servi de ça, de son lien génétique avec deux C33 modifiés, pour convaincre l'Officiel de remettre les installations en marche.

– L'Officiel, ai-je répété. Qui est-ce ?

– Voilà une excellente question. Malheureusement, nous n'avons pas la réponse. Nous n'avons pas de nom : tous les documents que nous avons trouvés le désignent comme « l'Officiel ». Nous pensons que ce surnom lui vient de son boulot. Il a des liens avec le gouvernement fédéral, des liens qui lui permettent d'injecter de l'argent pour relancer le programme du Dr Joy. Nous ne pensons pas que le Congrès ait quelque chose à voir là-dedans, mais nous n'en sommes pas sûrs. Ce genre de chose... c'est compliqué.

– C'est déprimant, oui, a fait Hal.

M. Bennett a esquissé un sourire triste.

– Juste après avoir rejoint l'Officiel, a-t-il repris, le Dr Joy a fait une erreur tactique monumentale. Voyez-vous, il a toujours grandement surestimé notre loyauté envers lui. Dans un de ses délires, il a dû se convaincre qu'il était réellement notre oncle, et que les cadeaux qu'il nous offrait nous remplissaient de gratitude. Plutôt que de kidnapper Amanda, il a été voir Max et Annie, et leur a carrément demandé de lui donner leur enfant.

» Il s'est pointé sur le pas de leur porte, et leur a raconté quelle vie merveilleuse il prévoyait pour Amanda. Pour commencer, elle serait testée : on allait la scanner, l'interroger, l'ouvrir, la saigner, tout ça alors qu'elle était bébé. Puis elle serait modifiée, bien sûr, et étudiée de nouveau. Enfin, elle serait lâchée dans le vaste monde. Elle deviendrait une diplomate, elle parcourrait le monde, plus riche qu'on ne peut l'imaginer, puissante, et utile. Telle était la vision du Dr Joy. Aussi incroyable que ça puisse paraître, il pensait vraiment que Max et Annie seraient ravis.

» Au lieu de ça, ils ont disparu. Ils ont décidé de se séparer pour augmenter leurs chances. Max est venu ici, à Orion, quand il a compris que sa seule chance de sauver sa fille était de réunir le plus possible de C33. Après la mort d'Annie, se cacher n'était plus une option : il fallait qu'il fasse tomber le Dr Joy et l'Officiel.

– Wow ! ai-je lâché.

J'ai touché le pendentif sous mon T-shirt. J'avais du mal à imaginer que mon père savait tout, qu'il avait vécu avec ce secret, et n'avait jamais rien laissé échapper.

– Pourquoi vous ne nous avez rien dit ? a demandé Hal. Si vous saviez qu'on cherchait Amanda, pourquoi vous ne nous avez pas aidés ?

– C'était l'idée de Max.

– Qui est devenu Thornhill, c'est ça ?

– Exactement, a acquiescé M. Bennett. Max est un leader incroyable, il l'a toujours été : c'est comme s'il savait ce dont les gens sont capables, avant même qu'ils ne s'en rendent compte. Il nous a dit que, si on vous laissait trouver la clé du mystère, vous alliez apprendre et grandir, et développer les capacités dont vous auriez besoin pour sauver Amanda. Pour nous sauver tous.

» J'aimerais tellement pouvoir vous protéger du Dr Joy et de l'Officiel.

Il avait l'air tellement bouleversé que j'ai cru qu'il allait fondre en larmes. Mais il s'est repris en un clin d'œil.

– Malheureusement, vos pouvoirs, et ceux d'Amanda dont veut s'emparer le Dr Joy, sont notre seule chance d'arrêter tout ça. Ils vous permettent d'aller plus loin que n'importe qui.

Hal a lâché un cri. Il avait l'air aussi abasourdi que nous tous.

Plus tard, de retour dans la voiture et presque arrivés à la bibliothèque où étaient attachés nos vélos, Callie a demandé :

– Est-ce que vous savez où est ma mère ?

M. Bennett a secoué la tête :

– Elle ne travaille pas avec Thornhill, et n'a aucun contact avec lui. Mais je la connais. Elle ne t'aurait pas abandonnée sans avoir une excellente raison, et je suis sûr qu'elle est toujours en vie. On a tous essayé de vous aider, ta famille et toi, a-t-il continué. Ramona, la mère de Nia, par exemple : vous ne vous rendez pas compte de tout ce qu'elle a fait pour vous protéger, tous les quatre. Elle s'est servie de ses obligations de bénévolat pour préparer autant que possible le terrain pour vos recherches.

– Ma mère ? s'est étonnée Nia. Vraiment ?

– Eh oui, a-t-il répondu avec un sourire. Elle parle beaucoup de votre sécurité, de vous donner assez confiance en vous pour que vous puissiez atteindre votre potentiel. Ce n'est pas quelque chose que nous avons connu. Et de vous nourrir. Elle a déposé beaucoup de petits plats après le départ de la mère de Callie, s'est assurée qu'il y avait du lait dans le réfrigérateur. Elle te donnait des portions en plus pour ton déjeuner.

– Ça lui ressemble, oui, a dit Nia.

– Est-ce que mon père sait ? a demandé Callie. Il sait, non ?

– Il en sait peu. Pour la sécurité de tout le monde, nous avons décidé de ne communiquer que les informations essentielles, a-t-il dit en nous jetant un regard dans le rétroviseur.

– Et ma mère ? ai-je ajouté.

– Elle en sait plus qu'avant, mais je ne peux pas te raconter les détails. Je sais que c'est dur, mais Thornhill pense qu'il vaut mieux que vous n'en parliez à personne, pas même à vos parents. Ce serait dangereux d'en discuter ouvertement, du moins pour le moment.

– Je ne voudrais pas contredire Thornhill, a objecté Hal, mais est-ce qu'il se rend bien compte qu'on n'a que quinze ans ?

– Il le sait, mais il y a quelque chose qu'il veut que vous gardiez bien en tête. Tous les enfants de C33 n'ont pas de pouvoirs. Malgré ses talents en informatique, Cornelia n'en a pas, pas plus que Cisco ou tes sœurs, Zoé. Sauver Amanda, nous sauver tous : il n'y a que vous qui en soyez capables.

CHAPITRE 10

Chez moi, le dimanche soir est toujours le meilleur soir de la semaine. Si du lundi au samedi ma mère cuisine à peine, voire pas du tout, le dimanche, elle se rattrape. Elle met du jazz, prépare un plat délicieux dont il y aura beaucoup de restes, et on dîne toutes les quatre dans la salle à manger. Avec des bougies.

Quand je suis arrivée dans l'allée, toutes les lumières du rez-de-chaussée étaient allumées. C'était agréable, mais assez étrange. J'avais l'impression de débarquer d'une autre planète. C'était comme si j'étais partie depuis des années...

Il faisait chaud, à l'intérieur. J'ai senti l'odeur des oignons et de l'ail revenus dans de l'huile d'olive, et les effluves des tomates en train de cuire. De la viande, aussi ? Il nous restait de la viande hachée dans le congélateur. Ça fait un bon moment que ma mère est trop occupée pour aller faire les courses, alors il n'y a jamais grand-chose à manger. Mais, quand elle prend le temps de cuisiner, elle réussit à transformer en repas un bout d'aubergine ou une croûte de parmesan avec un demi-sachet de pâtes. Un repas d'inspiration grecque, généralement. La maison embaume la moussaka, le citron, les olives au romarin, le pain pita, le yaourt épais et crémeux avec juste ce qu'il faut de piquant. Et le baklava. Quand ma mère prend le temps de superposer des noix, de la pâte phyllo et du beurre, la maison sent la cannelle toute la journée. Miam ! Sur l'une des premières photos que j'ai prises, et qui est ma préférée, Iris et Pen ont quatre ans et lèchent leurs doigts pleins de miel. Autrefois, elle était accrochée dans les escaliers de notre ancienne maison. Je me demande où elle peut bien être aujourd'hui.

Je me sentais tellement différente que j'ai pensé que ma mère s'en apercevrait immédiatement, mais elle m'a simplement jeté un coup d'œil et demandé de mettre la table rapidement.

Ma mère n'a jamais été comme celle des autres. Elle ressemble un peu à un oiseau : elle a des jambes toutes fines, et un cou long et gracile. Ses mains sont tellement petites qu'elle peut à peine enchaîner les notes au piano. Mais elle y arrive, et elle joue à merveille. Je ne l'ai jamais vue s'habiller de façon décontractée, sauf peut-être les premiers jours de notre road-trip, quand elle portait un vieux pull de mon père et passait son temps à conduire et pleurer. Généralement, elle met de la soie et des vestes en fine laine ouvragée, avec des jeans bien coupés et de jolies chaussures. Je l'ai déjà vue tondre la pelouse avec un pull en angora.

Ce soir-là, elle portait un haut vintage, un jean moulant et des bottines à talons. Mes sœurs faisaient leurs devoirs face à face et, pendant que j'accrochais ma veste, ma mère est allée vérifier les maths de Pen, sa cuillère en bois laissant tomber des gouttes de sauce rouge sur le papier.

– Réfléchis bien. La moitié de la production de cette usine est de quatre cent soixante-huit pommes. Combien ferait un tiers ? Comment peux-tu le calculer ?

Comme ma mère est petite, personne ne peut s'en douter : elle parle avec la voix de Billie Holiday. Et elle chante comme elle.

Pen a levé la tête vers elle. Les deux jumelles ont de grands yeux bruns, que ma mère appelle des « yeux grecs ». Ça faisait beaucoup rire mon père.

– Il y a deux façons de faire, a lancé Iris.

– Ne m'aide pas ! a répliqué Pen.

Ça l'agace qu'Iris soit douée en maths et finisse ses exercices deux fois plus vite.

– Comment c'était, à la bibliothèque ? a demandé ma mère en retournant à sa préparation.

– Super, ai-je répondu.

J'ai sorti une pile d'assiettes, marron avec un dessin de tige de blé. Et ébréchées. Quand on s'est installées à Orion, ma mère a pris cette location et acheté tout ce dont on avait besoin dans une vente sur licitation. Tout avait appartenu à une vieille dame du nom d'Eunice : on a cinq bloc-notes jaunes avec écrit « De la part d'Eunice P. Clarke ». Amanda adorait ces affaires, moi pas.

J'ai posé sur la table les horribles serviettes en polyester et les fourchettes ternes en acier inoxydable, également décorées d'une tige de blé.

– Maman, ai-je lancé. Tu penses à Pinkerton, parfois ?

Elle s'est figée devant la cuisinière, la manique levée dans un geste théâtral. Elle a posé la main sur la poignée du four, comme pour assurer son équilibre. Il y a des règles tacites, chez moi : on ne parle pas de Pinkerton ; on ne parle pas de mon père.

– Tu crois qu'on y retournera un jour ? ai-je insisté.

Les yeux de ma mère me suppliaient d'arrêter. Je voyais le pouls sur sa tempe, et elle serrait les dents. Ce sujet lui faisait du mal.

Mais il fallait que je sache. Il fallait que je sache, tout de suite.

– Est-ce que papa... Est-ce que papa t'a raconté son enfance ?

– Oh ! Zoé.

En une note chantée, ma mère peut exprimer plus que des centaines de pages le feraient. Et elle chantait presque. Dans ce mélodieux « Oh ! Zoé », le message était clair : Je ne peux pas en parler. Je t'aime malgré tout. Tu as oublié les cuillères.

Et j'ai compris. Il était impossible qu'elle affronte ses souvenirs. Ça avait été très dur pendant des années, et maintenant nous avions une vie paisible. Ma mère aimait son boulot, ou plutôt ses deux boulots: professeur de musique au lycée, et chanteuse de jazz deux soirs par semaine. Pour Iris et Pen, Pinkerton n'était qu'un souvenir flou. Leur maison, c'était Orion.

Mais pas pour moi, avais-je envie de crier. J'ai touché le pendentif sous mon T-shirt, avec la fiole. J'ignorais si j'en ferais quoi que ce soit un jour... mais je la voulais. J'en avais besoin, comme quand j'ai insisté pour que ma mère achète cinq chaises et non quatre pour notre table de salle à manger. Avec quatre chaises, le fait que mon père ne reviendrait jamais aurait été trop réel.

Le lendemain matin, j'étais déjà réveillée lorsque ma mère est entrée dans ma chambre.

– Zoé ? a-t-elle dit en me secouant l'épaule. C'est l'heure de te réveiller. Tu pars très tôt pour Washington, tu te rappelles ?

– Hmmm ! ai-je marmonné.

– Tu veux que je t'emmène ?

– Non, merci. Occupe-toi plutôt des filles. Je vais prendre mon vélo et aller retrouver mes amis.

C'était plus simple. Je pouvais m'esquiver, et elle, avoir quelques instants de calme avant que les jumelles ne déboulent.

D'habitude, le matin, je me battais avec mes sœurs pour qu'elles se préparent, on se rentrait dedans dans la cuisine, je versais le jus d'orange ou fourrais des sandwichs dans des sacs pour leur déjeuner. Mais quand je suis descendue, à peine plus réveillée après avoir pris ma douche, il n'y avait que ma mère et moi dans la pièce. Elle sentait encore le parfum qu'elle mettait pour sortir le soir. Je me suis demandé si elle avait même dormi. À quelle heure était-elle rentrée ?

Elle a branché la bouilloire et sorti des sachets de chocolat en poudre, ainsi qu'une petite boîte de céréales de maïs, celle dont aucune de nous ne veut parmi les autres boîtes du paquet.

– Pas de lait pour tes céréales, désolée, a dit ma mère. On n'en a plus. Je voulais aller faire des courses hier, mais j'ai été occupée...

– C'est pas grave, ai-je répondu.

Après la mort de mon père, l'argent a manqué un bon moment. On a mangé beaucoup de soupe de tomate et de pâtes au fromage. Mais, maintenant que ma mère avait un bon salaire, elle n'avait plus le temps d'aller faire les courses.

– De l'eau chaude ? a-t-elle proposé quand la bouilloire s'est mise à siffler.

J'ai poussé ma tasse vers elle. Eunice P. Clarke adorait les petites tasses couleur d'eau polluée. On en avait peut-être vingt-quatre, et aucune n'était assez grande pour un sachet entier de chocolat. Pour obtenir les bonnes proportions, il fallait verser la poudre sur l'eau, ce qui donnait un volcan prêt à exploser. Un volcan avec des mini-chamallows sur le dessus.

– J'ai trouvé ça dans la boîte aux lettres, hier, a repris ma mère. Tu as oublié d'écrire le numéro de la rue.

– Quoi ? ai-je répondu, essayant de me rappeler la dernière fois où j'avais écrit à quelqu'un. Tu es sûre que ce n'est pas une lettre pour moi, plutôt ?

– C'est notre adresse qui est au dos. Et c'est aussi ton écriture.

J'ai attrapé l'enveloppe, l'estomac déjà serré. J'avais appris qu'une surprise n'était jamais bonne.

Dès que je l'ai touchée, j'ai su que cette lettre venait d'Amanda. Ça peut paraître idiot, mais, même si elle est en fuite, Amanda adore le papier. Chaque lettre que j'ai reçue d'elle, avant et après sa disparition, elle en a fait quelque chose de magnifique. Elle y dessine son animal totem, le coyote, ou elle y fait une petite déchirure intéressante, ou encore une tache d'encre artistique. Elle n'a pas peur du papier classique – la moitié de ses journaux intimes sont des cahiers tout ce qu'il y a de plus banal –, mais elle le décore avec des rubans, des boutons ou des images découpées dans des magazines. Tout ce qu'elle touche, elle se l'approprie.

L'enveloppe était d'un papier fin, presque plus gris que blanc, comme le ciel lorsqu'il n'arrive pas à décider s'il pleuvra ou non. Quelqu'un avait utilisé des pastels pour dessiner des nuages menaçants. Mais c'était magnifique, surtout quand on distinguait le vrai motif: un caméléon, comme celui dessiné sur mon casier le matin de sa disparition.

Ma mère avait raison, au sujet de l'adresse: c'était bien mon écriture, pour Constitution Avenue à Washington. Mais c'était bizarre: pas de numéro de rue. La poste avait tamponné « ADRESSE INSUFFISANTE – RETOUR À L'EXPÉDITEUR ». En haut à gauche, mon nom et mon adresse, encore une fois comme écrits de ma main.

Sauf que je n'avais jamais vu cette enveloppe.

Je l'ai ouverte, les mains tremblantes.

– Qu'est-ce que c'est? a demandé ma mère.

– Heu...

Elle était vide. Une partie de moi était tellement déçue, que je n'avais aucune envie d'inventer une histoire. Mais je l'ai fait quand même. J'ai baissé la voix, pris une grande inspiration, et regardé ma mère droit dans les yeux.

– Je pense que c'est une chaîne que mes amis veulent essayer de lancer.

Parfois, je me déteste de pouvoir mentir aussi bien.

– C'est lié à votre voyage à Washington?

– Pas vraiment, non.

Je me suis tout de même posé la question. Tout comme la carte postale, l'enveloppe indiquait Washington. Était-ce un indice de plus? Je l'ai fourrée dans la poche de ma veste.

Ma mère a haussé les sourcils, s'est adossée à sa chaise et a poussé un soupir. D'habitude, elle est trop occupée, mais, quand on s'assied pour discuter, je suis toujours impressionnée de voir qu'elle ne laisse rien passer.

Je voulais lui dire ce que je savais. Sur mon père. Lui dire qu'elle n'avait plus à me le cacher.

– Maman, à propos d'hier...

Mais elle ne m'avait pas entendue. Quand j'ai levé les yeux, elle regardait par la fenêtre, perdue dans ses pensées. Ou peut-être à moitié endormie. Elle sortait tellement le soir dernièrement, que je l'avais vue s'assoupir au dîner et même, une fois que j'allais lui poser une question dans son bureau au lycée, je l'avais trouvée, la tête sur la table et les yeux fermés.

La poudre commençait à se diluer dans l'eau. J'ai jeté un œil à ma montre, vu l'heure tardive, et j'ai sauté sur mon vélo pour attraper ce car atrocement tôt pour Washington.

Chapitre 11

Le ciel s'éclaircissait à peine lorsque je suis arrivée sur le parking du lycée. À part moi, personne n'était venu à vélo. J'ai vu Heidi Bragg et ses iGirls descendre du gros break de Mme Bragg. Je l'ai aperçue : une femme dure, magnifique, et amorale. Encore un beau produit du programme C33. Qu'est-ce que cela signifiait, pour les autres ? Et, pour commencer, pourquoi Heidi et ses iGirls étaient-elles là ? Le club d'Histoire était un truc d'intellos. Est-ce qu'elles avaient réussi à convaincre les organisateurs à la dernière minute, elles aussi ?

Pendant ce temps, Nia sortait de la Honda de Cisco, son frère au charme irrésistible. Il nous accompagnerait en temps que chaperon. Toutes les filles du club allaient être folles de joie.

Nia m'a rejointe aux racks à vélo, puis nous avons été retrouver Callie et Hal.

– Vous aussi, vous n'arrêtez pas de penser à ce qu'on a découvert ? a aussitôt demandé Callie.

– Ça fait bizarre de ne pas pouvoir en parler avec ma mère, a dit Hal.

– Je sais, a-t-elle acquiescé.

– J'ai tout raconté à Cisco, a lancé Nia. Et je croyais que ma mère allait finir par aborder le sujet, vu comme elle déteste les secrets. Mais, quand j'ai essayé d'entamer la discussion, elle m'a immédiatement arrêtée.

– Pareil pour moi, ai-je répondu.

M. Fowler nous a appelés près du car. J'ai cherché un chewing-gum dans la poche de ma veste – ça m'aide à ne pas être malade dans les transports –, et j'ai senti sous mes doigts la petite enveloppe blanche.

– Est-ce que l'un d'entre vous a reçu un message ? ai-je demandé. Ou un e-mail ?

– Oh ! s'est exclamée Callie. J'ai failli oublier. (Elle a sorti de son sac une enveloppe qui semblait identique à la mienne. Elle avait été ouverte.) C'est comme si c'était moi qui l'avais postée, et c'est mon écriture. Pourtant, ce n'est pas moi.

– Et voici la mienne, a ajouté Hal en la sortant de sa poche arrière.

– J'en ai reçu une, moi aussi, a dit Nia.

Elles étaient toutes pareilles. Il y avait ce même étrange

dessin au pastel d'un totem, réalisé de telle façon qu'on ne le voyait que sous une lumière particulière.

On est montés assez vite pour se trouver des sièges côte à côte. Heidi et ses iGirls sont entrées les dernières, et ont fait bouger les gens pour s'asseoir.

– Je suis la seule à trouver bizarre que les iGirls participent à un voyage scolaire ? ai-je demandé.

– Non, a répondu Callie. Qu'est-ce qui leur prend ?

– Et comment elles ont pu entrer dans le club ? a renchéri Nia. Eliza a accepté parce qu'on est amies. Et elle déteste Heidi autant que nous.

Celle-ci s'est adressée à une fille aux cheveux bruns en bataille, qui portait toujours des pulls à capuche et lisait des romans d'amour en classe.

– Hé, Wynne, a-t-elle dit d'une voix douce et suave. Puisque tu es toute seule, tu ne voudrais pas laisser la place à des gens qui ont des amis ?

Nia a sifflé entre ses dents, et je devinais la nature de ses pensées. Non, mais c'était quoi, le problème de Heidi ? Elle avait une vie de rêve, elle était belle et intelligente : l'année passée, elle avait gagné un concours de littérature avec son poème « Créateur de Dégradation ». Tout le monde se mettait en quatre pour elle. Enfin, son père, chef de la police, et sa mère, présentatrice de télévision quasi célèbre, dirigeaient plus ou moins la ville.

– Pourquoi tout le monde lui obéit ? ai-je demandé en me penchant dans l'allée pour qu'ils puissent m'entendre tous les trois.

– Mais oui ! a chuchoté Callie. Il suffit de quelques minutes avec elle, et les gens ont l'impression qu'elle est leur meilleure amie.

– Elle doit être comme nous..., a suggéré Hal. Et si c'était ça, son pouvoir : pouvoir amener les gens à faire tout ce qu'elle veut ?

– Oh, non ! a gémi Nia en laissant tomber sa tête entre ses mains. L'idée que cette fille puisse avoir des capacités particulières en plus de tout le reste, ça me dégoûte !

– Et moi, a répondu Hal, ça m'inquiète.

À ce moment-là, Cisco et les autres chaperons ont commencé à distribuer les papiers pour la chasse au trésor. En les lisant, j'ai complètement oublié Heidi. Pour tout dire, je suis restée abasourdie. On avait une liste de vingt-deux lieux à visiter à Washington. Le Capitole, la Maison-Blanche, le Vietnam Memorial, le Lincoln Memorial... Pour les points-bonus, les adresses étaient plus étonnantes. Pourquoi Thornhill enverrait-il des lycéens voir les bureaux de l'Institut national de la santé de Capitol Hill ? Ou le Bureau de la gestion et du budget, à la Maison-Blanche ? Est-ce qu'il n'était pas dangereux pour nous d'aller à Langley, en Virginie, pour prendre des photos de la CIA ?

J'ai vu de la surprise sur les visages, et beaucoup ont levé les yeux au ciel. Les chasses au trésor n'étaient pas si drôles, finalement...

Seule Heidi gardait un air suffisant. De toute évidence, elle ne comptait pas faire grand-chose, mais plutôt laisser ses larbins s'en occuper pour elle.

J'avais onze ans. Le groupe de musique de l'école avait gagné un voyage pour participer au tournoi de l'État. On avait des chambres dans un motel près de l'université de quartier où se déroulerait la compétition du lendemain.

Après avoir dîné, on s'est retrouvés dans une des chambres et on s'est étalés sur les lits, sur les chaises et par terre pour regarder James Bond et manger du pop-corn. Il n'y avait rien d'autre à faire.

Du moins, c'est ce que je croyais, jusqu'à ce qu'Arabella me tire par la manche.

– Il y a une bar-mitsva dans la grande salle. Un DJ, un buffet gratuit? a-t-elle proposé en haussant les sourcils.

– Tu penses à ce que je pense?

– Je n'ai aucune idée de ce à quoi tu penses, a-t-elle menti.

On savait toutes les deux quelle idée nous avait traversé l'esprit.

On a attendu que les yeux de tous les enfants et des accompagnateurs soient fixés sur la télé. Je n'avais même pas besoin de regarder Arabella pour savoir que c'était le moment idéal. Mais je l'ai fait quand même, parce que c'était plus drôle. J'ai croisé son regard.

« Maintenant », a-t-elle articulé en silence.

On avait emporté des robes pour la soirée du lendemain. On est retournées dans notre chambre au bout du couloir pour se changer: les deux filles qui la partageaient avec nous étaient captivées par un film. Je l'ai suivie dans l'ascenseur, à travers l'accueil avec ses colonnes à miroirs et sa fausse cheminée, puis jusqu'à la Grande Salle A.

On entendait de la musique, et on s'est retrouvées dans l'embrasure des deux grandes portes. Il y avait une boule à facettes au-dessus de la piste de danse, des tables rondes débarrassées des restes du dîner par des serveurs, une estrade avec une grande table rectangulaire décorée d'animaux en peluche. Et par-dessus tout ça... un immense plafond de ballons. Les invités étaient tous sur leur trente et un. Certains étaient assis, quelques-uns dansaient, d'autres discutaient. Il y avait beaucoup d'enfants, plus vieux que nous de quelques années.

Arabella m'a désigné une banderole.

– MAZEL TOV À JONATHAN SCHWARTZ AUJOURD'HUI, a-t-elle lu. J'adore les bar-mitsva.

Près de nous, il y avait une table avec une nappe blanche. Les gens y avaient laissé des verres vides, des serviettes froissées et des cure-dents usés, mais au départ elle offrait des cartes joliment calligraphiées où étaient écrits un nom et un numéro de table. Il en restait quelques-unes.

– Quatre désistements seulement, a dit Arabella. Alors, qui veux-tu être ? Shelley et Gale Scott de la table quatre ? Ou Myra et Gary Levine de la table douze ?

Soudain, je me suis sentie nerveuse :

– Heu... Tu es sûre que c'est une bonne idée, d'entrer en douce ?

– Qui entre en douce ? a-t-elle répliqué. (Elle a regardé autour d'elle pour s'assurer que personne ne la voyait empocher les cartes de Shelley et Gale, et reposer celles de Myra et Gary.) Pour les Juifs, aller à une telle fête, c'est ça une bar-mitsva.

– Qu’est-ce que c’est, une bar-mitsva ?

– Des bons points auprès de Dieu, a-t-elle répondu avec un sourire. Au fait, si quelqu’un te pose la question, tu es une cousine qui vient de l’Ohio. On a tous des cousins en Ohio qu’on ne voit jamais. Regarde.

Elle m’a montré une table au fond de la salle, chargée de plats, de piles et de tours de desserts : des éclairs, des crèmes glacées, des mini-gâteaux en forme de ballon de football américain, une fontaine de chocolat, des tranches de fruits, et un bol de bonbons à faire rougir Halloween.

Je devais avoir l’air franchement abasourdie, car Arabella s’est esclaffée :

– Allons, ce n’est rien. Une fois, ma mère et moi avons été à Las Vegas pendant trois jours, pour une convention sur les assurances. On a eu de la viande de premier choix, et il y avait aussi le câble et une piscine.

– Tu as fait ça avec ta mère ? me suis-je exclamée.

– On n’avait pas le choix.

À l’époque, je n’ai pas compris sa réponse. Mais je n’ai pas arrêté d’y penser pendant le voyage en caravane.

Je me souviens d’autre chose, à propos d’Arabella, cette année-là : quand on avait été camper avec les louvettes, elle avait rassemblé du bois, allumé un feu, accroché une bâche et installé son sac de couchage avant même qu’on ait eu le temps de comprendre où étaient les toilettes.

J’ai dû m’endormir dans le car, parce que, quand j’ai ouvert les yeux, on prenait la sortie d’autoroute pour Washington et on s'engageait dans l'une des grandes avenues qui mènent au cœur de la ville, où se trouve une grande étendue d'herbe parsemée de monuments : le National Mall.

M. Fowler s'est levé à l'avant du car.

– Bon, tout le monde ! a-t-il lancé. Je vais vous expliquer les règles pour la première partie de notre voyage, alors écoutez bien.

M. Fowler est professeur de sport, mais il a toujours rêvé d'enseigner l'histoire. Il remplace notre professeur quand celui-ci est absent.

– Comme vous le savez, disait-il, nous avons décidé d'organiser une chasse au trésor. Vous allez être répartis en groupes de quatre, et chaque groupe devra trouver tous les lieux de la liste. Prenez des photos. La plupart de vos téléphones s'y prêtent. Si ce n'est pas le cas, emportez un appareil sur le siège de devant en sortant.

» Quand vous trouvez un lieu, écrivez quelques lignes : sa fonction, la date de sa construction, ce qu'il représente, certaines des inscriptions que vous pouvez lire... Quand nous allons sortir du car, a-t-il repris en regardant sa montre, il sera environ neuf heures. Nous allons nous retrouver ici à midi, puis à trois heures. Voici une liste de numéros de téléphone : le mien et celui des accompagnateurs, ainsi que de vos camarades, au cas où vous arriveriez en retard au point de rendez-vous. Utilisez-les seulement en cas d'urgence. Je ne veux pas recevoir d'appels me demandant où trouver des toilettes, à manger, ou je ne sais quoi.

» Si vous ratez un rendez-vous, ou si vous ne trouvez pas un lieu de la liste, vous devrez créer un panneau d'exposition pour le club d'Histoire. Ça prend du temps, attendez-vous à y passer votre week-end. Et vos parents recevront une lettre.

Tout le monde s'est mis à protester : « C'est pas juste ! C'est n'importe quoi ! »

– Hé, ne vous en prenez pas à moi ! s'est défendu M. Fowler. (C'est un autre de ses grands trucs : essayer d'être notre copain, comme si on était tous du même côté, contre les autres professeurs qui essaient de nous pourrir la vie.) C'est M. Thornhill qui a organisé ce voyage. Et comme il n'est pas là pour vous écouter, inutile de râler. Des questions ?

On a tous les quatre dévisagé M. Fowler, avant d'échanger des regards incrédules.

– C'est Thornhill qui est à l'origine de ce truc ? a fait Hal.

– Et toute cette chasse au trésor, c'est un indice ? a renchéri Callie.

– Amanda était encore là quand il s'est occupé de l'organisation, a répondu Nia, réfléchissant à voix haute. Vu qu'il a été agressé juste après sa disparition, il n'aura pas eu le temps de faire beaucoup de changements.

– C'est vrai, a-t-elle acquiescé. Alors, il a dû tout mettre en place en pensant à Amanda.

– Super, a raillé Callie. Non seulement il faut qu'on comprenne les indices d'Amanda, mais en plus on doit s'occuper du code que quelqu'un a laissé pour elle ?

J'ai sorti mon pendentif et caressé le filigrane.

– Vous pensez qu'Amanda est à Washington ? a demandé Hal. Et qu'elle y vit ? Qu'elle a quitté Orion pour de bon ?

– On n'en sait rien, a répondu Nia. Mais ce serait logique. Thornhill a organisé tout ça avant de savoir qu'Amanda allait disparaître. Il devait penser qu'elle viendrait. Il devait vouloir la conduire ici, et...

– Écoutez, a lancé M. Fowler, suffisamment fort pour tous nous faire taire. Je vais vous indiquer les groupes.

Soudain, silence complet. Oublié, le panneau. Oubliée, la lettre aux parents. Quoi de pire que d'être coincé toute la journée, dans le stress d'une chasse au trésor, avec quelqu'un qu'on ne peut pas supporter ?

– Groupe un : Jerry Miller, Hank Albright, Stef Stone, Kendall Minovi. Groupe deux...

Il a continué ainsi. Des exclamations de joie et des grognements s'élevaient, à mesure que les gens acceptaient leur sort. J'ai remarqué deux détails importants : un, les groupes d'amis étaient généralement séparés, ce qui n'était pas bon pour nous ; deux, cependant les iGirls étaient ensemble, comme d'habitude.

M. Fowler en était à la moitié de la liste quand j'ai entendu :

– Nia Rivera. (Je ne pense pas qu'il ait fait de pause, mais il m'a semblé attendre une éternité avant qu'il ne lise mon nom.) Zoé Costas, Henry Bennett, Callista Leary.

J'ai commencé à soupirer de soulagement, mais mon cœur s'est soudainement serré en comprenant ce que signifiait la constitution de ce groupe.

Nia a dû parvenir à la même conclusion.

– Cette chasse au trésor est vraiment pour nous, a-t-elle murmuré.

– Je sais, a répondu Hal.

Il était très pâle, et sa voix semblait fragile, comme un saxo qui joue faux.

CHAPITRE 12

Callie a examiné le formulaire de chasse au trésor.

– Il y a vraiment beaucoup de lieux, a-t-elle dit. Je ne suis pas sûre qu'on va réussir à tout faire, et avoir en plus le temps pour autre chose, comme chercher Robin. (Elle a désigné Hal et Nia, extrêmement sérieuse.) C'est vous deux qui aurez le plus de problèmes si on ne termine pas cette chasse au trésor. Vous vous en occupez, pendant que Zoé et moi on va chercher Robin ?

– Pas question, a refusé Hal.

– Non, a ajouté Nia. « Ensemble », tu te souviens ?

C'était l'un des messages que nous avait envoyés Amanda, lorsque je me cachais encore des autres, un message codé dans une chanson des Beatles qu'elle adorait. Il était clair : elle voulait nous voir unir nos forces, pas chercher chacun de son côté.

– C'est vrai, a acquiescé Callie. L'idée de nous séparer ne me plaisait pas particulièrement, je voulais juste la suggérer au cas où.

Cisco s'est levé, conseillant aux élèves de commencer à s'organiser, si ce n'était pas déjà fait.

– Vous n'avez pas beaucoup de temps pour tout visiter, a-t-il prévenu, suffisamment fort pour que tout le monde l'entende. Vous devriez réfléchir à la façon dont vous irez de l'un à l'autre des vingt-deux lieux de la liste.

Incroyable comme les gens se sont immédiatement mis au boulot.

Les filles ont commencé à lui poser des questions stupides, juste pour le plaisir de capter toute son attention quand il leur répondait patiemment.

– Et moi qui pensais qu'avoir Cisco avec nous serait utile, a grogné Nia. Ces filles sont ridicules.

Quand il est arrivé près de nous, il s'est accroupi.

– Vous êtes prêts ? a-t-il demandé à voix basse. Vous avez un plan ?

Nia lui avait dit qu'on devait chercher Robin, la sœur d'Amanda, qui pouvait être n'importe où dans cette ville de plus de six cent mille habitants.

– Mais il faut aussi qu'on fasse cette chasse au trésor, a dit Callic.

– J'ai regardé la liste, a répondu Cisco, et j'ai réfléchi à une stratégie, qui vous permettrait de voir le plus de monuments possible.

– En usant de ton esprit stratège de footballeur ? a demandé Nia.

– Non, a-t-il répondu en riant. À mes yeux, c'est plus du bowling que du football. Vous n'avez qu'un nombre limité de coups pour abattre autant de quilles que vous le pouvez.

Il a étalé sur ses genoux la carte simplifiée qui nous avait été fournie.

– Regardez, a-t-il repris, le car va vous lâcher ici. Et Nia a dit qu'à neuf heures et demie, vous aviez rendez-vous au mémorial de la Seconde Guerre mondiale, c'est ça ? Si vous passez par là, vous pouvez prendre une photo de l'obélisque. Une fois sur la colline qui est juste devant, il vous suffit de zoomer pour avoir la Maison-Blanche, et il sera l'heure d'aller au mémorial. Ensuite, vous pourrez vous rendre au Jefferson Memorial : prenez votre photo depuis l'autre côté du bassin, inutile d'aller juste à côté. Mais faites le tour pour vous approcher du Lincoln Memorial.

» Vous serez bien plus efficaces si vous travaillez en équipe, a continué Cisco. L'un de vous devrait être chargé des photos. Zoé ? Je crois savoir que tu es la responsable des photos pour l'album de fin d'année. J'ai bien aimé celles de l'équipe de foot dans la dernière édition, d'ailleurs ! Callie, tu t'occupes de la carte ? Les concepts abstraits, tout ça, ça te connaît, d'après ce qu'on m'a dit... Nia, à toi les citations. Tu es douée en références littéraires.

Il possédait un charme tellement désarmant, qu'il était difficile de soutenir le regard de ses grands yeux sombres.

– Et moi ? a demandé Hal. C'est quoi, ma mission ?

– Toi, mon ami, a répondu Cisco en haussant les sourcils, tu les défends contre les méchants.

Hal a essayé de gonfler les muscles de ses bras fins. La course à pied, ça ne donne pas de gros biceps. Cisco a éclaté de rire et secoué la tête.

– Restes-en aux prémonitions, mon pote. Concentre-toi sur ta force, a-t-il ajouté avec un petit rire.

Hal a ri avec lui, aussi agacé par Cisco que lui l'était par les filles qui n'arrêtaient pas de lui demander où était le National Mall, alors que c'était clairement indiqué sur la carte.

Comme Cisco continuait de descendre l'allée et de rassurer les élèves, je me suis demandé s'il avait un talent, lui aussi. J'ai pensé à Heidi et que peut-être son pouvoir était similaire.

J'ai essayé d'imaginer Cisco obligeant un gamin à lui donner son portefeuille, ou Wynne à bouger de son siège. Même s'il était charmant et persuasif, ce que Heidi faisait était bien plus extrême. Non, malheureusement, pour ce qui était du superpouvoir, elle était exactement comme nous.

Le car s'est arrêté dans un crissement de freins. La pelouse du National Mall s'étendait de chaque côté de 15th Street.

– On est arrivés, ai-je annoncé en regardant ma montre. Et il est déjà neuf heures et quart.

– Alors en route, a répondu Nia en pinçant les lèvres.

Quand elle fait ça, c'est comme si elle enfilait une armure : tout son visage se ferme, comme un masque. Personne ne vient l'embêter, dans ces cas-là. Hal s'est agité sur son siège, Callie jouait avec ses cheveux... et moi ? J'étais si immobile que personne ne pouvait me voir. Je me suis baissée derrière le siège en face de moi pour que les autres élèves ne me voient pas.

Une fois dehors et M. Fowler parti, Callie a sorti la carte.

– Cisco nous a conseillé de commencer par l'obélisque du Washington Monument, a-t-elle dit. Mais est-ce qu'on a le temps ?

– On a dix minutes, a répondu Nia.

– Levez la tête ! ai-je lancé.

Elle était là, sur une colline à notre droite : une gigantesque aiguille pointée vers le ciel.

J'ai pris une photo. On a couru sur le chemin et plongé dans le monument. M. Fowler trottinait derrière nous, émerveillé de voir que, pour une fois, il n'y avait pas de queue. On a cherché rapidement une citation. Je photographiais sous plein d'angles différents au passage, et j'ai remarqué, à travers l'appareil, que certains mots des lignes gravées au mur semblaient scintiller, comme si quelqu'un les avait surlignés.

– Tu vois ça ? ai-je demandé à Nia.

Elle a regardé les lettres à l'œil nu, puis à travers l'appareil photo.

– Je me demande ce que ça signifie, a-t-elle marmonné.

Au cas où, j'ai pris une photo et elle a recopié la phrase.

« Élève un enfant selon le chemin qu'il devra suivre, et quand il grandira il ne s'en écartera pas. Proverbe 22,6. »

Elle a souligné « Élève un enfant » car c'étaient ces mots-là qui semblaient scintiller.

Incarnations mêmes de l'efficacité, on a tourné les talons et on est partis. Trois minutes au total, et il était neuf heures vingt-trois.

On a enchaîné avec la Maison-Blanche. Même avec le zoom au maximum, on la voyait à peine, mais quelques retouches devraient régler le problème. On nous avait dit de prendre des photos, il n'y avait aucune indication sur la qualité de l'image.

– Quelle heure est-il ? a demandé Hal.

– Neuf heures vingt-quatre, a répondu Nia.

– On est là, a indiqué Callie, le nez sur la carte. Le mémorial de la Seconde Guerre mondiale est... (Elle a levé les yeux vers les noms de rues.) au croisement entre 15th Street et Constitution.

– Il est neuf heures vingt-cinq, a signalé Hal.

On est repartis d'un bon pas, et on a remarqué quelques groupes d'élèves qui allaient dans la même direction.

– C'est là ! a lancé Hal en désignant un ensemble de colonnes derrière une fontaine, de l'autre côté de la rue.

J'ai reconnu le monument d'après la carte postale d'Amanda dans le sac au tournesol : une grande place plate avec une fontaine au milieu, un mur au fond et des rangées incurvées de colonnes de chaque côté.

On a dû traverser 17th Street pour se rendre au mémorial. Comme on attendait que le feu passe au vert, Callie a désigné l'un des autres groupes, qui discutait avec deux gardes forestiers. Vu la posture de ces hommes, penchés en avant, ils ne répondaient pas aux questions. Ils les posaient.

– Ils vont avoir des ennuis ? a demandé Callie.

Soudain, l'un des gardes nous a vus. Il nous a désignés, et j'ai fait la première chose qui m'est passée par la tête : j'ai fait tomber Hal avant de m'écarter de quelques pas sur la gauche, sortant mon téléphone comme s'il venait de sonner. En réalité, j'appelai Hal.

– Mais qu'est-ce que..., s'est-il exclamé.

Callie s'est accroupie près de lui.

Nia s'est ruée vers moi, furieuse :

– Tu es au téléphone ?

– Très bien, ai-je dit en surveillant les gardes du coin de l'œil. Tu vois celui qui nous a désignés ? (Elle a hoché la tête.) On n'est pas assez près pour qu'il distingue nos visages, et on est au milieu d'une foule. Tout ce qu'il a vu, c'est qu'on était un groupe de quatre. Il fallait qu'on se sépare, le plus vite possible. Je n'avais pas le temps de vous le dire. Callie est restée avec Hal. Et tu m'as suivie.

Je n'ai pas pu retenir un sourire.

– Tu es insupportable, a déclaré Nia en me dévisageant.

Mon sourire s'est encore agrandi. Hal a enfin répondu.

– Désolée, ai-je dit avant de lui expliquer.

Nia a sorti une carte et a feint de l'étudier.

– Qu'est-ce qu'on fait ? m'a-t-elle demandé. On essaie de s'échapper discrètement ?

– Amanda est peut-être là, a protesté Hal. Il est déjà neuf heures trente-quatre.

– On ne la verra jamais si on est arrêtés par ces deux gardes, ai-je répliqué.

Callie a murmuré quelque chose à Hal, que je n'ai pas entendu. Ensuite, elle s'est mordillé les lèvres d'un air déçu. Je savais ce qu'elle ressentait.

– Et si vous faisiez le tour, ai-je proposé. Chacun de son côté. Restez derrière, trouvez un endroit d'où on ne vous voit pas.

– Et vous ? a demandé Hal, inquiet.

– Je peux découvrir ce qu'il y a sur les calepins de ces types. Et puis, sait-on jamais, Amanda est peut-être là, déguisée. Ça vaut le coup.

– Mais tu n'es pas réellement invisible, m'a rappelé Nia. Je regarde ces gardes depuis tout à l'heure : ils arrêtent tous ceux qui entrent.

– Ne t'inquiète pas, ai-je répondu. Ils vont me voir. L'important...

– ... c'est qu'ils ne sauront pas qu'ils t'ont vue, c'est ça ? a terminé Nia.

– Exactement.

Je semblais bien plus sûre de moi que je ne l'étais.

Après que Nia, Callie et Hal eurent disparu entre les arbres à la gauche du monument, j'ai commencé à marcher. L'un des gardes s'est dirigé vers moi comme je descendais les marches de la place. Je l'ai bien observé : il était tendu, agité, en mission. Nirvana devait résonner dans sa tête. Si je faisais ne serait-ce que penser à ce groupe, ce serait comme avoir une enceinte géante sur la figure. Il me remarquerait immédiatement.

Mais les Beatles à leurs débuts, pleins d'audace? Si je pouvais devenir *Love Me Do*, légère et rythmée, cet homme ne me verrait pas. Rien qu'à voir comment il faisait rouler les muscles de ses épaules, je devinais qu'il était l'un de ces abrutis qui ne comprennent pas ce que 90 % des humains aiment au sujet des Beatles.

Alors, j'ai fredonné aussi fort que possible. Avec la musique, je me sentais plus légère, comme si je flottais sur le bout des pieds, touchant à peine le sol. Mon corps était devenu aérien, un nuage agité par le vent. Je n'ai pas braqué mes yeux sur le garde, mais je voyais ses jambes, qui avaient cessé de marcher, comme s'il venait de se rappeler quelque chose.

Il travaillait. Une autre élève, Hannah R., approchait, et il s'est dirigé vers elle. Elle portait des leggings et un pull à capuche, se rongeait les ongles, couverts de vernis rose pâle. Elle lui a posé une question. Je suis passée à côté d'eux, et il ne m'a pas accordé un regard.

Je me suis retournée, comme si j'admirais la majesté de l'obélisque du Washington Monument, mais en réalité je regardais son calepin. Il ne le dissimulait pas contre lui comme il l'aurait dû.

D'autant que la photographie était extrêmement grande. Elle recouvrait tout le calepin, et je l'ai immédiatement identifiée.

C'était Amanda.

L'image n'était pas exceptionnelle, ni récente. Mais c'était elle. Ses cheveux étaient châtain clair, leur couleur naturelle, et détachés. Ses grands yeux gris-vert regardaient l'objectif, et son léger sourire indiquait qu'elle était plutôt indifférente à la personne qui la photographiait. Un portrait d'école ? Au lycée, elle s'arrangeait toujours pour être absente dans ces cas-là, mais peut-être que dans d'autres écoles, dans d'autres villes, elle n'était pas encore aussi douée pour s'échapper.

J'ai rapidement tourné la tête pour essayer de voir le calepin de l'autre garde, mais il était trop loin.

Étaient-ils même de vrais gardes ? Ou travaillaient-ils pour l'Officiel, pour ce groupe qui poursuivait Amanda ?

Je suis entrée dans le monument en gardant la tête baissée, mes cheveux couvrant mon visage. Il y avait d'autres élèves, mais je ne les ai pas regardés directement, et ils n'ont eu aucune raison de remarquer ma présence.

J'ai fait semblant de lire une citation sur l'un des murs, me rapprochant lentement d'un troisième garde, qui était posté au fond. J'ai pris une capsule de bouteille dans ma poche et l'ai jetée par-dessus mon épaule, dans la fontaine.

Ce garde avait beau ne pas avoir été avec les deux autres, j'étais sûre qu'il travaillait avec eux, et il tenait également ce qui ressemblait à un calepin. Quand il s'est retourné, intrigué par le bruit, j'ai regardé ce qu'il avait à la main. Mais ce n'était que quelques dépliants sur le mémorial. Pendant que j'observais cet homme, Sean Divine s'est approché et a demandé une brochure.

À cause de leurs chapeaux avec leur mascotte d'ours dessus et de toutes ces histoires de feux de camp, les gardes forestiers m'avaient toujours paru plus dignes de confiance que les policiers, mais, là, je ne savais plus quoi penser. Si même eux étaient à notre recherche, s'ils avaient dans leurs bureaux une sorte d'affiche de mise à prix avec nos têtes dessus, on ne leur échapperait pas. Cet Officiel, dont le père de Hal nous avait dit qu'il avait toutes sortes de contacts au gouvernement, possédait-il ce pouvoir ? Dirigeait-il la police ? Et l'armée ? Je me suis immédiatement arrêtée. C'était ridicule.

Mais comment avait-il découvert qu'Amanda nous avait envoyé ce message ?

Ce n'était pas le moment de réfléchir à ça. Je sentais monter la panique. Je devais me reprendre.

J'ai remarqué une femme en jogging, de l'autre côté de la fontaine. Elle me regardait. Du moins, j'en avais l'impression. Impossible de distinguer son visage sous sa casquette de base-ball, mais elle avait les mains sur les hanches, un pied posé sur un banc devant elle, et elle s'étirait. Je l'ai vue me jeter un coup d'œil.

Ce n'était pas Amanda. Amanda faisait au moins dix centimètres de plus que cette femme.

Alors pourquoi me regardait-elle ?

J'ai refoulé mon sentiment de panique, et me suis forcée à rester parfaitement immobile. Mon corps tout entier envoyait un message : « Il n'y a rien à voir. » Ce corps ne ferait rien d'intéressant. J'ai obligé toutes mes articulations, mes coudes, mes orteils, mon cou, à adopter une position neutre. J'ai respiré de façon calme et lente. Si cette joggeuse n'était vraiment qu'une joggeuse, si toute cette histoire de gardes m'avait simplement rendue paranoïaque, elle allait détourner le regard.

J'ai pensé à la chanteuse Feist, dont la voix est profonde et suave. Sa musique me donne toujours l'impression de me retrouver sous l'eau.

Elle n'a pas détourné le regard.

Toute cette histoire commençait à ressembler à un piège.

En parlant de piège... je me suis rendu compte que ce mémorial, sa disposition, était un véritable désastre. Il se trouvait dans une cuvette, entouré sur trois côtés de murs de trois mètres de haut. Les gardes bloquaient la seule sortie.

Et il fallait que je sorte.

Je devais fuir.

CHAPITRE 13

Un jour, quand nous étions petites, Amanda et moi nous amusions à suivre des inconnus dans une épicerie.

« Quand tu es en danger, avait-elle murmuré, concentre-toi sur des contraires. Si tu as tellement envie de courir que tu sens les muscles de tes jambes se contracter, tu dois rendre ton corps parfaitement immobile. »

Oh ! que j'avais envie de courir à cet instant. C'était comme si j'avais déjà vécu cela, je connaissais cette sensation d'une main s'abattant durement sur mon épaule ; pas comme le ferait un professeur, mais quelqu'un qui se moquait bien que je sois une enfant.

C'était peut-être ma dernière chance de tenter une sortie.

Mais je me suis forcée à rester tranquille en lisant les citations devant moi. J'ai sorti mon appareil pour en photographier une, et de nouveau certains mots scintillaient quand je les regardais à travers l'objectif. Tout comme à l'obélisque, les lettres avaient été modifiées d'une façon invisible à l'œil nu. J'ai capturé l'image, avec les mots « Les yeux du monde sont fixés sur vous ». Mais que signifiait cette surbrillance ? J'ai lu la citation en entier, pour essayer de comprendre.

Jour du débarquement, 6 juin 1944

Vous allez vous embarquer pour la Grande Croisade, vers ce que nous nous efforçons d'atteindre depuis tant de mois. Les yeux du monde sont fixés sur vous. J'ai pleine confiance dans votre courage, votre passion du devoir et dans votre compétence dans la bataille.

Général Dwight D. Eisenhower

J'ai dû relire trois fois avant que le sens des mots ne pénètre mon esprit affolé, mais étrangement, une fois que je l'ai comprise, cette citation m'a redonné du courage. Mon père m'avait parlé du jour du Débarquement, je savais qu'il s'agissait d'un moment clé de l'histoire : cinq mille bateaux, cent cinquante mille hommes, envoyés en un jour vers les côtes françaises. Neuf cents hommes morts avant le coucher du soleil.

Imaginer la scène de la plage, ces soldats sautant des bateaux sous les tirs incessants, courant vers les digues surplombées de tourelles en béton (bon, d'accord, j'avais vu

Il faut sauver le soldat Ryan), tout ça rendait les trois gardes un peu moins effrayants.

Un peu. Ils cherchaient toujours, mais au moins la femme était partie. Il m'a fallu toute ma volonté afin de rester tranquille assez longtemps pour qu'ils se désintéressent de moi. J'ai fait bien attention à garder la tête baissée. Mes mains tremblaient, et tout mon corps devait sembler tendu et aux aguets. Ce n'était pas bon.

Que disait la citation ? « Les yeux du monde sont fixés sur vous. »

J'avais envie de crier : « C'est exactement ce qui m'inquiète ! » Lentement, sans respirer, j'ai reculé et me suis forcée à m'éloigner de la sortie, marchant comme si j'admirais le monument. Le deuxième garde de devant commença à se diriger vers moi. Se demandait-il pourquoi il ne m'avait pas questionnée quand j'étais entrée ?

Contraires, contraires. Je n'ai pas changé de trajectoire. Je ne me suis pas enfuie devant lui. Afin de rester calme, j'ai compté les colonnes dans ma tête, encore et encore. Et, lorsqu'il a été assez près pour me voir, j'ai abattu ma dernière carte : j'ai fixé mon regard sur un point. Sur l'obélisque, au loin. Sans ciller. Tout mon corps s'est tendu. C'était l'équivalent de ce bon vieux tour : « Oh ! regarde ! »

Et il a marché. Pendant une fraction de seconde, il a suivi mon regard. Mais quand il s'est tourné vers moi, se demandant ce que j'observais (et ça a été vraiment rapide, ce n'est pas comme si le monument était en feu), j'avais disparu. J'avais profité de cette fraction de seconde pour me glisser entre deux colonnes. À mon grand soulagement, un pavillon au milieu de la rangée était ouvert par-derrière. Avant de m'échapper par cette sortie inespérée, j'ai jeté un coup d'œil au garde. J'avais un bon point de vue sur son calepin, et je m'attendais à y trouver une autre photo d'Amanda.

Au lieu de cela, j'ai vu plusieurs petites images. Une de Callie. Une de Hal. Une de Nia. Et une de moi.

En voyant mon visage, et ceux des autres guides, en comprenant que nous étions poursuivis, j'ai senti ma gorge se serrer. Et pourtant j'étais déjà effrayée avant.

Mais je n'avais pas le temps. Il restait une photo, cachée par l'épaule du garde. J'attendais qu'il se retourne pour bien la voir. Quand il a bougé, j'ai reconnu la sœur d'Amanda, celle que Thornhill voulait qu'on trouve à Washington. Il l'avait appelée Robin, et je savais que c'était son vrai nom. Toutefois, quand je l'avais connue, elle s'appelait Ravenna.

Sur cette photo, elle était coiffée d'une queue de cheval haute, elle portait une veste blanche et une jupe rayée noir et blanc. Elle souriait, et ouvrait grand ses yeux bleus. Elle avait quinze ans quand je l'avais rencontrée, elle devait aller à l'université désormais. Mais les années qui avaient passé ne comptaient pas. Je l'aurais reconnue n'importe où. Les mêmes yeux, le même visage ouvert, ce sourire auquel il était difficile de résister... Robin avait peut-être été adoptée, mais Amanda et elle se ressemblaient beaucoup.

Je me suis rappelé la dernière fois où j'avais vu Ravenna. C'était juste avant que leur famille quitte Pinkerton. Elle rentrait de son entraînement de pom-pom girl, tout excitée parce qu'elle avait été élue capitaine. Pourquoi sa photo était-elle avec les nôtres ? Les gardes savaient-ils qu'elle était censée être là, elle aussi ?

Dès que je suis sortie de leur champ de vision, j'ai commencé à courir, libérant toute la panique que j'avais retenue à l'intérieur du monument. Je n'ai pas immédiatement repéré Callie, Hal et Nia, et ma respiration s'est encore accélérée.

Idiote ! S'il y avait de faux gardes à l'intérieur, il y aurait une patrouille à l'extérieur. Callie, Hal et Nia avaient dû tomber dessus. Je m'étais inquiétée pour moi, alors que c'étaient eux qui n'étaient pas en sécurité.

Le chuchotement de Nia : « Zoé ! » a été ce que j'ai entendu de plus beau cette journée-là. Je me suis retournée, et je l'ai vue accroupie dans un renfoncement qui devait mener à une entrée de service. Hal et Callie étaient là aussi, cachés derrière un petit mur. J'ai couru les rejoindre.

En jetant un coup d'œil par-dessus le mur, j'ai d'abord entendu puis vu les deux gardes forestiers du monument.

– Oh, non ! a soufflé Callie en les apercevant. Ces deux-là... ils étaient au hangar d'avions. Tu n'as pas reconnu celui avec un tatouage sur le visage ? C'est difficile à rater.

– C'est vrai, ai-je répondu en le remarquant pour la première fois. Je faisais surtout de mon mieux pour ne pas les regarder en face, justement. Je n'ai jamais vu les détails.

Et, cette fois, j'observais à loisir. Celui qui portait le tatouage était le garde énervé et agité, celui qui aimait Nirvana. L'autre, qu'on avait vu manger des biscuits et dormir à son poste, avait nos photos à tous les quatre, ainsi que celle de Robin.

J'ai avancé l'idée que des agents de l'Officiel se déguisant en gardes forestiers, c'était mieux que de véritables gardes dirigés par l'Officiel.

Nia a tout de suite compris.

– Vous imaginez à quel point ce serait facile, pour eux, de capturer Amanda, s'ils contrôlaient les forces de l'ordre ?

– Est-ce qu'elle était là ? ai-je demandé. (Ils ont secoué la tête.) Elle n'était pas l'intérieur, non plus.

Je leur ai raconté avoir vu les photos, et la joggeuse qui semblait immunisée contre mon pouvoir.

Callie a resserré ses bras autour d'elle, comme si elle avait froid, et Hal s'est passé la main dans les cheveux.

– Tout ça devient... Tout ça devient bien trop réel, a-t-il dit.

Nia a pincé les lèvres. Ses yeux se sont réduits à deux fentes. Elle était en colère.

– Je déteste la personne qui joue avec nous, a-t-elle grondé. Et avec Amanda.

– Moi aussi, ai-je répondu.

J'ai soudain remarqué quelque chose de gravé dans le mur. Un instant, j'ai cru m'être trompée.

– Regardez !

– J'ai vu, oui, a répondu Nia en hochant la tête. J'ai senti quelque chose. Quand je l'ai touché, c'était comme... Je ne sais pas. Comme si Amanda était là, quelque part.

J'ai posé mes doigts sur le haut du dessin, une image de bande dessinée, un visage espionnant par-dessus un mur, avec écrit « KILROY WAS HERE[1] ».

– Je sais ce que c'est, a repris Nia.

– Tu nous expliques ? a suggéré Callie.

Notre amie s'est exécutée :

– « Kilroy was here » est un graffiti célèbre de la Seconde Guerre mondiale. Un inspecteur naval, du nom de Kilroy, l'écrivait à la craie sur tous les bateaux qu'il visitait. Les centaines de soldats qui ont embarqué s'en sont souvenus, et ont commencé à le reproduire partout. À la fin de la guerre, « Kilroy was here » avait été griffonné, gravé, peint, sur des centaines de milliers d'endroits en Europe, en Afrique du Nord et dans le Pacifique ; dans des églises de villages, sur des murs de grottes, dans des prisons, des granges bombardées, sur des couchettes de sous-marins et dans des tranchées-abris.

– C'est cool qu'ils l'aient rajouté à ce monument, a dit Hal.

– C'est vrai, ai-je acquiescé. Encore mieux, ils l'ont caché !

– Oui, c'est super, a raillé Callie. Vous devriez peut-être entrer dans le club d'Histoire pour de bon. Mais moi, je m'intéresse plutôt à ce que Nia a ressenti en le touchant.

– Je ne sais pas, a répondu celle-ci en haussant les épaules. Ce n'était pas très fort. C'est plutôt... Je me suis dit qu'Amanda l'aurait bien aimé : un visage de bande dessinée caché dans un monument où tout est tellement solennel.

1. « Kilroy était là. »

– Je vais essayer un truc, ai-je lancé.

J'ai levé mon appareil photo, en expliquant comment certains mots scintillaient à travers l'objectif. Sans surprise, c'était le cas là aussi.

– Regardez, a lancé Hal.

Juste au-dessous de l'inscription, une petite niche était remplie de feuilles mortes. Lorsqu'il les a écartées du pied, on a découvert d'autres graffitis. Plus récents. Des graffitis dont on a immédiatement compris le sens.

Il y avait, dessinés sur le mur, un ours, un couguar, une chouette et un caméléon. Leurs corps étaient longs et fins, et tous ensemble ils formaient une sorte de serpent, ou encore une corde pour se repérer dans un labyrinthe.

– Ça, c'est d'Amanda, ai-je affirmé avec une note de triomphe dans la voix.

Nia a hoché la tête.

– Mais comment est-ce possible ? a demandé Callie. Comment Amanda aurait-elle pu savoir qu'on viendrait ici ?

– Peut-être qu'elle a mis ces dessins là pour nous indiquer une bonne cachette, ai-je suggéré.

– Mais on ne les aurait jamais vus avant de trouver la cachette, a rétorqué Nia.

Lorsqu'elle comprend quelque chose, elle parle souvent de façon arrogante, bien qu'en réalité elle ne le soit pas.

– Elle pensait peut-être que si, a répondu Hal en haussant les épaules. Elle a dû penser que c'était compliqué, mais faisable.

– Avec Amanda, tout est compliqué, a ajouté Callie.

– Attendez ! Tu as toujours la carte postale de Washington ? a demandé Hal à Nia.

Elle l'a sortie de sa poche et la lui a donnée.

– Regardez, a-t-il repris en désignant le V. Il montre l'endroit exact où nous sommes.

Il avait beau la montrer du doigt, il était difficile de déterminer si cette ombre à l'extérieur du monument était vraiment un renfoncement.

– Mais on ne l'avait pas compris, a dit Nia. Personne n'aurait pu.

– Et pourtant on est là, a répondu Callie. On l'a trouvé.

– Elle le savait, ai-je ajouté. C'est la seule cachette possible. Elle savait que je découvrirais comment nous dissimuler aux regards. Ou que ce serait toi, Hal. Elle savait que Nia serait attirée par le dessin de Kilroy. Je pense que ces types sont sur ses talons, et qu'elle voulait qu'on sache qu'elle est toujours avec nous. Elle ne peut pas se montrer, mais elle est là. Ou alors c'est juste ce que je veux croire...

Le temps de digérer cette nouvelle information, on a contemplé en silence les animaux sur le mur. Je savais qu'il fallait qu'on bouge, que rester trop longtemps au même endroit n'était pas sûr, mais je n'avais pas envie de partir.

– Ils sont vraiment magnifiques, a repris Hal. Ça me rappelle la voiture de Thornhill. C'est vrai, c'était un acte désespéré, un message, un indice, une façon de commencer tout ça. Mais c'était aussi une œuvre d'art. Tout ce qu'Amanda touche porte une signature unique.

Nia a soupiré, et j'ai reconnu en elle la même tristesse que la mienne. Amanda me manquait. Toute cette histoire me paraîtrait moins effrayante, et je me sentirais moins perdue, si elle était là.

– Quand j'étais avec elle, a dit Callie en rougissant, c'était comme si je savais que tout irait bien. Ce que je n'aimais pas chez moi devenait tout à coup plutôt cool.

Hal a caressé du doigt les lignes du dessin d'Amanda et, sans trop réfléchir, je l'ai imité. La forme d'ensemble. Était-ce important ? Était-ce une lettre ? Il était difficile de ne pas suivre les yeux des animaux, qui regardaient tous vers le sol, comme s'ils s'attendaient à ce que quelque chose jaillisse de la terre.

Au moment où j'allais suggérer qu'on devrait peut-être essayer de forcer la porte du renfoncement, ou chercher une clé, Hal a écarté les dernières feuilles mortes.

– Hé, regardez ! Je viens de trouver cinq dollars !

– Vraiment ? s'est étonnée Callie.

– Ce n'est pas courant, a-t-il remarqué. J'ai déjà trouvé des pièces, mais c'est la première fois que je vois un billet de cinq dollars par terre comme ça.

– C'est de l'argent trouvé. Ça porte chance, a remarqué Callie.

– Si tu le dis, a-t-il répondu.

– C'est peut-être plus que ça, a avancé Nia. Peut-être qu'Amanda l'a laissé là. Ça pourrait faire partie de l'indice.

– Mais ça signifie quoi ? a demandé Callie.

– Une minute, l'ai-je coupée. Je peux le voir ?

Hal m'a donné le billet, et je l'ai lissé sur mon genou. Un billet de cinq dollars. J'ai observé le visage d'Abraham Lincoln, son regard impassible, sa bouche au pli décidé. Je l'ai retourné, et là c'était clair comme le jour.

– J'ai compris, ai-je lancé en leur montrant l'évidence.

– Compris quoi ? a fait Nia.

– Oui, de quoi parles-tu ? a renchéri Hal.

J'ai saisi le billet de chaque côté, rapproché mes mains, puis je les ai écartées si vite que j'ai entendu claquer le papier.

– Regardez, juste là !

Ça me paraissait tellement évident ! Je ne comprenais pas pourquoi ils me renvoyaient une expression perplexe.

– Vous ne voyez pas ? C'est une image du Lincoln Memorial. Amanda doit nous attendre là-bas.

– C'est le Lincoln Memorial ? s'est exclamée Callie.

– Je croyais que c'était le Parthénon, a ajouté Nia.

– C'est parce que ta mère n'est pas grecque, ai-je répondu. Ce monument s'est peut-être inspiré des Grecs, mais, si tu vivais au milieu d'images et de répliques du Parthénon depuis ta naissance, tu verrais la différence. Et le Lincoln Memorial, mes amis, est à trois cents mètres d'ici.

Sans même nous consulter, Nia et moi avons effacé les dessins avec nos manches, puis on est partis.

Comme on longeait à grands pas l'étendue d'eau qui séparait le mémorial de la Seconde Guerre mondiale et le Lincoln Memorial, je me suis rappelé une scène d'un film des années 1990 que ma mère adore regarder lorsqu'il passe à la télévision, *Forrest Gump*. Quand Forrest fait un discours lors d'un rassemblement devant le Lincoln Memorial, Jenny, l'amour de sa vie, court à travers l'eau pour le rejoindre. J'étais tellement pressée d'arriver que j'avais envie de faire pareil.

Mais, sur la liste des bons moyens de ne pas se faire remarquer dans la capitale de notre nation, ne figurait pas « sauter dans une fontaine ».

« Ralentissez, ai-je soufflé. On est censés être des touristes. »

J'ai pris deux photos au passage, en partie pour le rôle, mais aussi par habitude.

J'ai fait défiler les images et, sur l'une des dernières, j'ai vu quelque chose dans le coin droit, en haut. Quelque chose qui m'a arrêtée.

J'ai augmenté l'éclairage et le zoom, et j'ai pu distinguer ce qui auparavant n'était qu'une masse noire.

C'était une joggeuse. Celle du mémorial. Elle courait, mais le soleil illuminait son visage, et je voyais qu'elle nous regardait. Elle savait où nous étions.

J'ai levé les yeux, mais le chemin était vide, à l'exception d'une petite fille sur une bicyclette, et de son père qui trottinait à côté d'elle.

Chapitre 14

Il y a une chose à savoir sur le Lincoln Memorial : il est très grand.

Les colonnes déjà font quinze mètres. En montant les cinq volées de marches devant le monument, on se sent de plus en plus petit. Et, une fois à l'intérieur, c'est encore pire.

Abraham Lincoln fut le plus grand Président de l'histoire, et sa statue fait six mètres de plus. J'étais tellement nerveuse que j'aurais pu être intimidée par la sculpture taille réelle d'un écureuil.

Heureusement, le seul garde forestier qu'on a vu discutait avec un groupe de personnes âgées, et aucun bloc-notes n'était en vue.

J'ai parcouru la foule des yeux, à la recherche d'Amanda. Quand on cherche quelqu'un portant une perruque, d'un seul coup tout le monde semble avoir de faux cheveux. C'est dire combien elle est douée pour se déguiser : j'ai passé une bonne minute à observer un vieil homme en train de se balader avec son poumon d'acier, avant de décider que ça ne pouvait pas être elle.

– Si elle est là, elle se cache, a murmuré Nia.

Callie a hoché la tête, et on a commencé à marcher entre les immenses colonnes.

– Regarde les inscriptions à travers ton appareil, a proposé Hal.

J'ai obtempéré et pris quelques photos.

– Tu vois quelque chose ? a demandé Callie.

C'était le cas. À deux endroits différents, certains mots scintillaient. Dans la phrase « Puissions-nous faire en sorte que notre nation puisse renaître dans la liberté », les mots « renaître dans la liberté » ressortaient nettement.

Et j'ai baissé mon appareil. Très vite.

J'ai saisi le bras de Callie. Mais, quand Nia m'a demandé ce qui se passait, je n'ai pu que la regarder et essayer de communiquer silencieusement, en haussant les sourcils pour lui faire comprendre que quelque chose n'allait pas. En vain.

J'avais vu quelque chose. Ou plutôt quelqu'un. C'était la joggeuse. Elle était proche. Elle nous avait vus. Et elle se dirigeait droit sur nous.

Dans certaines situations, tous mes trucs pour devenir invisible sont inefficaces. En regardant par terre, je voyais les baskets de cette femme bouger rapidement vers moi, avec un but précis. Ce n'était pas quelqu'un qui s'arrête au milieu d'un jogging pour aller admirer un bâtiment, ni pour s'étirer. Ce n'était pas une joggeuse.

– Zoé ?

Quand j'ai entendu mon nom, j'ai fait un bond monumental.

J'ai levé les yeux, et trois évènements se sont bousculés.

Elle a retiré sa casquette de base-ball.

J'ai senti les mots « Tout va bien, tout va bien, tout va bien » résonner dans ma tête, comme quand on vient de faire une mauvaise chute, et qu'on se rend compte qu'on ne saigne pas et qu'on n'a rien de cassé.

Et j'ai prononcé son nom : « Ravenna ». Je savais qui c'était. Ce n'était pas quelqu'un à craindre. C'était celle qu'on cherchait. Et, une fois qu'elle a eu retiré sa casquette, je me suis rendu compte que je l'aurais reconnue n'importe où.

Je me suis demandé comment j'avais pu avoir peur. Elle avait l'air tellement *normale*, avec son pantalon de yoga et son pull, ses écouteurs d'iPod autour du cou et sa queue de cheval noire. Ravenna Bruyère. Robin Beckendorf. La sœur d'Amanda.

Ravenna était le genre de grande sœur qui m'avait toujours donné l'impression d'être spéciale. Quand j'avais dix ans, elle était à mes yeux capable de faire tout ce que je pensais qu'une lycéenne devait savoir faire : l'athlétisme, l'album de fin d'année, l'algèbre, le hockey sur gazon... Elle avait été pompom girl, et ses notes lui avaient valu le tableau d'honneur.

Comparée à Amanda, elle était normale. Mais certains aspects l'étaient moins. Un jour, Amanda était tombée de son vélo et s'était entaillé le genou. Ravenna avait appelé sa mère pour lui expliquer la situation, enfilé des gants chirurgicaux, nettoyé la blessure, injecté un petite dose d'anesthésiant, et recousu. Quelle adolescente normale fait ça ? Quel foyer normal possède un équipement pareil ? Le leur, de toute évidence.

– Tu sais comment on fait ? avais-je demandé en ouvrant de grands yeux.

– Ma mère déteste les médecins, avait-elle expliqué avec un grand sourire.

Plus tard, quand j'avais demandé des explications à mes parents, ils avaient échangé un regard entendu, soupiré, sans répondre à ma question.

– Zoé Costas ? a appelé Ravenna d'un ton doux.

Elle parlait à voix basse, regardant derrière elle si personne ne nous observait, mais elle n'arrivait pas à dissimuler son enthousiasme. Elle a ouvert les bras et, sans me laisser le temps de comprendre, elle m'a serrée contre elle :

– Comment vas-tu ? Oh, tu m'as manqué ! Comment va ta mère ? Et Iris ? Et Pen ?

Je lui ai répondu que tout le monde allait bien. Je ne pouvais pas détacher mes yeux d'elle. Certains de ses gestes, la façon dont ses yeux se plissaient quand elle souriait, les mouvements de ses mains quand elle parlait, me rappelaient Amanda. Et son odeur, un mélange de crème pour les mains et de déodorant musqué, me rappelait ma maison et ma vie avant Orion. Mon père.

– Je suis vraiment désolée pour... pour tout, m'a-t-elle murmuré en me serrant une nouvelle fois dans ses bras. Un jour, il faudra qu'on en discute.

– D'accord, ai-je marmonné.

Je ne me sentais pas capable de dire quoi que ce soit d'autre sans pleurer. J'étais déjà en train de renifler. J'ai chassé une larme d'un revers de manche, espérant que les autres ne verraient rien. Ce qui était une idée ridicule, puisqu'ils me dévisageaient tous les trois.

Mais ce n'était pas parce que je pleurais.

– Heu, Zoé ? a dit Nia. Pourquoi tu fais un câlin à la petite amie de mon frère ?

J'ai été si surprise par sa question que, pendant un court instant, je n'ai pas compris ce qu'elle disait.

– La petite amie de Cisco ? ai-je repris. Je ne crois pas, non. C'est la sœur d'Amanda, Ravenna.

– Non, a-t-elle répliqué. C'est Rosie, Rosie O'Connor. Elle étudie à l'université de Washington. Elle a rencontré Cisco quand il était dans une clinique sportive, près de son dortoir. Ils sortent ensemble depuis des mois.

– Oui, a ajouté Hal, je l'ai rencontrée. Enfin, toi, a-t-il ajouté en regardant Ravenna. À l'école, pour la pièce *Comme il vous plaira*.

– Elle était *chez moi*, a ajouté Nia.

Je m'en suis décroché la mâchoire.

– C'est vrai ? ai-je demandé en me tournant vers Ravenna.

Elle a hoché la tête. Puis elle a souri, cet immense sourire lumineux qui m'a rappelé pourquoi tout le monde voulait être son ami.

– Je m'appelle Rosie, maintenant. Mais Zoé a raison, elle aussi, a-t-elle ajouté en se tournant vers Nia et Hal. Je suis la sœur d'Ariel. Pardon, d'Amanda.

– Mais comment..., ai-je commencé.

– Pour Cisco ? a-t-elle deviné en riant. Je ne cherchais rien de la sorte, c'est juste... arrivé comme ça.

Bien évidemment, Ravenna sortait toujours avec le garçon le plus mignon de son âge, lorsqu'on était à Pinkerton. Elle était cette fille équilibrée, bien habillée et brillante, à laquelle personne ne pouvait résister. Même sous un faux nom, une histoire d'amour pouvait bien « arriver comme ça ».

– Mais tu es à l'université, ai-je répliqué. Tu n'es pas un peu vieille pour lui ?

– C'est ce que s'est dit ma mère, a répondu Nia.

Hal a dissimulé un éclat de rire dans une toux. Mme Rivera est géniale : chaleureuse, protectrice, aidante, mais, lorsqu'elle n'apprécie pas le comportement de l'un de ses enfants, elle n'en fait pas mystère.

Ravenna n'a pas semblé offensée par l'attitude de Nia ou l'hilarité à peine dissimulée de Hal.

– Cisco n'a que deux ans de moins que moi, a-t-elle répondu. Dans moins de deux ans, il aura fini le lycée, et je ne suis qu'en première année. Et puis, regardez...

On s'est tous retournés pour voir Cisco gravir les dernières marches, suivi de quelques groupes d'élèves. Il a d'abord paru surpris, puis perdu, puis tout joyeux.

– Les gars, a-t-il lancé aux élèves, allez relever quelques citations. Je dois aller discuter avec ma sœur.

Il nous a salués avec son sourire lumineux, d'abord Ravenna, puis Nia, puis nous trois, puis Ravenna de nouveau. Je ne l'avais jamais vu regarder quelqu'un comme ça. *Wow ! Il l'aime vraiment beaucoup.*

– Qu'est-ce que tu fais au milieu des touristes ? a-t-il demandé. Je croyais que le campus était tout là-haut.

Il a fait un geste vague en direction du nord.

– Oh ! tu sais, a-t-elle répondu. Des trucs pour mon stage.

– En jogging ? a-t-il répliqué en haussant les sourcils.

– Cisco ! s'est exclamée Nia à voix basse. Tu te rends compte que ta petite amie est aussi la sœur d'Amanda ?

Elle aurait tout aussi bien pu dire « est un lutin toréador à deux têtes », sur ce ton.

Cisco a ouvert de grands yeux. Je ne sais pas à quelle réaction s'attendait Nia, mais il semblait surtout impressionné.

– Rosie ? Vraiment ?

– Désolée, a-t-elle dit en hochant la tête. Je ne pouvais pas te le dire. Tu comprends, n'est-ce pas ?

Mais il n'avait même pas entendu sa question.

– Vraiment ? a-t-il répété. Tu es la sœur d'Amanda... depuis tout ce temps ?

– Depuis qu'elle est née, oui, a répondu Ravenna en riant.

– J'imagine, oui, a-t-il dit en passant la main dans ses magnifiques cheveux noirs. Et tu as rencontré ces quatre-là par hasard ? En travaillant pour ton stage ?

Le doute dans sa voix grandissait à mesure que les coïncidences s'accumulaient.

– Non, a-t-elle répondu sérieusement. (Elle lui a souri, soutenant son regard pour lui prouver sa sincérité.) Bien sûr que non... Tu comprends ? Tu n'as pas l'impression que je t'ai utilisé, n'est-ce pas ?

– Écoute, Rosie, a-t-il répondu en se passant de nouveau la main dans les cheveux. Je me fiche de ton nom, je sais qui tu es.

Elle a poussé un soupir de soulagement et esquissé un sourire. Ils sont restés à se regarder un long moment, jusqu'à ce que Nia se manifeste :

– Hé ho !

– Oui, a répondu Rosie.

D'un signe de tête, elle nous a indiqué qu'il fallait qu'on s'écarte. On l'a suivie dans un coin assez retiré, près du siège de Lincoln.

– Amanda va venir ? a demandé Callie.

– Je ne pense pas, a fait Rosie en secouant la tête. Elle m'a dit de vous retrouver au mémorial de la Seconde Guerre mondiale, mais, quand je suis arrivée et que j'ai vu les gardes, je vous ai emboîté le pas jusqu'ici.

– Amanda t'a dit..., a répété Nia. Alors, tu l'as vue ?

– Non. J'aimerais bien, pourtant. Elle m'envoie des mots, des codes. Je ne l'ai pas vue depuis qu'on a dessiné ces graffitis sur la voiture de notre père.

– C'était toi ? s'est exclamé Hal. On a bien vu une autre silhouette sur la vidéo de surveillance, mais on ne savait pas qui c'était.

– Et puis, une minute ! a fait Callie. Thornhill est vraiment ton père ?

– Vous ne l'aviez pas encore compris ? s'est étonnée Rosie.

– Si, a répondu Nia. (Elle déteste admettre qu'elle ignore quelque chose.) Mais on n'en était pas sûrs.

– Qu'est-ce qui est arrivé à votre mère ? ai-je demandé. On a vu un article de journal sur un accident de voiture... c'était réel ?

– Oui, a répondu Rosie avec une grimace.

– Votre mère a été assassinée ? Par l'Officiel ?

– Pour ce que ça vaut, je ne pense pas qu'il voulait la tuer, a-t-elle dit.

Je voyais bien que c'était un sujet difficile. Elle a ralenti, comme si elle ne pouvait pas raconter cette histoire sans en donner les détails.

– Elle fuyait. On fuyait tout le temps, sauf quand on était à Pinkerton. Là, on était heureux. On savait qu'on devait partir, mais on n'en avait pas envie. On est restés trop longtemps et, quand il a été temps de partir, on n'a pas voulu. On a attendu... trop longtemps. On a laissé ceux qui nous poursuivaient se rapprocher. On s'est échappés de justesse, mais, plus tard, ils nous ont retrouvés. Un soir, ma mère essayait de semer des hommes de l'Officiel. Elle conduisait. Il était tard, et les routes glissaient. Je pense que la mort de maman a un peu calmé le Dr Joy, parce que c'est à ce moment-là qu'Amanda a disparu. Elle commençait tout juste à découvrir ses pouvoirs, à comprendre ce dont elle était capable, et elle a paniqué. Bien évidemment, elle a réussi à disparaître complètement. Je pense qu'elle s'installait quelque part pour deux-trois mois, avant de repartir. Même en connaissant tous les trucs que notre mère nous avait appris, je n'ai pas réussi à la retrouver. Je trouvais un indice, j'arrivais en courant, mais, quand j'arrivais, la piste était déjà vieille. Alors, j'ai décidé de chercher mon père. C'est comme ça que je suis arrivée ici.

– Tu crois que mon père a été tué par accident, lui aussi ? ai-je demandé. Ou bien...

Je n'ai pas pu continuer. Je ne l'avais jamais dit à haute voix. Je sais que ça semble évident. Si c'était un livre ou un film, j'aurais su dès le début que c'était un coup des méchants. Mais, là, on parlait de mon père. *Mon* père. Celui qui avait un ventre rebondi, sur lequel je posais ma tête quand j'étais malade. Celui qui chantait *Swing Low, Sweet Chariot* en faisant la vaisselle. Celui qui adorait raconter des blagues nulles. Comment aurait-il pu être assassiné ? Comment cette vie qu'il était censé avoir, cette vie qu'il méritait, avait-elle pu lui être enlevée ? M'être enlevée ?

Rosie a posé les mains sur mes épaules, et a plongé son regard dans le mien. Elle comprenait ce que je ressentais.

– Tout ce que je sais, a-t-elle dit, c'est quelque chose que j'ai entendu mon père dire, un jour. Il a dit qu'on pouvait maquiller un assassinat en crise cardiaque, en utilisant le bon poison. Il a ajouté que ton père était une cible. Qu'il était comme lui, un soldat. Ils ont été élevés ensemble. En travaillant en équipe, ils auraient été impossibles à arrêter. Pendant très longtemps, George a refusé d'être impliqué. Il ne voulait pas vous mettre en danger, ta mère, tes sœurs et toi. Mais, un an avant sa mort, mon père et lui étaient en contact. Ils avaient décidé d'œuvrer ensemble. Mon père a dit que George était prêt à se cacher avec vous, et à le rejoindre.

– Alors, il a été assassiné, ai-je conclu. Et ton père... il a été capturé.

– Sa vie n'est pas encore en danger. Je pense qu'ils veulent l'étudier. Écoute, a-t-elle repris avec des larmes plein les yeux, je voudrais t'exposer de nombreuses théories de mon père. Mais j'ai peur qu'on manque de temps.

– Qui te poursuit? a demandé Cisco d'un air protecteur. Tu veux que je m'en occupe?

Elle lui a souri, et c'est alors que j'ai vu qu'elle était plus vieille que lui. Peut-être n'était-ce pas lié aux années, mais plutôt aux épreuves qu'elle avait traversées.

– Je veux que tu restes aussi loin d'eux que possible, a-t-elle répondu. Crois-le ou non, mais ma petite sœur est notre meilleure protection, en ce moment.

– Contre qui, exactement? a demandé Nia. Ça va bien plus loin que le Dr Joy, n'est-ce pas? Qui a envoyé ces types à nos trousses, aujourd'hui?

– Vous avez entendu parler de l'Officiel? a demandé Rosie en serrant les dents.

– Mon père nous a expliqué qu'il travaillait avec le Dr Joy pour ressusciter le programme C33, a répondu Hal.

– C'est exact. Il dirige l'agence gouvernementale où je fais mon stage, qui est censée contrôler les tests de vaccins expérimentaux, mais en réalité il s'agit d'un projet secret connu d'une poignée de personnes.

– Tu travailles juste sous leur nez? me suis-je exclamée. Mais les photos... les gardes...

Soudain, les pièces du puzzle se sont assemblées.

– Tu ne peux pas retourner là-bas! me suis-je exclamée.

– Pourquoi? a-t-elle demandé en regardant sa montre. Si je m'absente plus longtemps, ils vont finir par le remarquer.

– Mais les photos..., ai-je répété. Ils savent. (Nia a ravalé un cri. Ces quelques mots lui suffisaient pour comprendre.) Est-ce que tu as pu voir les calepins des gardes devant le mémorial de la Seconde Guerre mondiale?

Rosie a secoué la tête, et je lui ai expliqué. À son expression, j'ai vu qu'elle commençait à comprendre.

– Ils doivent même savoir depuis un moment, a-t-elle acquiescé. Peut-être que ça pourrait expliquer...

– Expliquer quoi? l'a pressée Cisco.

Elle a détourné la tête, comme si elle oubliait notre présence et réfléchissait à voix haute:

– Expliquer pourquoi je n'ai jamais accès à leurs véritables activités. Je vois le Dr Joy de temps en temps, mais peu importent les raisons que j'invente, je ne peux jamais approcher le couloir de son bureau.

Cisco a froncé les sourcils, inquiet. Je me suis surprise à me demander si, un jour, quelqu'un me regarderait comme

Cisco regardait Rosie, comme s'il voulait par-dessus tout la protéger. Il a posé la main sur son bras.

– N'y retourne pas, a-t-il dit. C'est dangereux.

Mais elle ne l'a même pas entendu.

– J'espérais au moins découvrir qui était l'Officiel. Un nom, quelque chose... Qu'Amanda soit en fuite... ce n'est pas normal. Entre ma mère décédée et mon père disparu je ne sais pas où, je devrais être à sa recherche.

– Et c'est le cas, ai-je répondu.

Elle m'a souri, comme une grande sœur.

– Est-ce que tu as vu l'Officiel, au moins? a demandé Nia. Thornhill nous a affirmé que c'était lui qui dirigeait tout. Tu sais à quoi il ressemble?

– Non. Mais les gens parlent tout le temps de lui. Il a des contacts au gouvernement, mais je n'ai pas réussi à découvrir lesquels.

– Wow! ai-je soufflé. Et moi qui trouvais déjà grave que le chef Bragg soit impliqué! Voilà que le gouvernement fédéral l'est aussi.

– Oh non! pas tout le gouvernement, a corrigé Rosie. Mais c'est drôle: mon père soupçonnait le chef Bragg d'être impliqué, sans en avoir la certitude. Maintenant, qui sait ce que pense mon père? Je trouve ça étrange de voir comme la famille Bragg n'arrête pas d'apparaître. Enfin, l'Officiel n'est ni le Président, ni une cour suprême de justice. Ce qu'il fait est illégal, et on pourrait l'arrêter avec les bonnes preuves, du moment qu'il n'obtient pas ce qu'il cherche avant.

– Et que cherche-t-il? ai-je demandé.

– Je ne sais pas. Et je crois que personne ne le sait vraiment. Maintenant, je n'ai aucune chance de le découvrir. (La frustration est revenue assombrir son visage, mais elle l'a chassée par un gros effort de volonté.) Bon, concentrons-nous sur ce que nous savons. Quoi que fasse l'Officiel, c'est lié à Amanda, à ce qu'elle est. Amanda m'a dit de vous observer, a-t-elle ajouté. Que vous marchiez probablement dans ses pas. Vous savez ce que ça signifie ?

Hal a rougi. Callie a fixé son regard sur le plafond, et Nia sur ses chaussures.

– Parfois, ai-je répondu, on arrive à faire des choses dont on ne devrait pas être capables.

– Nia me l'a dit, a acquiescé Cisco. C'est un truc de dingue.

– Vous avez des pouvoirs, comme Amanda ? Mon père l'avait prévu.

– M. Bennett nous a dit que, parfois, les enfants de C33 en avaient, ai-je répondu. Et toi ?

– Aucun risque, a répliqué Rosie en secouant la tête. Je suis adoptée, comme tu le sais. Mais, même si je ne l'étais pas, il est rare que des enfants de C33 aient des super-pouvoirs. Cisco, lui... il est naturellement beau, athlétique et charmant.

– Qui, moi ? a-t-il fait, et son grand sourire innocent nous a tous détendus. Et Heidi Bragg ? a-t-il repris. Je me suis toujours dit qu'elle devait posséder certains... talents.

– Heidi Bragg est un cas intéressant, a continué Rosie. Mon père essayait de comprendre, quand il a été enlevé. En tant que C33, Brittney était un échec. Puis Heidi est arrivée, impitoyable. Mais personne n'a pu deviner ce dont elle est capable, si tant est qu'elle ait vraiment des pouvoirs.

– Comment Amanda a-t-elle su où nous trouver? a demandé Nia. Est-ce qu'elle savait quelles compétences on aurait?

– Non. Amanda savait simplement qu'un grand nombre d'enfants de C33 vivaient à Orion. Alors elle y est allée, s'est inscrite en cours, et est devenue amie avec ceux qui l'intéressaient. Un jour, elle m'a affirmé qu'elle laissait l'amitié venir à elle. C'est ce qui s'est passé avec vous.

– J'imagine, oui, a acquiescé Callie.

On s'est tus une minute, le temps de digérer toutes ces nouvelles informations. Je dois bien admettre que j'aimais à penser qu'Amanda était mon amie, non pas parce qu'elle avait besoin de moi, mais parce qu'elle m'appréciait. Son instinct la guidait en amitié, comme un pendule.

– Tenez, a repris Rosie en nous tendant deux enveloppes violettes. Amanda me les a envoyées. J'ignore ce que c'est, mais je pense qu'elle voulait que je vous les donne.

Nia les a prises. Elle a pâli d'un seul coup, et s'est raccrochée à son frère.

– Qu'est-ce qu'il y a? ai-je demandé.

– Tu as vu quelque chose? a ajouté Hal.

– Oui, a répondu Nia en frottant ses doigts sur le bord des enveloppes. Thornhill. Elles étaient dans son bureau quand il a été agressé.

– Est-ce que tu vois qui l'a attaqué? s'est exclamé Hal.

– Pas encore. Ça marcherait mieux avec quelques mains de plus.

On ne voulait pas attirer l'attention en donnant l'impression qu'on formait un cercle de prière, alors on s'est touchés comme par accident. Je me suis appuyée contre l'épaule de Hal, qui a posé une main dans le dos de Callie. Elle a accroché son doigt dans un passant du pantalon de Nia, qui a tendu le pied pour toucher le mien.

Peut-être était-ce parce qu'on ne se tenait pas la main, je ne sais pas, mais cette fois nous n'avons rien aperçu de sa vision. On est restés comme ça un moment, puis Nia s'est écartée.

– Incroyable, a-t-elle soufflé.

– Quoi ? a demandé Rosie.

– C'est Amanda. Elle était avec Thornhill, la nuit de l'agression. Elle tenait ces enveloppes, et soudain quelqu'un est arrivé, alors il les a fourrées sous son sous-main et a pratiquement poussé Amanda par la fenêtre.

– Wow ! s'est exclamée Callie.

– Elle y est retournée ? a grondé Rosie. Je lui avais ordonné de ne pas le faire, que c'était dangereux. Mais elle a dû aller les récupérer, puis me les envoyer. Il y a le tampon de la poste. Elle-même a dû les recevoir, et vouloir les montrer à papa.

Les deux enveloppes avaient été ouvertes, et Hal nous a montré ce qu'elles contenaient : deux morceaux de plastique, de la taille d'une carte de crédit, l'une rouge, l'autre bleue.

– Ce sont des cartes cadeaux, vous croyez ? a-t-il demandé.

– Des cartes cadeaux ? Pour... Gap, par exemple ? a gentiment raillé Callie.

Qu'Amanda se donne autant de peine pour nous offrir des cartes cadeaux...

– D'accord, c'était une idée stupide, a admis Hal.

Nia a saisi l'une des cartes.

– Tu vois quelque chose ? l'ai-je questionnée.

Elle a secoué la tête.

Un garde est entré dans le monument, suivi d'un groupe d'élèves. Il y avait peu de chances pour que ce soit l'un de nos poursuivants, mais sa présence m'a rappelé qu'ils pouvaient débarquer n'importe quand.

– Je dois y aller, a annoncé Rosie.

Elle semblait malheureuse, comme si nous quitter ainsi, alors qu'on avait encore beaucoup de choses à se dire, lui rappelait sa séparation avec Amanda.

– Tu ne retournes pas à ton stage ? a demandé Cisco.

– Non, l'a-t-elle rassuré. J'ai autre chose à faire.

Elle a mis ses écouteurs, enfoncé sa casquette sur sa tête, et pris l'air aussi morose qu'une fille adorable comme elle le pouvait.

– Les gars...

Elle nous a tous regardés droit dans les yeux, un par un. J'aurais voulu la prendre dans mes bras, mais elle s'était déjà retournée. Encore un lien avec mon ancienne vie qui disparaissait. Ravenna était devenue Rosie, qui s'était transformée en une joggeuse anonyme dans la ville.

Hal a soudain ouvert de grands yeux.

– Il faut qu'on parte, nous aussi. Tout de suite. Suivez-moi, a-t-il murmuré.

– Je dois aller voir d'autres groupes, a indiqué Cisco. Mais vous avez intérêt à vous montrer au rendez-vous du déjeuner, d'accord ?

– Promis ! a répondu Nia.

On a suivi Hal à grands pas pour descendre la première volée de marches, puis on est passés de l'autre côté du mémorial, où il y avait une petite pelouse avec des buissons assez gros pour qu'on se cache derrière. Impossible de voir les escaliers de là, mais on a entendu des pas qui ressemblaient à ceux des gardes. Étaient-ils trois ? Ou quatre ? Le rythme de leurs bottes frappant le sol faisait écho aux battements de mon cœur. Dès qu'ils nous ont dépassés, Hal s'est levé et nous a fait signe. On s'est enfuis le plus silencieusement possible.

CHAPITRE 15

Quand on a été assez loin du Lincoln Memorial, on s'est arrêtés sous un cerisier en fleur pour reprendre notre souffle.

J'avais un mauvais pressentiment, qui refusait de s'en aller. Mon corps me criait de disparaître, de m'échapper, ou d'attendre le dénouement de toute cette histoire cachée sous un rocher. Je me suis fait violence : *Amanda a besoin de toi.*

Pour m'aider à me reprendre, je me suis tournée vers la carte sur le kiosque juste à côté de notre banc. D'après le point « Vous êtes ici », on se trouvait à l'extrême ouest du National Mall, sur Constitution Avenue.

– Si on continue par là, on va atteindre le Vietnam Memorial, ai-je indiqué. Il fait partie de la liste.

– D'abord, il faut qu'on observe les enveloppes, a répliqué Nia.

Elle les a étalées sur le banc. Il y en avait six en tout.

Celles qui nous avaient été retournées, identiques, dont l'adresse ne comportait ni nom ni numéro de rue, rédigée de notre écriture, comme si chacun de nous s'était écrit à soi-même.

Et il y avait les deux que nous avait données Rosie. L'une était pour Max Beckendorf, et l'autre pour Annie.

J'ai pris la deuxième.

– Je me rappelle tellement de choses, ai-je lancé. Elle avait des cheveux très bouclés et, de temps en temps, elle se faisait deux nattes, comme une petite fille. Elle était très douée pour imiter des accents, elle pouvait tous les faire. Et elle devinait ce qu'on pensait. Impossible de lui mentir.

Nia a ajouté les morceaux de plastique.

– Bon, est intervenu Hal en observant le tout. C'est loin d'être clair.

Je n'ai rien répondu, parce que j'avais arrêté de penser aux morceaux de plastique. Je regardais les enveloppes en songeant à la carte avec le point « Vous êtes ici ».

– Une minute ! me suis-je exclamée.

– Quoi ? a-t-il demandé.

– Regarde ton enveloppe. Elle est adressée à 20th Street NW. Il n'y a pas un lien avec le fait que celle de Callie soit pour 21st Street NW ?

J'ai attrapé la lettre de Nia, où était écrit « C Street NW », et me suis approchée de la carte.

– C Street..., ai-je repris. C'est juste là, de l'autre côté de Constitution Avenue. Elle croise la 20th et la 21st. Et...

Nia a saisi mon raisonnement. Elle a saisi mon enveloppe et s'est approchée.

– Constitution Avenue, a-t-elle terminé.

Callie et Hal nous ont rejointes.

– C'est un quartier, a soufflé Hal. Les quatre rues des enveloppes délimitent un quartier.

Tout à coup, la fatigue due à notre fuite avait disparu.

– Il nous reste une heure avant le rendez-vous avec M. Fowler, nous a appris Callie en regardant sa montre.

– Attends, a dit Hal. Regarde la liste. Il y a quelque chose qui se trouve dans ce quartier.

– Où ça? a-t-elle demandé en regardant avec lui.

– C'est un bonus. L'Institut des sciences naturelles... Ce doit être une sorte de musée. Et c'est un labo de recherches.

On n'avait pas le temps d'en discuter. Si on voulait atteindre ce quartier et retourner à l'obélisque du Washington Monument pour le déjeuner, il allait nous falloir des ailes.

L'Institut des sciences naturelles occupait la majorité du quartier délimité par C Street au nord, Constitution Avenue au sud, et 20th Street et 21st Street à l'est et à l'ouest. Le bâtiment ressemblait, en plus petit, au Muséum d'histoire naturelle de New York. Sur les marches, des gens s'étaient installés pour profiter du soleil. J'ai vu des élèves de notre groupe, essentiellement des fondus de sciences, descendre en courant. Ils en avaient fini là-dedans.

Brian Bellaronda et Ally Kline se sont arrêtés pour nous demander combien de monuments on avait vus.

– On n'en a que douze, pour le moment, a-t-elle expliqué. On ne va pas y arriver.

On leur a montré notre liste. On en avait quatre.

– Wow ! s'est exclamé Brian.

Il a échangé un regard avec Ally, comme s'ils venaient de se rendre compte qu'on était malades, et qu'ils ne voulaient pas être contaminés.

Quand ils sont partis, on a pris un instant pour regarder l'entrée imposante du musée, qui nous attendait en haut d'un escalier impressionnant.

– Vous croyez qu'on va trouver ce qu'on cherche à l'intérieur ? a dit Callie. Ça va être compliqué, ce monument est immense !

– Et on ne sait pas exactement ce qu'on doit chercher, a ajouté Nia.

– Je croyais qu'on cherchait Amanda, ai-je répondu. Je pensais qu'elle allait enfin se montrer.

– Peut-être, a rétorqué Nia d'un air sombre. Mais je pencherais plus pour une parole de chanson dont on doit s'inspirer.

Elle s'est assise sur un banc, comme pour reprendre son souffle. Mais elle s'est redressée d'un coup :

– Hal, Zoé, Callie ! Venez là ! C'est ce banc.

Elle nous tendait les mains. J'en ai saisi une, Callie la deuxième, et Hal a complété le cercle. Une image nous est soudainement apparue : une femme, assise sur ce banc. À la façon dont ses jambes étaient repliées sur le côté, on voyait qu'elle était grande. Elle était plus âgée, proche de nos professeurs, et magnifique. Quelques mèches grises ressortaient dans ses cheveux blonds, et elle avait de grands yeux tristes. Les nuages étaient gris et bas. Elle jetait des bouts de son sandwich aux pigeons. J'ai ouvert les yeux. Callie était blanche comme un linge.

– C'est... elle est..., a-t-elle balbutié. Elle est là ?

– Qui ? ai-je demandé.

Callie avait lâché nos mains.

– C'est pour ça qu'Amanda nous a amenés ici, a-t-elle répondu. C'est ma mère. (Elle nous a laissé une seconde pour comprendre, avant de bombarder Nia de questions auxquelles elle n'avait pas de réponse.) Qu'est-ce qu'elle fait là ? Est-ce qu'elle me cherche ? De quand ça date ?

– Je ne sais pas, a répondu Nia en secouant la tête.

– Elle portait un badge, vous l'avez vu ? a remarqué Hal. Accroché à un cordon autour de son cou, comme les médecins dans les hôpitaux.

– Peut-être qu'elle travaille dans le coin.

– Elle travaille ? a répété Callie.

Mme Leary avait laissé à M. Thornhill un mot disant qu'elle devait partir, que c'était le seul moyen de protéger sa fille. Callie en doutait, désormais. Comment est-ce qu'un emploi à quatre-vingts kilomètres de chez elle pouvait servir ce but ?

– C'est l'heure du déjeuner, ai-je annoncé en regardant ma montre. Ou pas loin. Peut-être qu'on est censés attendre ta mère ici. Il nous reste quelques minutes avant de devoir retrouver M. Fowler.

– Oui, peut-être, a répondu Callie en croisant les bras.

– Je ne sais pas si tu as bien vu l'expression sur le visage de ta mère, mais elle était triste.

– Vraiment ?

– Tu ne l'as pas remarqué ? me suis-je étonnée.

– Elle ne bondissait pas de joie, mais elle m'a plutôt paru neutre.

– Pas à moi. Sa bouche tremblait un peu, comme si elle était sur le point de pleurer.

– Vraiment ? a répété Callie.

– Et elle avait le regard dans le vague.

– Je pensais qu'elle nourrissait simplement les pigeons.

– Oui, mais elle ne leur prêtait aucune attention, ai-je expliqué. Elle ne tournait pas la tête quand ils bougeaient. Elle pensait à autre chose.

– Et à quoi elle pensait ?

– Et pourquoi tu ne le lui demandes pas toi-même ? a fait Nia avec un sourire un peu inquiet. Elle arrive.

Alors que Hal et moi regardions Callie, Nia avait les yeux fixés sur le monument. On a tourné la tête, et vu la femme du banc descendre les marches.

– Deux gardes approchent aussi, a précisé Hal. Ils seront là dans une minute. Il faut qu'on se cache.

– Mais ma mère..., a protesté Callie, déchirée de la savoir si proche.

– Zoé, a-t-il repris, tu peux la rejoindre sans te faire repérer ?

J'ai hoché la tête.

– Alors, va voir Mme Leary. Nia, Callie, suivez-moi.

Il s'est dirigé vers des buissons, assez grands pour qu'ils puissent rester cachés, debout derrière. Au moment où ils disparaissaient tous les trois, les gardes prédits par Hal ont débouché au coin de la rue et ont commencé à examiner les escaliers, jetant de temps à autre un œil sur leur bloc-notes. Je n'étais pas assez proche pour entendre leur conversation par radio. J'ai relevé la capuche de mon pull, et je sais que ça va sembler dingue, mais je crois que j'ai réussi à me fondre dans le gris des marches, simplement en pensant au mot « gris ». Ou plutôt en le fredonnant dans ma tête, imaginant un saxo qui jouerait les tonalités basses et tristes de la voyelle. J'ai senti monter une impression de fatigue et d'engourdissement, comme quand on reste terré sous sa couette un matin pluvieux.

J'ai été suffisamment convaincante pour esquiver le radar des gardes : ils cherchaient un groupe de quatre, pas une personne seule. Et certainement pas quelqu'un qui semblait vivre sur ces marches, tellement lié à ce lieu qu'il était impossible que ce soit une touriste.

Mme Leary est passée à un mètre à peine de moi. Elle ne m'a pas vue non plus. J'avais les yeux baissés, alors je n'ai rien aperçu d'autre que le revers de son pantalon en laine trop court, ses chaussettes rayées, et ses sabots à semelle en caoutchouc, comme en portent les infirmières dans les hôpitaux. Dès que les gardes ont tourné la tête, je me suis levée, et j'ai couru pour la rattraper sur le trottoir.

– Madame Leary ! ai-je appelé.

Elle s'est retournée, les yeux étrécis et la gorge serrée. Je lui avais fait peur.

– Je suis une amie de Callie, ai-je repris. Elle est là avec moi. Elle voudrait vous parler.

Son masque impénétrable, prêt à l'affrontement, s'est fissuré :

– Callie ? Elle est là ?

Elle regardait de tous côtés, impatiente, le souffle court.

– Juste là, ai-je répondu.

Muette, Mme Leary m'a suivie jusqu'à l'entrée du musée. Les gardes semblaient être partis, alors je lui ai fait monter les escaliers, et je l'ai emmenée derrière les buissons.

Dès que Mme Leary a vu Callie, elle s'est précipitée vers elle. Elle a pris le visage de sa fille entre ses mains, l'a examinée, puis elle l'a attirée contre elle, avant de l'observer de nouveau.

Tous les trois, on est restés à l'écart pour leur donner un peu d'intimité, et surveiller toute manifestation des gardes. Combien de fois avais-je imaginé un tel moment avec mon père ? Ça ne se passerait pas exactement comme ça, bien sûr. J'ai toujours pensé que ce serait dans une station-service, ou un magasin de matériel informatique, le genre d'endroit où mon père m'emmenait le samedi après-midi. J'avais monté toute une histoire dans ma tête : il avait trouvé un boulot là, et il se cachait. Il ne pleurerait pas, mais il me montrerait à sa façon que je lui avais manqué, que la vie n'avait pas été la même sans moi. Peut-être pleurerait-il, en fait, mais ce serait discret, et dissimulé derrière une fausse quinte de toux. Il m'attraperait les épaules, pas le visage. Il me tiendrait à bout de bras, puis il me soulèverait et me ferait tourner, comme quand j'étais petite.

En regardant Callie et sa mère, j'ai souri. Je me sentais tellement bien, c'était comme si ce qu'elles vivaient m'arrivait à moi.

Mais c'était faux. La mère de Callie avait *disparu.* Mon père était *mort.* Je ne le reverrais jamais. Je n'aurais jamais ce que savouraient Callie et sa mère.

Il était 19 h 25. La première représentation des Bruella Duella à l'Arcadia était censée commencer à 19 h 30, mais Amanda n'était pas là.

Je l'attendais, essayant de garder confiance en elle. Je le voulais. Je voulais croire qu'elle arriverait au dernier moment, avec une bonne raison à son retard.

Je voulais lui accorder cette confiance, mais, au lieu de cela, je me suis assise à une table pour broyer du noir.

C'était elle qui avait organisé tout ça, elle encore qui m'avait convaincue de participer. Elle était venue chez moi la veille et, à l'aide de paillettes et de peinture argentée pour poster, on avait transformé le dos d'un vieux projet de sciences de Pen en une belle pancarte noir et violet. Elle était posée sur un chevalet, près du piano, et annonçait les Bruella Duella. D'après Amanda, cela faisait référence au grand jazzman Dave Brubeck, à son nom à elle, Bruyère, et à sa méchante préférée, Cruella d'Enfer.

« Comment peux-tu haïr une femme qui est aussi douée avec un porte-cigarette ? » avait-elle demandé en terminant de dessiner le « a » de Bruella et de Duella. À ce moment-là, j'avais ri avec elle. Mais cette fois je pensais plutôt : *Comment*

peux-tu apprécier quelqu'un de méchant ? Peut-être parce que toi aussi, tu es un peu méchante au fond.

Si ça vous paraît rude, croyez-moi, Amanda le méritait. Parce que, à ce moment-là, le patron de l'Arcadia est arrivé pour m'annoncer qu'il était temps de monter sur scène. Il s'appelait Bobby, et n'avait jamais eu affaire qu'à Amanda. Vu sa façon de me regarder, il venait de se rendre compte qu'on n'avait pas encore vingt et un ans, loin de là. Il a regardé sa montre, et esquissé le geste international signifiant : « Alors ? »

J'ai lentement gravi les trois marches qui menaient à la scène. Je tenais mon saxo dans la main droite, le bras un peu tendu pour que mes genoux ne tapent pas dedans. J'ai essayé de faire comme si ce n'était qu'un concert de plus à l'école, mais cette fois il y avait des spots, bleus et roses. Chaque fois que je regardais le public, je devais plisser les yeux. Cette impression de ne rien pouvoir distinguer au-delà de la scène était déstabilisante.

J'ai baissé la tête. J'étais censée regarder Amanda. On commençait toujours de la même manière : je me tournais vers elle, elle se tournait vers moi, je comptais un rythme dans ma tête qu'elle suivait parce qu'elle est douée pour suivre les gens, puis je haussais les sourcils au temps fort et on se lançait.

J'ai compté toute seule, battant la mesure avec mon pied. Imaginer la musique en établissant le rythme qu'elle suivrait me rassurait, et, lorsque j'ai soufflé les premières notes, j'ai su que je pouvais jouer cette chanson toute seule.

Stormy Weather est une des chansons pour lesquelles un saxophone est l'instrument rêvé. Mais c'était différent, sans le piano. C'était plus brut, plus triste. J'entendais les mots dans ma tête, ces paroles « Can't go on/Everything I have is gone[1] », et j'ai mis dans les notes toute la tristesse et la déception que m'inspirait Amanda, que m'inspirait ma vie. Je sentais le son tourbillonner dans la pièce. Même si je ne voyais pas les gens du public, je les sentais avec moi.

Puis, au moment où je terminais sous les applaudissements, Amanda a sauté sur la scène. Elle était entièrement vêtue de noir, comme quelqu'un qui voudrait se dématérialiser dans l'obscurité : un jean noir, un col roulé noir et un béret, pas posé à la française, mais enfoncé sur sa tête jusqu'aux oreilles. J'aurais presque pu me demander si elle comptait braquer une banque, mais il y avait le maquillage sur ses yeux : il brillait et scintillait, avec des touches de bleu et de rose. Sur scène, on ne voyait que ses yeux.

Des yeux tristes. Des yeux difficiles à déchiffrer, qui refusaient d'être interrogés.

Pourquoi n'ai-je rien dit ? Pourquoi n'ai-je pas arrêté la représentation, et exigé de savoir où elle était ? Si j'avais essayé, peut-être qu'elle m'aurait dit ce qui se passait. Elle aurait pu m'expliquer qui la poursuivait, ou pourquoi elle devait disparaître. J'aurais peut-être pu l'aider.

Elle a haussé les sourcils.

« Et maintenant ? » a-t-elle demandé.

---

1. « Je ne peux plus avancer/J'ai tout perdu. »

Plutôt que de lui répondre, je me suis lancée dans un morceau qu'on n'avait pas répété. Il remontait à loin dans mes souvenirs, à l'époque où mes parents me chantaient une chanson pour m'endormir. Mon père choisissait toujours celle-là. Elle commençait par « Every time you say goodbye[1] », et racontait toute la tristesse d'un au revoir.

Personne n'osait faire entendre cette chanson dans notre maison depuis la mort de mon père, mais je l'ai jouée. Elle aurait rendu Amanda triste, même si elle avait ignoré que c'était l'une des chansons préférées de mon père. On n'a jamais su pourquoi il avait choisi cette chanson, mais peut-être avait-il anticipé sa disparition prématurée.

Amanda hochait la tête lorsqu'elle s'est mise à jouer après les quatre premiers accords, et je savais que je ne lui reprocherais jamais son retard. En retard, ou même loin, elle était toujours là, contrairement à mon père.

---

1. « Chaque fois que tu t'en vas. »

CHAPITRE 16

Callie et sa mère ont passé un long moment à pleurer dans les bras l'une de l'autre. Mme Leary a fini par demander comment sa fille l'avait retrouvée, et ce qu'elle faisait là. On ne disposait même pas d'une fraction de ce qu'il leur aurait fallu pour rattraper le temps perdu, alors Callie lui a résumé l'histoire : Amanda, sa disparition, ce qu'on avait appris sur les C33 en visitant la faculté de pharmacie d'Orion.

– Tu as grandi là, n'est-ce pas ? a demandé Callie. J'ai vu le puzzle, « Les Nénuphars », celui que tu adorais quand tu étais petite.

Mme Leary a hoché la tête, et serré la main de sa fille dans la sienne en nous regardant :

– Vous êtes tous les guides d'Amanda ? Bonjour, Nia. Hal.

Comme elle n'a jamais été du genre à se retenir, Nia s'est jetée à l'eau :

– Quand vous étiez petite, vous connaissiez ma mère ?

Mme Leary a chassé une larme avec un petit rire :

– Bien sûr. Depuis qu'on était toutes jeunes. C'est le premier bébé que j'ai tenu dans mes bras. Quand elle a grandi, nous, les plus grandes, nous disputions pour savoir qui ferait semblant d'être sa mère, lui brosserait les cheveux, etc. Elle était parent d'élève quand Callie et toi aviez sept ans. Callie ramenait à la maison des plats préparés sous cellophane.

– Ça lui ressemble bien, a dit Nia en souriant.

– Depuis que je suis partie, ta mère a été merveilleuse. Elle s'est occupée de Callie, elle l'a protégée.

– Je sais, a répondu sa fille. M. Bennett me l'a expliqué.

– C'est bien, a approuvé Mme Leary, avant de se tourner vers moi. Et tu es Zoé ? La fille aînée de George Costas ?

– Oui, ai-je répondu. Mais mon père...

– Je sais, ma chérie, m'a-t-elle coupée. J'ai appris ce qui lui était arrivé et je suis vraiment, vraiment désolée. Tu sais, je l'admirais beaucoup quand j'étais enfant. Max et lui pouvaient tout faire.

– Madame Leary, ai-je repris, nous pensons être là parce qu'Amanda voulait qu'on vous trouve. Est-ce que vous savez pourquoi ? (J'ai songé à Rosie, et aux cartes en plastique rouge et bleue.) Est-ce qu'elle vous a donné quelque chose pour nous ?

– Je n'ai jamais vu Amanda, a-t-elle répondu en secouant la tête. J'ai entendu parler d'elle par d'autres C33, c'est tout. Mais j'ai quelque chose, que je voudrais que vous lui donniez.

– Qu'est-ce que c'est ? a demandé Callie.

Mme Leary s'est passé la main dans les cheveux, défaisant un peu plus son chignon.

– C'est un peu compliqué à expliquer, a-t-elle répondu. C'est difficile à imaginer, mais, avant de craindre le Dr Joy, j'avais un but dans la vie. Après la fin du programme C33, quand j'ai commencé à écrire et à obtenir des budgets pour mon propre travail, que lui était au plus bas, je me suis dit qu'il était inoffensif. Et même pathétique.

» Il venait souvent. Chaque fois que je publiais un article ou que je gagnais un prix, il se manifestait : soit il m'envoyait un petit mot de félicitations, soit, bien pire, il venait sonner à notre porte « pour discuter ». Parfois, il restait dîner. C'était avant ta naissance. Il me faisait de la peine : il n'avait pas d'emploi stable, et le peu d'argent qu'il gagnait, il s'en servait pour son pauvre petit labo secret, dont il jurait que ça marchait bien. Mais j'en doute : ça n'avait rien à voir avec les installations dont il disposait pour le programme C33. Je pense qu'il jouait simplement avec des analyses sanguines. En tout cas, j'étais sûre qu'il ne mangeait pas régulièrement, alors, quand il venait, je lui préparais un bol de pâtes et je l'invitais à s'asseoir à notre table.

– Que nous n'avons plus, a dit Callie. Papa a dû la vendre pour payer l'emprunt. Est-ce que... Est-ce que c'est mal ?

Mme Leary a sursauté.

– *Mal*? a-t-elle répété. Non, non... c'était la meilleure décision à prendre. Callie, crois-moi, je suis partie en sachant à quel point ce serait atroce pour ton père et toi, qu'il en serait profondément blessé. Vous me manquez terriblement, tous les deux. Je savais que tu étais forte, mais que le poids que je te mettais sur les épaules était énorme.

– Pourquoi es-tu partie, alors ? a demandé Callie, sans la moindre accusation dans sa voix.

– Si je pensais que ma présence n'était pas un danger pour vous, rien ni personne n'aurait pu me forcer à m'éloigner. Tu comprends ?

Elle a attendu la réponse de sa fille, qui a mis du temps à venir.

– Oui, a fini par lâcher Callie.

– Très bien, a répondu Mme Leary en soutenant son regard. Quand ma grossesse s'est sue, le Dr Joy est arrivé avec un hochet de fortune, en plastique tellement fin que je ne veux même pas savoir quels produits chimiques se seraient déversés dans ta bouche si je t'avais laissée le mordiller. Je l'ai jeté, mais j'ai invité le Dr Joy à dîner. Il me bombardait de questions sur le déroulement de ma grossesse, il m'a presque suppliée de le laisser regarder l'échographie, et je l'ai moi aussi interrogé. Un peu de vin par-dessus tout ça et, à la fin de la soirée, j'avais une vague idée des thérapies qu'il avait développées et testées sur nous. Je comprenais comment ça fonctionnait, et j'avais suffisamment de connaissances sur le génome humain, la neuroplasticité et le système vasculaire pour que ça me fasse très peur.

» Ce soir-là, j'ai commencé mes recherches. J'ai dû longuement étudier de biologie, mais, lorsque tu es née, j'avais quelques théories sur la façon d'inverser les effets des expériences du Dr Joy. Tu comprends, il avait raconté au gouvernement, qui finançait ses recherches, qu'il développait des prototypes humains, génétiquement améliorés, qui pourraient être répliqués à l'infini et lâchés dans le monde pour, eh bien... pour le conquérir. Il rêvait d'une armée de parfaits soldats, d'un orchestre composé exclusivement de virtuoses, de Jeux olympiques où seuls les États-Unis pourraient prétendre à la médaille d'or, et de médecins dont le métier mêlerait une approche rigoureuse de la science, une appréciation nuancée de la nature humaine et la capacité d'inspirer à leurs patients une meilleure santé.

» Est-ce que M. Bennett vous a dit que, à mesure que son projet avançait, il est devenu encore plus ambitieux ?

Callie a hoché la tête.

– À ce dîner, a repris Mme Leary, il m'a expliqué la partie top-secret de son projet top-secret. Si on le lance sur le potentiel perdu de 75 % du cerveau humain qui semblent inutilisés, ce que les neurologues ne comprennent pas, il peut parler pendant des heures. Il disait que son rêve, c'était de créer quelqu'un qui aurait accès à tout ce potentiel. Du coup, j'ai mieux compris pourquoi nous étions si malheureux avec lui. En dehors des expériences, il était tout simplement très rigide dans sa façon d'être parent, si on peut dire ça. Peu importait ce qu'on faisait, ou si on réussissait, il n'était jamais content. Il en voulait toujours plus.

– Ce bon vieil oncle Joy ! ai-je dit. Ou bien oncle Joe ?

– J'imagine que c'est ton père qui t'a parlé de ce surnom ? a répondu Mme Leary avec un sourire.

– Et la mère d'Amanda, il y a longtemps.

Elle a secoué la tête et poussé un soupir :

– Annie McLean. Qui est ensuite devenue Annie Beckendorf. Elle avait un tempérament de feu. Quand j'ai appris son accident, après ce qui était arrivé à ton père, Zoé, j'ai décidé de disparaître.

» Vois-tu, Callie, a-t-elle repris, mon laboratoire au sous-sol n'était pas suffisant. Heureusement, à une conférence je suis tombée sur Falk, un ancien C33, et nous avons découvert que nous avions le même projet. Il m'a invitée à venir dans son laboratoire, ici, à l'Institut des sciences naturelles. Il est censé établir le caryotype génétique d'un groupe de chimpanzés, mais en réalité nous essayons de craquer le code du Dr Joy.

» Je ne suis pas venue tout de suite. Je suis restée à Orion aussi longtemps que possible, dans l'espoir de trouver une solution en travaillant à distance, mais...

– Mais quoi ? l'a pressée Callie. Qu'est-ce qui est arrivé ?

Mme Leary a de nouveau passé la main dans ses cheveux grisonnants :

– Tu es devenue amie avec Heidi.

– Quoi ? s'est exclamée Callie. C'est pour ça que tu es partie ? À cause de Heidi ?

– Non. Je suis partie après l'accident d'Annie Beckendorf. J'ai eu peur. Mais ton amitié avec Heidi a été l'un des facteurs. Elle avait un tel effet sur toi ! Juste au moment où je commençais à me douter que tu développais des pouvoirs inhabituels.

– Tu es partie à cause de Heidi ? a répété Callie. Tu aurais pu tout simplement me dire...

– Ce n'était pas tant l'amitié en elle-même, a corrigé Mme Leary, mais plutôt la vulnérabilité. Je voyais bien qu'elle avait une énorme influence sur toi. Et je savais que tu étais spéciale.

» Vous savez que certains des enfants de C33 ont des... pouvoirs ?

On a tous hoché la tête.

– Et vous en avez tous les quatre, n'est-ce pas ?

On a acquiescé de nouveau.

– Callie, a repris Mme Leary, tu te souviens de ce jour où je réparais la clôture du jardin ? Il y avait un gros rocher qui gênait, et tu l'as simplement poussé. Ou, quand ton père avait besoin qu'on déplace du bois, certains jours tu prenais simplement les bûches sous le bras, et d'autres jours tu trouvais ça trop lourd ? Je savais qu'il se passait quelque chose, que ton pouvoir augmentait à mesure que tu grandissais.

– Oui..., a lentement répondu Callie.

– Je cherchais quelque chose de ce genre. Falk travaille très dur pour comprendre pourquoi les pouvoirs des enfants de C33 s'intensifient lorsqu'ils sont ensemble. C'est le prochain axe de recherche du programme, mais j'espère que ça restera théorique. Notre seul avantage, c'est que le Dr Joy n'a jamais eu accès à votre sang.

– Ah bon ? s'est étonnée Nia.

– Ta mère a-t-elle jamais autorisé une prise de sang chez le médecin ? a demandé Mme Leary.

– Maintenant que j'y pense, non.

– Moi non plus, a ajouté Hal.

– Depuis la mort de mon père, ai-je ajouté, ma mère ne nous laisse même plus aller chez le médecin.

Je pensais que c'était parce qu'on n'avait pas d'assurance.

Mme Leary a ouvert la bouche, comme pour nous en apprendre plus, mais Callie l'a prise de vitesse :

– Je ne comprends toujours pas ce que Heidi vient faire là-dedans.

– Sa mère, Brittney, était une C33 elle aussi. Vous le saviez ?

– Oui, avons-nous répondu en chœur.

– Et saviez-vous que Thornhill la soupçonne de travailler pour l'Officiel ?

– Oh, comme c'est surprenant ! a ironisé Nia.

– Vous vous en doutiez ?

– On a trouvé des échantillons de sang chez elle, a expliqué Hal.

– Alors c'est là qu'ils sont passés ! s'est exclamée Mme Leary. Hal, ton père avait découvert des fichiers informatiques faisant état d'une banque de sang à Orion. Elle était dissimulée dans une chambre réfrigérée, au fond d'une agence de voyages.

– Mais... on connaît cet endroit ! s'est écriée Nia en ouvrant de grands yeux.

– Avant que Thornhill ait pu envoyer quelqu'un détruire cette réserve, elle a été déplacée, et personne n'a su où. C'était Brittney qui avait ces échantillons.

– Brittney fait partie des méchants, a conclu Hal en secouant la tête. Ça explique beaucoup de choses.

– Oui, a répondu Nia, comme le fait que Heidi ait essayé d'écraser Amanda avec sa voiture.

– Vraiment ? s'est exclamée Mme Leary.

Callie a hoché la tête :

– Oui, mais elle s'est trompée et elle a renversé Béa Rossiter à la place. Et je l'ai aidée à étouffer l'histoire.

– Mais tu as aussi fait chanter les Bragg pour qu'ils paient les opérations de chirurgie plastique à Béa, a répondu Nia.

– Et tu as laissé tomber Heidi, a ajouté Hal.

– Vraiment ? a répété Mme Leary. Tu as réussi à faire ça ? (Sa fille a acquiescé.) Je n'arrive pas à croire que tu aies réussi à déjouer Heidi Bragg.

– Moi, je n'arrive pas à croire que je l'ai laissée me manipuler aussi longtemps.

– Callie, regarde-moi. Heidi a un pouvoir, exactement comme toi, comme Zoé, Nia et Hal. Est-ce que tu sais lequel ?

– Être populaire ? a tenté Callie.

– Presque. Elle peut obliger les gens à faire ce qu'elle veut. C'est ce que le Dr Joy essayait d'obtenir avec Brittney, mais ça n'a jamais fonctionné. Il en a simplement fait une beauté et, quand toutes les interventions ont rendu son caractère insupportable, il a essayé des thérapies pour la rendre plus aimable. Il l'a transformée en une personne à laquelle les

Américains moyens peuvent s'identifier, même si elle est plus riche, plus mince et mieux informée qu'eux. Ironiquement, il a créé le prototype de la parfaite présentatrice télé, et c'est ce qu'elle est devenue.

» Mais ce qu'il voulait, c'est une Heidi. Quelqu'un d'assez habile pour se servir de tous ces atouts pour obtenir le pouvoir, qui ne se contente pas de convaincre les autres de suivre son exemple, mais qui intervient sur leurs pensées et leurs instincts, qui arrive à les persuader, pendant de courts laps de temps, que leur seul accès au bonheur passe par elle.

– Wow ! a soufflé Hal. C'est diabolique.

– Oui, a acquiescé Mme Leary.

– C'est ce qui t'est arrivé, a affirmé Nia à Hal, quand Heidi t'a convaincu de lui donner la boîte d'Amanda.

– Tu le sais, maintenant, a ajouté Callie. Ce n'était pas de ta faute.

– Non, a répondu Mme Leary. Personne ne peut lui résister. Ou du moins c'est très, très difficile. (Elle s'est tournée vers sa fille.) Mais toi, tu y arrives ?

– Ce n'était pas si compliqué que ça.

– Mais si ! a insisté Nia. Rappelle-toi quand j'ai essayé de m'élever contre elle à l'école primaire.

Lorsque Nia avait accusé Heidi d'avoir triché, cette dernière s'était vengée par une humiliation publique qui incluait un garçon qui plaisait beaucoup à Nia. Les conséquences sur la vie sociale de notre amie avaient duré longtemps.

– Si tu le dis, a répondu Callie en rougissant.

– Je suis désolée de vous dire ça, suis-je intervenue en regardant ma montre, mais, si on ne se rend pas au rendez-vous de notre groupe, le frère de Nia va appeler la police ou envoyer la cavalerie. On a été suivis toute la matinée, ai-je ajouté pour Mme Leary.

Elle a fermé les yeux, comme pour combattre une migraine soudaine, avant de les rouvrir :

– S'il y avait un moyen pour que je ne vous mette pas tous en danger, crois-moi, je...

– Maman, l'a coupée Callie en lui prenant la main. Je sais.

Elle luttait contre ses larmes. Et elle allait se montrer forte. Elle allait invoquer toute cette force pour convaincre sa mère que ça irait, même si elle n'en était pas vraiment sûre.

– Avant de partir, prends ça, a dit Mme Leary en donnant à Callie une petite bouteille qui ressemblait à du sirop pour la toux.

– Qu'est-ce que c'est ?

– Le résultat de près de quinze ans de recherches. Je l'appelle l'effaceur d'altérations. J'espère qu'il est efficace. C'est un liquide qui identifie et cible les matériaux synthétiques ou génétiques étrangers dans ton corps. Je vous passe les détails techniques, mais ça provoque une réponse immunitaire contre ces matériaux

– Hein ? a fait Hal.

– Le plus difficile a été de découvrir l'enzyme capable de faire la différence entre l'ADN originel et celui qui a été ajouté. D'un point de vue chromosomique, bien sûr, ils sont distincts, mais il fallait pouvoir synthétiser quelque chose qui soit capable d'identifier et de défaire les liens entre ces deux ADN.

– C'était censé rendre le tout plus clair ? a ironisé Callie.

– Une cuillerée à soupe de ce liquide, a repris sa mère, et tout de ce qui vient des modifications apportées par le Dr Joy sur vos parents sera effacé.

– Est-ce qu'il faut qu'on le boive maintenant ? a demandé Callie.

Elle avait déjà la main sur le bouchon, prête à l'enlever.

– Non, a dit Mme Leary en arrêtant son geste. Pas encore. Vous avez encore besoin de vos pouvoirs. Pour aider Amanda. Pour vous protéger. Ce que je voudrais, c'est que vous donniez ceci à Amanda. Si elle n'a plus de pouvoirs, elle n'est plus d'aucune utilité pour l'Officiel. Son intérêt pour elle disparaîtra, tout comme les budgets du Dr Joy. Imaginez nos vies sans tout ce bazar. (Ses yeux brillaient à cette perspective.) Parti. Pouf ! (Elle s'est forcée à se concentrer de nouveau, et a relevé le menton, essayant de se montrer courageuse.) Maintenant, il faut que vous partiez. Vous allez devoir courir.

– Maman..., a commencé Callie.

C'était évident : il lui était impossible de quitter sa mère. C'était comme si un lien de béton les attachait. Plus elle restait, plus il prenait, et plus il leur serait difficile de se séparer.

– Callista, va-t'en !

Sur ces mots, elle a tourné les talons, nous laissant dans les buissons, et elle a remonté rapidement les marches de l'Institut, vers son laboratoire secret.

Alors, nous avons piqué un sprint.

Chapitre 17

Avant qu'on ait fini de descendre les marches, Hal a posé une main sur mon bras et appelé les filles :

– Attendez ! Revenez.

Nia a regardé sa montre.

– Il faut qu'on soit de retour au car dans dix minutes, ai-je déclaré. Et il va nous falloir un bon quart d'heure pour y aller. Cisco...

– Juste une seconde, m'a coupée Hal.

On venait tout juste de retourner derrière les buissons quand une SUV noire et brillante s'est arrêtée devant les marches. Deux hommes en costume sombre en sont sortis.

– Ils seront bientôt partis, nous a appris Hal. Ils ne vont pas nous voir.

– Tu crois qu'ils sont là pour nous ? a demandé Callie. Ou pour ma mère ?

– Aucune idée, a-t-il répondu en secouant la tête.

– Il faut qu'on aille l'aider !

Elle a commencé à se redresser, mais Nia a secoué la tête et l'a rattrapée :

– Impossible. Ils sont probablement après nous. Et on ne pourra pas aider Amanda si on se fait prendre.

– Facile à dire pour vous ! a grondé Callie. Vos parents sont en sécurité à Orion, alors que ma mère pourrait être en danger.

– Callie a raison, ai-je répondu. Si j'avais eu la moindre chance de sauver mon père, j'aurais voulu la saisir.

– Merci, Zoé.

Callie m'a dévisagée de ses grands yeux tristes, et soudain ça a été comme si Amanda était là : peu de gens peuvent lire en moi comme elle, et pourtant Callie y arrivait à cet instant. Je pense qu'alors, elle a compris : ce sentiment qu'elle avait eu en revoyant sa mère, après avoir ignoré où elle était pendant si longtemps, ou si même elle était encore en vie... L'intensité de ce sentiment lui permettait de comprendre ce que je ressentais depuis la mort de mon père.

J'ignore ce qu'elle aurait décidé au final, et je suis sûre que Nia et Hal l'auraient soutenue aussi quoi qu'il arrive, car les deux hommes sont ressortis en courant du musée, leurs vestes ouvertes flottant au vent. L'un d'eux a parlé dans son talkie-walkie, et j'ai lu sur ses lèvres les mots « cherché », « aucun indice », « enfants ».

– C'est nous qu'ils voulaient, ai-je soufflé. Pas ta mère.

Callie a retiré sa capuche et laissé ses longs cheveux retomber sur ses épaules.

– Désolée, a-t-elle marmonné.

Hal lui a donné un petit coup affectueux dans l'épaule, et Nia lui a pris la main.

– Pas de problème, a-t-elle répondu.

– Mais maintenant, a repris notre ami, il faut vraiment qu'on se dépêche.

Cisco était tout pâle, et il avait l'air furieux. Je m'en suis aussitôt voulu de l'avoir inquiété comme ça. Nia l'avait appelé pour lui dire qu'on allait bien, qu'on était juste en retard, mais quand même... Je pense qu'il n'a été convaincu qu'en nous voyant. Nia l'a aussitôt attiré à part, certainement pour lui raconter nos retrouvailles avec la mère de Callie et la tâche qu'elle nous avait confiée.

Ensuite, il fallait qu'elle rassure le membre le plus inquiet de la famille Rivera : sa mère. Elle avait promis de l'appeler pendant l'heure du déjeuner.

– Je dois appeler ma mère, moi aussi, a annoncé Hal.

– Et moi mon père, a répondu Callie. Mais je ne suis pas sûre de savoir si c'est pour qu'il sache que tout va bien, ou pour que je m'assure que lui va bien.

Tout à coup, je me suis sentie comme orpheline. J'avais une mère, c'est vrai, mais elle m'avait laissée partir sur mon vélo en sachant que je passerais la journée dans une grande ville inconnue. On pourrait dire que c'était de la confiance.

Mais c'était surtout que ses deux emplois l'accaparaient beaucoup trop pour qu'elle ait le choix. Elle se disait que je pouvais m'occuper de moi-même, et elle avait tellement de choses à faire qu'il valait mieux que ce soit le cas.

J'ai quand même sorti mon téléphone de ma poche, parce que je ne voulais pas que les autres aient pitié de moi, et j'ai composé le numéro de ma mère. Entendre la sonnerie m'a fait sourire. Après avoir perdu mon père, je n'oublie jamais la chance que c'est d'avoir encore une mère.

Je savais qu'elle devait être au boulot, alors, au début, je n'ai pas été surprise de l'entendre rire lorsqu'elle a décroché. Elle devait déjeuner à la cafétéria.

– Comment se passe ton voyage ? a-t-elle demandé.

J'ai songé à tout ce qui m'était arrivé dans la matinée : les gardes au mémorial, Ravenna, la mère de Callie... Je n'ai pas pu m'en empêcher. J'ai retenu un sanglot.

– Zoé ? Est-ce que ça va ?

J'ai inspiré profondément avant de répondre. J'ai repris le contrôle.

– Oui.

J'ai entendu d'autres rires, ainsi que le sifflement d'une bouilloire, bien trop familier pour que ma mère soit au boulot.

– Tu es à la maison ? me suis-je exclamée.

Le sifflement s'est interrompu brutalement, et j'ai entendu une voix étouffée dire quelque chose que je n'ai pas compris. Mais peu importaient les mots. C'était une voix d'homme.

– Je suis rentrée pour le déjeuner, a répondu ma mère.

Ma mère ne rentre jamais pour le déjeuner. Les repas ne l'intéressent pas vraiment. Généralement, elle saute celui du midi pour répéter.

– Quelqu'un est malade ? ai-je demandé.

J'ai entendu un autre marmonnement. C'était définitivement un homme.

– Iris et Pen vont bien, a-t-elle répondu. J'avais simplement quelque chose à faire.

– Tu es avec qui ?

– Personne.

– J'ai entendu quelqu'un, ai-je insisté.

– Personne que tu connais. Je suis désolée, Zoé. Je ne peux pas t'expliquer, mais il faut que j'y aille. Sois prudente. Ça va aller ? Tu me le promets ?

J'ai promis, et, tout à coup, elle n'était plus là. J'ai gardé les yeux fixés sur mon téléphone un long moment.

– Ça va ? a demandé Nia.

Je me suis rendu compte que mon expression devait me trahir. Je me suis aussitôt reprise. Mais, dès que j'ai croisé son regard, je n'ai pas pu me retenir.

– Ma mère vient de me raccrocher au nez, ai-je lâché.

J'espérais presque qu'elle croirait que je plaisantais, et qu'elle éclaterait de rire.

Mais elle n'a pas ri. Elle a froncé les sourcils, comme quand elle lit, tellement concentrée que c'est comme si son visage répondait au livre.

– Je pense qu'elle sort avec quelqu'un, ai-je poursuivi.

– Hm-hm.

– Elle rentre tard, et je ne crois pas qu'elle dise la vérité sur les endroits où elle va.

– Ça ne sent pas bon, a répondu Nia.

J'ai été soulagée qu'elle n'essaie pas de me dire que je devrais être contente pour ma mère, qu'elle se construisait une nouvelle vie. J'essayais déjà de m'en convaincre moi-même.

– Juste à l'instant, j'ai entendu une voix d'homme derrière elle.

– Elle n'est pas au lycée ? a suggéré Nia. Ça pourrait être un autre professeur.

– Non, ai-je répondu. Elle était à la maison.

Je commençais à regretter de lui en avoir parlé.

– Oh..., a-t-elle soufflé.

À son ton, je voyais bien que c'était aussi grave que je le craignais. Mais elle n'a pas détourné le regard. Il soutenait le mien, sans ciller.

Hal et Callie nous ont rejointes, et je me suis retrouvée à leur raconter toute l'histoire.

– Pour moi aussi, c'était bizarre, a répondu Callie.

Elle regardait son téléphone comme s'il avait essayé de la mordre.

– Parce que tu ne pouvais pas dire à ton père que tu avais vu ta mère ? a demandé Hal.

– Il savait que je lui cachais quelque chose. Il n'arrêtait pas de répéter que ma voix lui semblait différente, et moi de répondre : « Ah bon... ? » Ce n'est peut-être pas le meilleur parent du monde, mais c'est tout de même mon père.

– La prochaine fois, tu n'auras qu'à lui dire que tu es amoureuse, a suggéré Nia.

Callie est devenue rouge écarlate. Hal a baissé le nez sur ses chaussures. Nia m'a regardée, elle a haussé les épaules et levé les yeux au ciel. Elle déteste tourner autour du pot.

– Et si on déjeunait ? a proposé Hal pour changer de sujet.

On s'est installés sur un banc dans une aire de pique-nique, sous un arbre, et on a attaqué les déjeuners récupérés dans la glacière. Enfin, moi, non. Je n'avais rien apporté. J'aimerais pouvoir dire que j'avais oublié, mais en réalité j'avais ouvert le frigo, et il n'y avait rien. La moussaka préparée la veille par ma mère ne pouvait pas se manger froide, dans un Tupperware. Il y avait des pommes de terre, crues. Un oignon à moitié pourri. Un pot de mayonnaise. Et juste assez de beurre de cacahouète et de pain pour le déjeuner des jumelles. J'avais longuement considéré la banane entièrement noire à cause du froid, avant de décider qu'elle ne survivrait pas au trajet.

– Tu n'as pas de déjeuner ? a demandé Nia.

Bien évidemment, il fallait qu'elle pose la question.

– Je... Heu...

J'aurais facilement pu sortir deux ou trois mensonges. J'avais entendu assez de gens dire « Je ne mange pas au petit déjeuner » pour le répéter sur le déjeuner, comme s'il s'agissait d'un des grands principes de ma vie. J'aurais pu dire que j'avais « beaucoup mangé ce matin », comme si mes quatre gorgées de chocolat et la petite boîte de céréales avaient suffi. Mais leur mentir à eux, comme je mentais à tout le monde depuis la mort de mon père – des séries de petits mensonges insignifiants –, me paraissait mal. J'ai simplement soupiré. Et, là, mon estomac s'est mis à glouglouter.

– Mon père a recommencé à faire des courses, a dit Callie en me tendant un bâtonnet de fromage. Je n'ai pas le cœur de lui dire qu'il achète des trucs que je ne mange plus depuis la maternelle.

Nia m'a offert une *empanada* maison.

– Mais c'est ton repas, ai-je protesté.

– Ma mère m'en a donné en plus, ça fait des semaines qu'elle fait ça. Je pense que c'est pour toi, a-t-elle dit en enveloppant l'*empanada* dans une serviette pour me la tendre. Il y a du maïs et des haricots, mais elle rajoute de la pancetta. Tu n'es pas végétarienne, n'est-ce pas? (J'ai secoué la tête.) Bien sûr que non. Elle l'aurait su.

– Je ne vais pas prendre vos déjeuners!

– Oh, que si, a répondu Hal en me donnant l'exacte moitié de sa barre chocolatée. (Il a levé sa part, comme dans la publicité.) Parce que tu sais, Zoé: « Un Mars, et ça repart! »

Je dois bien avouer que c'était vrai. Et c'était agréable d'être choyée. Par mes amis.

Au bout d'un moment, Nia a sorti la liste de la chasse au trésor pour l'examiner. Je me suis rendu compte que tout le monde faisait la même chose, à une exception près.

– Regardez, ai-je soufflé en désignant les iGirls.

Lexi, Traci et Kelli étaient penchées sur leurs feuilles couvertes de notes. Elles se reportaient aux photos de leurs téléphones et écrivaient frénétiquement. Mais où était Heidi?

– C'est vraiment bizarre, a dit Callie.

Nous n'avons pas eu le temps d'en discuter, car Cisco est arrivé. Il a pris notre feuille en secouant la tête.

– C'est impressionnant de vide, a-t-il commenté.

– Je sais..., a répondu sa sœur.

– Vous n'avez que quatre lieux sur les vingt-deux. Il vous en faut quinze, au minimum.

– Autant nous résigner, a lâché Hal. On va échouer.

– Ramona Rivera n'accepte pas l'échec. Il va falloir trouver un truc, ou Nia devra lui raconter ce qui se passe. Et, si jamais ma mère avait vent de cette histoire de gorilles déguisés en gardes poursuivant sa fille, Nia restera enfermée à la maison jusqu'à la fin de ses jours. Et vous ferez quoi, à ce moment-là ? a conclu Cisco en se laissant tomber à côté de nous.

– Mais je pense que Thornhill et Amanda se servent de la chasse au trésor pour nous faire passer un message, a protesté Nia. On en retirera ce qu'on doit en retirer.

– Très philosophique, Ni-Ni, a raillé son frère. Toutefois, M. Fowler vous mettra quand même zéro si vous ne rapportez pas plus de photos et de citations.

– En parlant de citations...

Elle lui a expliqué comment certaines scintillaient.

– Est-ce qu'elles ont un sens ? a demandé Cisco. Vous croyez qu'elles forment un code ?

J'ai sorti mon appareil et fait défiler les photos, m'arrêtant sur les citations. Le Washington Monument : « Élève un enfant. » Le mémorial de la Seconde Guerre mondiale : « Les yeux du monde sont fixés sur vous. » Le Lincoln Memorial : « Renaître dans la liberté. »

– Une minute, m'a arrêtée Cisco en sortant son propre appareil photo. Je viens de m'en souvenir. J'ai vu quelque chose comme ça sur un cliché que j'ai pris au cimetière national d'Arlington. La Tombe du soldat inconnu est l'un des points de la chasse au trésor, mais il y a pleins de trucs passionnants là-bas. (Il a fait défiler les images jusqu'à trouver celle qu'il cherchait.) Vous savez à quel point j'adore John F. Kennedy. Il fallait absolument que je prenne une photo de sa tombe !

Il a passé l'appareil à Nia, et on s'est tous penchés dessus. On voyait Cisco avec un sourire crispé, au milieu d'un groupe de quinze filles.

Si on ne faisait pas attention, on pouvait penser que les mots étaient simplement éclairés sous un certain angle par le soleil mais, pour nous, c'était évident. Ils avaient été modifiés intentionnellement. Dans la phrase « Le flambeau a été transmis à une nouvelle génération », les mots « Le flambeau a été transmis » ressortaient. Dans un autre coin de la photo, dans la phrase « Nous supporterons n'importe quel fardeau, surmonterons n'importe quelle épreuve, soutiendrons n'importe quel ami et combattrons n'importe quel ennemi pour assurer la survie et la victoire de la liberté », les mots « Nous supporterons n'importe quel fardeau, surmonterons n'importe quelle épreuve, soutiendrons n'importe quel ami » scintillaient.

– C'est tiré du discours d'investiture de Kennedy, a murmuré Nia. C'est dans celui-ci qu'il a dit : « Ne demandez pas ce que votre pays peut faire pour vous. Demandez ce que vous pouvez faire pour votre pays. »

Nia était presque aussi douée qu'Amanda pour les citations.

– Est-ce que ça a un sens pour vous ? a demandé Cisco. Vous croyez qu'en mélangeant les lettres, vous obtiendrez le point de rendez-vous auquel pense Amanda ?

– Il y a deux cent quarante-quatre lettres, a répondu Callie d'un air épuisé. (Elle l'a dit si vite, elle devait les avoir comptées par habitude.) Tu imagines le nombre de combinaisons possibles ?

– Est-ce que vous pensez qu'Amanda voulait qu'on trouve ces mots ? a suggéré Hal. Il pourrait y en avoir d'autres. On a à peine vu un quart de ce que Thornhill avait prévu. Peut-être qu'elle a fait ressortir des mots dans tous les lieux de la liste.

Il a agité la feuille, et j'ai commencé à me sentir submergée.

– Ceux du mémorial de la Seconde Guerre mondiale ont un sens, ai-je répondu. Elle nous a envoyés là-bas avec la carte postale.

– Elle voulait aussi qu'on aille au Lincoln Memorial, a ajouté Callie. Quant à l'obélisque, on n'avait pas le choix : c'est là que le car s'est arrêté. Elle se doutait que tout le monde irait.

– Mais la tombe de JFK ? a dit Hal. C'est plutôt inattendu.

– Pas forcément, a répliqué Nia. Si elle savait que Cisco venait avec nous, elle s'est peut-être souvenu que JFK est l'un de ses héros. Il était évident qu'il prendrait une photo de sa tombe, et elle savait qu'il m'en parlerait.

– Je suis si transparent que ça ? a demandé Cisco. (Sa sœur a haussé les sourcils, et il a esquissé l'un de ses petits sourires.) Bon, d'accord, peut-être que oui.

Soudain, son visage s'est illuminé.

– Ou peut-être pas ! s'est-il exclamé. À l'automne dernier, j'ai croisé Amanda à une fête. J'étais là avec des amis, et elle avec des élèves de terminale. On s'est retrouvés à discuter, et on a découvert qu'on était tous les deux de grands fans de JFK. On a parlé de la guerre du Vietnam, à quel point elle aurait été différente s'il n'avait pas été assassiné. Mais comment elle a su que je viendrais ?

– Elle ne pouvait pas savoir, ai-je répondu. Elle a dû deviner. J'imagine qu'elle a l'habitude de deviner. Elle fait confiance à son instinct, et généralement elle tombe juste.

Hal a secoué la tête. Résigné ou admiratif, impossible de décider.

– Amanda nous a dirigés toute la journée. Tout ce qu'on a vu, elle *voulait* qu'on le voie ?

– Elle ne doit pas être loin, a ajouté Callie. Elle a sûrement quelques longueurs d'avance. Les citations sont peut-être censées nous aider à la trouver, peut-être qu'elles forment un chemin.

– Elles doivent bien avoir un sens, a dit Nia en reprenant la feuille. Je le sens. C'est comme un poème, ou les paroles d'une chanson. On a l'impression de comprendre, mais on n'arrive pas à le formuler clairement.

On a tous baissé les yeux sur les citations, et lu en silence.

« Élève un enfant... Les yeux du monde sont fixés sur vous... Renaître dans la liberté... Le flambeau a été transmis... Nous supporterons n'importe quel fardeau, surmonterons n'importe quelle épreuve, soutiendrons n'importe quel ami. »

CHAPITRE 18

Une des choses pour lesquelles mon père était particulièrement doué, c'était raconter des histoires de quiproquos. Il adorait particulièrement celles où quelqu'un dirait « Où est Sarah ? », mais l'autre comprendrait « Où est ce sale rat ? », et tout ce qui en découlerait. Il collectionnait ces histoires comme d'autres collectionnent des timbres, des boules à neige, ou des duos salière/poivrière en forme de vache. Il les racontait à ses clients au garage, aux autres parents pendant les spectacles de musique, à ma mère quand ils faisaient la vaisselle et qu'on était couchées, à nous pendant les trajets en voiture, à mes amis quand ils venaient (extrêmement gênant !), et à Amanda.

Une fois, il en avait raconté une à un dîner au restaurant avec nos deux familles. C'était le soir du dernier jour de primaire, et on était allés dans une pizzeria. Mon père était adossé à sa chaise, avec Pen nichée contre son épaule, complètement épuisée. Iris était déjà endormie sur les genoux de ma mère, qui discutait avec celle d'Amanda. Elle et moi demandions notre énième pièce pour jouer au jeu vidéo de voiture juste à côté. Rosie, ou Ravenna, comme je l'appelais à l'époque, était au cinéma avec une amie. Pour nous garder attentives et laisser à nos mères le temps de discuter (et parce qu'il n'avait plus beaucoup de pièces), il a proposé de nous raconter une de ces fameuses histoires.

J'ai levé les yeux au ciel. J'étais presque une collégienne, alors je faisais semblant d'en avoir assez de ses histoires.

– Très bien, Miss Futée, a dit mon père. Que dirais-tu d'une histoire qui fait peur ?

Là, j'étais intéressée. Je me suis tournée vers Amanda, dans l'espoir qu'on échangerait un regard enthousiaste. Mais ça n'avait pas l'air de la tenter. Entre son air morne, sa bouche à la moue dédaigneuse et ses sourcils haussés, j'aurais dit qu'elle semblait un peu s'ennuyer, mais qu'elle était trop polie pour le dire.

Mon père nous a tout de même raconté son histoire : la légende du monstre Main ensanglantée. Deux jeunes scouts campaient dans une tente, lorsqu'ils ont entendu une voix à des kilomètres, portée par le vent, qui se rapprochait :

– La Main ensanglantée sera là dans un kilomètre et demi !

Puis :

– La Main ensanglantée sera là dans vingt-cinq mètres !

Mais, quand la Main ensanglantée était arrivée, il s'agissait en fait d'un louveteau de cinq ans.

– J'ai la main ensanglantée ! s'est-il écrié. Je pourrais avoir un pansement ?

Amanda a éclaté de rire. Elle adorait mon père. C'était difficile d'être de mauvaise humeur quand il était là.

– Moi aussi, j'ai une histoire qui fait peur, a-t-elle annoncé. Vous voulez l'entendre ?

On a hoché la tête, et elle a commencé un récit qui, encore aujourd'hui, me fait froid dans le dos. J'y ai beaucoup pensé pendant qu'on parcourait les routes, me disant qu'Amanda avait peut-être prédit l'avenir. Qu'elle avait essayé de m'envoyer un message secret.

C'était l'histoire d'une petite fille dont le père était mort avant sa naissance.

– Comme le tien ? a demandé mon père de sa voix d'adulte inquiet.

Il a fait passer Pen sur son autre épaule, secouant son bras engourdi. Plus tard, je me suis rendu compte qu'il devait savoir que Thornhill était encore en vie. Il devait penser à ce qu'elle ressentait.

– Non, a-t-elle répondu d'une voix calme.

Ses grands yeux gris-vert regardaient derrière lui, comme si elle distinguait quelque chose qu'on ne pouvait pas voir. En y réfléchissant, après sa disparition, je me suis demandé si elle parlait vraiment de mon père. Si toute cette histoire me concernait.

Dans le récit d'Amanda, la petite fille croit que son père n'est pas mort. Tout ce qu'elle sait, c'est que sa mère était enceinte d'elle quand il a disparu, et que sa mère a détruit toutes les photos de lui et refuse de prononcer son nom. La petite fille a toujours pensé que c'était parce que sa douleur était trop grande. Chaque année, pour son anniversaire, elle attend que sa mère soit couchée pour se faufiler dans le jardin. Elle regarde les étoiles, sent la brise caresser sa peau, et elle sait qu'il est là, à veiller sur elle.

Puis elle commence à recevoir des messages secrets qu'elle seule peut comprendre, qui prouvent bien que son père la regarde et la connaît. Elle adore dessiner des arbres, et elle fait toujours le même : un érable avec un tronc épais, de grosses et longues branches basses, auxquelles est accrochée une balançoire faite de deux cordes et d'une planche.

Après que la maîtresse de la petite fille a exposé ses dessins et ses peintures d'arbres à l'école, elle reçoit une photo. D'après le cachet de la poste, elle date de la semaine passée. Quand sa mère voit la photo, elle se laisse tomber sur une des chaises de la cuisine.

« Où as-tu eu ça ? demande-t-elle. C'est la balançoire de ton père, sur l'arbre de la maison où il a grandi. Elle a été détruite, mais je reconnais l'endroit : tu vois cette barrière ? Et ce flanc de colline ? (Elle ne voit pas le cachet de la poste.) Où l'as-tu trouvée ? Au grenier ? »

La petite fille hoche la tête. Si elle lui dit que c'est arrivé dans une enveloppe blanche sans adresse d'expéditeur, sa mère va commencer à surveiller le courrier, et la petite fille pense qu'il y en aura d'autres. Elle ne veut pas en rater une seule.

Un mois plus tard, elle découvre une boîte à cigares en bois au milieu de sa chambre. À l'intérieur se trouve un jeu de cartes, auquel il manque le valet de carreau. Quelques semaines plus tard, elle est installée à la bibliothèque, à lire un livre. Elle le laisse ouvert sur la table pour aller poser une question à la bibliothécaire. Lorsqu'elle revient, le livre est fermé, mais il y a un marque-page. Une carte. Le valet de carreau.

Elle parcourt toute la bibliothèque pour trouver son père, mais elle se rend compte qu'elle ne sait absolument pas à quoi il ressemble. Elle ne possède qu'une seule photo de lui, floue et prise de loin, et qui date de longtemps. Elle observe tous les hommes qui seraient dans la bonne tranche d'âge, mais aucun ne correspond. Pourquoi se cache-t-il d'elle ? Pourquoi s'amuse-t-il à lui laisser tous ces indices obscurs ?

Puis arrive l'indice suivant : comme pour le premier, c'est une enveloppe blanche au courrier. Elle contient deux articles de journaux jaunis : l'un est l'acte de décès de son père, l'autre a été publié un mois après. En les lisant, la petite fille comprend qu'il est mort dans un accident : sa voiture est tombée d'un pont, et son corps n'a jamais été retrouvé. L'enquête a été arrêtée parce que la mère a supplié qu'on cesse de chercher. Elle en était à huit mois de grossesse, et elle n'en pouvait plus d'attendre et d'espérer en vain.

La petite fille ne comprend rien à tout ça. Un soir que sa mère est sortie, elle étale tous les indices sur la table de la cuisine et les étudie, essayant de leur trouver une logique, quand soudain elle entend tourner la poignée. Quelqu'un va entrer dans la maison. Elle sait que ce n'est pas sa mère.

Elle aurait entendu sa voiture se garer dans l'allée. Mais il n'y a eu aucun bruit. Son chien n'a même pas aboyé. Qui cela peut-il bien être ?

Tout le temps où elle a raconté son histoire, Amanda est restée concentrée, sans perdre le fil, ce qui est étonnant pour une jeune fille de son âge. Mon père et moi ne la quittions pas du regard, fascinés par son histoire, et, quand elle s'est arrêtée, mon père est resté la bouche ouverte.

Elle a soutenu notre regard à chacun un long moment, avec une expression intense.

– Vous pensez savoir ce qui va se passer ? a-t-elle demandé.

J'avais bien une idée, mais je refusais de l'énoncer à voix haute. C'était bien trop horrible. J'étais très inquiète pour cette petite fille. Mon père a lui aussi lentement secoué la tête.

– Eh bien, a repris Amanda, personne ne le sait. La police a trouvé la porte ouverte, les indices sur la table, et la petite fille disparue. Comme sa mère. On ne les a jamais revues, ni entendu parler d'elles.

CHAPITRE 19

Lorsqu'on a eu fini de déjeuner, Cisco est allé aider M. Fowler. On commençait à réfléchir à l'étape suivante, quand la voiture noire et brillante qu'on avait vue devant le musée s'est arrêtée à quelques pas de nous. J'ai eu un flash : des gardes en costume noir bondissaient du véhicule, nous attrapaient d'une poigne de fer, puis nous traînaient jusqu'à la voiture avant de démarrer en trombe, sans même que Cisco ou M. Fowler n'aient le temps de voir ce qu'il se passait.

Mais ce n'est pas arrivé. Les gardes, les gorilles, qui qu'ils soient, sont restés derrière les vitres teintées. La seule personne à sortir a été Heidi. On a d'abord vu une longue jambe, avec une bottine à talon et un jean moulant, puis sa veste en cuir, son grand sac, et enfin son joli visage aux sourcils froncés. Son regard a croisé le nôtre. Elle a agité la main, comme si c'était sa mère au volant, et pas un homme de main travaillant pour celui qui avait torturé nos parents quand ils étaient enfants, et qui maintenant en avait après nous.

Ignorant complètement sa petite cour, elle s'est dirigée vers nous, comme si on avait prévu cette fête ensemble.

– Salut, a-t-elle lancé dans une imitation très réussie d'un ton à la fois alangui, ennuyé et impartial.

Elle nous a dévisagés de la même manière qu'elle aurait regardé des chiens trempés sur le point de salir le beau tapis blanc de son salon, avant de pencher la tête pour observer notre feuille.

– « Le flambeau a été transmis », a-t-elle lu. Ça vient d'où ?

Nia a ouvert la bouche, prête à lui expliquer que le discours d'investiture de JFK avait été gravé sur sa tombe, mais Callie lui a donné un coup de coude, et elle s'est retenue. Toutefois, elle n'a pas caché la feuille. C'était difficile de gérer la situation, avec Heidi. Quand elle parle à quelqu'un, elle donne l'impression d'être sa meilleure amie, et personne ne voudrait faire croire à sa meilleure amie qu'on la soupçonne de quelque chose, n'est-ce pas ?

– « Les yeux du monde sont fixés sur vous » ? C'est très philosophique, tout ça, a-t-elle dit en gloussant.

– Qu'est-ce que tu veux, Heidi ? a demandé Nia.

Un très léger bégaiement l'a trahie : cette fille la terrifiait. Et j'ai vu Hal pousser un petit soupir. Lui aussi était toujours intimidé.

Heidi s'est tournée vers Callie.

– Je suis sûre que vous avez fait de gros efforts pour trouver les citations et les monuments ? a-t-elle poursuivi.

– Et je suis sûre que quelqu'un s'en est occupé pour toi, a répliqué Callie. Laisse-moi deviner... Lexi, Kelli et Traci ont dû parcourir tout Washington pendant que tu t'offrais une manucure.

– Très drôle, a répondu Heidi sans un sourire. (Elle a tendu la main vers le téléphone de Callie.) Je peux voir vos photos ?

Mais Callie l'a rangé dans sa poche. Quand Heidi voulait quelque chose, elle était assez forte pour ne pas le lui donner. Heidi a eu un petit rire :

– Quoi ? J'ai la peste, c'est ça ? Vous avez peur de vous transformer en moi si je touche un truc qui est à vous ?

Elle a esquissé une moue boudeuse, avant de se tourner vers Nia. Elle savait qu'elle aurait plus de chances avec elle.

– Tu ne désires pas être populaire ? a-t-elle murmuré si bas que seules Nia et moi l'avons entendue. Comme ton frère ?

Nia a secoué la tête. La tête relevée et le cou raide, la colère montait en elle. Heureusement, elle se contrôlait assez pour réussir à se lever et à s'éloigner.

– Je vais jeter mes déchets, a-t-elle lancé en lançant un regard appuyé à Heidi au mot « déchets ».

Callie et Hal l'ont imitée.

Heidi s'est assise à la place qu'ont laissée les autres guides. À côté de moi. Et soudain je me suis demandé si c'était pour ça qu'elle avait été aussi odieuse avec Nia. Pour qu'on se retrouve seules.

Elle a baissé les yeux sur mon *empanada*, l'observant comme si c'était un animal mort, puis elle m'a passé un sac de chips :

– Tiens, prends donc un truc qui n'est pas froid et dur.

Sa voix était si douce que je n'ai pas pu m'empêcher de me sentir rassérénée. J'avais bien conscience de ce qu'avaient dit Rosie et Mme Leary à son sujet, mais ça ne semblait plus si important. Je me suis même surprise à me demander si, en dehors de la tentative de meurtre et de ses liens probables avec le Dr Joy et l'Officiel, elle était vraiment si mauvaise.

– Je ne peux pas manger de chips, parce que ça me ferait grossir, mais mon père m'en donne toujours quand même.

Elle a gloussé de nouveau. Heidi riait souvent de ses propres phrases, comme s'il s'agissait de plaisanteries, et du coup je me suis demandé si elle savait ce qu'était le sens de l'humour.

– Mais toi, tu n'as pas à t'inquiéter, a-t-elle repris.

– Heu... merci.

J'ai préféré ne pas argumenter, alors que j'aurais été incapable de glisser une jambe dans son jean moulant. Soudain, je me suis rendu compte que je n'avais vraiment, vraiment pas envie de chips. Quand je pense à Heidi, à ce qu'elle a fait à Béa Rossiter, ça me rappelle mon père et tout ce qui s'est passé... Et je n'ai pas pu manger ses chips.

– Non, merci, ai-je dit. Je n'ai plus faim.

Heidi m'a regardée bien en face. Pas d'un air mauvais, non. Du moins, pas exactement. C'était plutôt comme si elle me jaugeait. Généralement, il n'y a pas la moindre ambiguïté dans son langage corporel. Je pense d'ailleurs que c'est là le secret de son pouvoir : lorsqu'elle traverse une pièce, tout son corps est tendu vers son but. Elle ne se perd pas en pensées parasites.

Mais, là, l'un de ses pieds était dirigé vers les iGirls, et l'autre vers moi. Elle ne savait pas de quel côté se tourner. Et devant cette hésitation j'ai pris un risque. Peut-être était-ce stupide. Ou peut-être pas.

– Qu'est-ce que tu y gagnes ? Que t'a-t-il promis ? ai-je demandé.

Ses pupilles ne se sont pas dilatées : ma question ne l'a pas surprise. Toutefois, elle a fait de son mieux pour jouer la comédie :

– De quoi parles-tu ?

– Tu le sais très bien, ai-je répondu. L'Officiel. Qu'est-ce qu'il a promis de te donner ?

Elle a soupiré et levé les yeux au ciel. Elle s'était à moitié détournée, mais elle n'avait pas envie de partir. Elle voulait me répondre.

– De l'argent ? ai-je insisté. Autre chose ?

Heidi s'est levée, toute tergiversation était terminée.

– Tu ne sais pas dans quoi tu as mis les pieds, Zoé Costas. Et tu ne trouveras jamais ton amie. Personne ne le peut. Elle est tout aussi perdue que ton père.

Je suis restée sur le banc, avec pour seule intention de lui cacher à quel point elle m'avait ébranlée. Les mains tremblantes, j'ai attrapé la liste de la chasse au trésor. Je me suis concentrée sur le bruit du papier froissé tandis qu'Heidi s'éloignait.

Chapitre 20

Pour échapper à Heidi, on a quitté les autres et on s'est remis à la chasse au trésor. On était tous d'accord : en raison de sa proximité avec le Lincoln Memorial et le mémorial de la Seconde Guerre mondiale, et de son rapport avec le thème de la guerre, le Vietnam Memorial serait l'étape suivante la plus logique pour Amanda.

– Hé, vous quatre ! Attendez !

Tout à coup, ça a été comme si mon estomac se remplissait de pierres. Ils nous avaient trouvés. Ce devait être l'un des gardes de l'aérodrome.

Vous comprendrez donc l'énorme soupir que j'ai poussé lorsque j'ai aperçu un homme lambda en costume, avec une petite mallette et un café à emporter. Un homme d'affaires, qui tenait notre itinéraire. Je l'avais sans doute lâchée, même si je ne m'en souvenais pas.

Il a dû remarquer un intense soulagement dans notre sourire, et il nous l'a rendu timidement, levant son café pour nous saluer, avant de regarder la feuille.

– En voyage scolaire ? a-t-il dit avec une grimace, comme si on était atteints d'une terrible maladie dont il venait de se remettre.

Il m'a plu immédiatement.

Il a de nouveau baissé les yeux, et vu qu'on avait entouré « Vietnam Memorial ».

– Si vous cherchez le Vietnam Memorial, a-t-il repris, il est juste au bout de la rue.

– Merci, ai-je répondu.

– Vous allez bien par là ? Il vaut vraiment le coup d'œil !

– D'accord.

Il avait quelque chose. Est-ce que je le connaissais ? Je n'arrivais pas détacher mon regard du sien. J'aurais voulu pouvoir passer plus de temps avec lui. Il avait juste l'air... agréable. Normal. Il m'a rappelé à quel point il serait plaisant de ne pas être obligée de courir dans tout Washington, d'être de nouveau une enfant.

Callie m'a attrapée par le bras :

– Zoé, il faut qu'on y aille.

Elle a offert un gentil sourire d'excuse à l'inconnu.

J'ai dû me forcer à partir. Le rencontrer avait quelque chose de rassurant, c'était comme une petite touche de normalité. Mais, dès qu'il est parti, on a accéléré.

Le Vietnam Memorial était le premier monument qu'on voyait sans colonnes ni escaliers. Il s'agissait d'un simple mur légèrement incliné, où étaient écrits les noms de tous les soldats morts pendant la guerre du Vietnam. Comme d'habitude, on ignorait quel indice chercher, et il n'y avait aucun garde (du moins, on n'en voyait pas), alors on a fait le tour du monument en regardant les noms, et j'ai pris plein de photos.

Soudain, une inscription m'a interpellée.

– Venez voir ! ai-je appelé.

Il était écrit :

« En l'honneur des hommes et des femmes de l'armée des États-Unis qui ont servi pendant la guerre du Vietnam. Les noms de ceux qui ont donné leur vie et de ceux qui restent portés disparus ont été rédigés dans l'ordre dans lequel ils nous ont été enlevés. »

Seuls les mots « les noms », « ont été rédigés » et « ils nous ont été enlevés » ressortaient.

Nia a tendu la main pour toucher l'inscription. Toutes ces listes qu'on avait vues, au sujet des C33... J'ai pensé à mon père. À la mère d'Amanda. À Mme Leary. Aux C33 dont M. Bennett nous avait parlé, qui avaient abandonné leur voiture au bord de la route avant de disparaître.

Tout à coup, Nia a frissonné et a laissé retomber ses mains.

– Elle était là, a-t-elle affirmé.

On n'a pas demandé de qui elle parlait.

Et, même si on l'avait voulu, on n'aurait pas pu : l'un de ces gardes qu'on avait vus toute la journée se dirigeait vers nous.

– Ne le regardez pas, ai-je soufflé. Retournez-vous lentement et suivez-moi.

Ils ont obéi. J'ai observé le mur et le chemin, dans l'espoir de trouver un endroit où nous cacher, mais il n'y avait rien. Où étaient les colonnes quand on en avait besoin ?

– Est-ce que tu sens la présence d'Amanda ailleurs ? a chuchoté Hal à Nia.

Elle a tendu la main, touchant les noms les uns après les autres.

– Ici, a-t-elle dit en effleurant le quatrième. Elle était ici.

Le garde se rapprochait. Quelques groupes de notre lycée étaient là, et d'une certaine façon leur présence nous protégeait. Callie a fait signe à une des élèves de la chasse au trésor, et l'homme a alors ralenti.

– Zoé, a lâché Callie entre ses lèvres serrées, sans même tourner la tête. Tu ne peux rien faire pour l'empêcher de nous voir ?

– Pas là, non. Il nous a déjà vus. Et il est très près.

– Oh, non ! a soufflé Hal.

On a aussitôt vu la cause de son soudain désespoir : le deuxième garde, celui qui s'était endormi à son poste dans l'aérodrome, arrivait dans l'autre sens.

Nia avait la main posée sur un autre nom. Elle était comme un chien de chasse, suivant la trace d'Amanda le long du monument, touchant chaque inscription qu'elle avait pu effleurer.

– Elle était ici aussi, plus récemment. Je crois qu'on se rapproche.

– Tu penses qu'elle est là ? a demandé Callie.

– Ou bien est-ce que tu as une idée d'où on va ? a ajouté Hal. Parce que, là, j'ai vraiment un mauvais pressentiment.

J'ai rapidement tourné la tête. Une très mauvaise idée. Du coin de l'œil, j'ai vu arriver le garde avec le tatouage sur son visage. Il s'est rapproché d'un pas, prêt à bondir si on faisait mine de fuir en courant. *Reste calme*, me suis-je rappelé.

Nia continuait de nous mener le long du bâtiment, cherchant son chemin à l'aveuglette. Callie se tenait juste derrière elle, comme pour la protéger du danger qui approchait. Hal avait l'air anxieux. Il devait certainement avoir une prémonition de ce qui allait nous arriver et, d'après son expression, ce n'était pas réjouissant. Il serrait les poings, et même les muscles de son cou étaient tendus.

– Qu'est-ce que tu vois ? ai-je sifflé.

Les gardes étaient assez proches pour que je craigne qu'ils ne nous entendent.

Mais Hal a secoué la tête.

– Prends ma main, lui a proposé Callie.

Il a obéi sans poser de question, et il a rougi. Cela a suffi à lui redonner bonne mine.

– Ta force, a-t-il murmuré en regardant Callie.

Elle a esquissé un sourire qu'il lui a rendu, et c'était comme s'ils se mettaient à briller.

J'ai compris ce que faisait Callie : elle devait se servir de cette connexion entre nous pour donner un peu de sa force à Hal.

Par curiosité, j'ai touché le coude de Callie. J'ai soudain été submergée par une sensation inconnue, mais ça m'a rappelé ce sentiment qu'on a, petit, dans une cour de récréation. À l'époque, je ne pensais qu'au bonheur de courir. Je me suis souvenue que je galopais avec tellement d'énergie que mes talons me tapaient dans les cuisses, et je ne me fatiguais jamais.

– Il faut qu'on coure, ai-je soufflé, emportée par cette nouvelle énergie. On doit échapper à ces types.

– Ici ! a murmuré Nia au même moment. J'en ai un autre.

– Trop tard, ai-je répondu. On n'est pas en sécurité.

Elle m'a adressé un regard noir :

– Je suis sur le point de trouver quelque chose !

Elle a posé la main sur l'épaule de Hal et, tout à coup, on a vu ce qu'elle voyait.

C'était Amanda. Elle était dos à nous, silhouette floue dans son pull à capuche, penchée devant le Vietnam Memorial. Elle touchait le même nom que Nia, puis elle a laissé quelque chose par terre.

Nia a rompu le contact. Les gardes étaient à peine trois mètres derrière nous. Les groupes d'élèves se trouvaient à l'autre bout du monument. Bientôt, il n'y aurait plus personne, à part ces hommes et nous.

On a baissé les yeux. À nos pieds, il y avait un bouquet d'œillets teints en vert, enveloppés de cellophane violette. Une carte était attachée au bouquet, et dessus était dessiné, à l'encre rose, un coyote. Le totem d'Amanda.

Elle s'était tenue ici, peut-être même quelques minutes à peine avant qu'on arrive.

CHAPITRE 21

Nia a ramassé le bouquet, et retourné la carte.

« Nous supporterons n'importe quel fardeau, surmonterons n'importe quelle épreuve, soutiendrons n'importe quel ami. »

– Le discours d'inauguration de JFK, a déclaré Nia.

– J'imagine que c'est notre prochaine destination, alors, a dit Callie.

– Je ne suis pas sûr qu'on aille où que ce soit, a répondu Hal.

Tout avait changé. Les derniers touristes et les élèves s'étaient dispersés, et les gardes se sont élancés.

Soudain, Rosie était là. J'ignore de quel buisson ou de quel arbre elle a bondi, mais tout à coup Cisco et elle couraient vers nous, et elle criait nos noms. Il m'a fallu un instant pour la reconnaître : elle avait remplacé son jogging par un débardeur moulant sur un T-shirt vert, un jean noir, des bottes militaires, et elle portait une perruque noire ébouriffée.

« Courez ! » a-t-elle hurlé.

Mais ce n'était pas aussi simple que ça. Avant d'y entrer, je ne m'étais pas rendu compte du piège parfait que constituait ce monument : les murs convergent pour former un V. Et les gardes s'étaient positionnés de manière à bloquer la sortie.

J'ignore comment on aurait fait si Cisco ne s'était pas jeté devant eux, dans une manœuvre de football, pour les empêcher de nous atteindre. Il leur était impossible de déjouer ses feintes. Pas étonnant qu'il remporte des prix tous les ans.

« Filez ! » a-t-il lancé.

On a obéi, suivant Rosie jusqu'au National Mall, puis vers le nord dans les rues de Washington.

Quand j'ai regardé en arrière, Cisco avait escaladé le mur et était retombé de l'autre côté. Il courait vers le sud pour échapper aux gardes. Mais ils ne le poursuivaient pas.

Toute leur énergie était focalisée sur nous.

On n'avait que cinq secondes d'avance sur eux, mais Rosie connaissait bien la ville, et elle nous a menés d'une rue à l'autre jusqu'à ce que je sois complètement désorientée. On a arrêté de courir une fois qu'on a été sûrs de les avoir semés.

– Comment vous nous avez trouvés ? ai-je demandé.

– J'étais inquiète, a répondu Rosie. Je suis retournée au bureau pour récupérer quelques dossiers. Il y a suffisamment de monde pour que je puisse me faufiler comme ça, sans être vue. J'allais partir, quand j'ai entendu quelqu'un au téléphone mentionner des « enfants ». J'ai tendu l'oreille, il parlait de vous ramener. Ils envoyaient un véhicule au Vietnam Memorial. J'ai appelé Cisco, et, quand il m'a dit que vous étiez partis par là, je l'ai retrouvé et on a couru vous chercher. On est arrivés juste à temps, il me semble !

– Oui, merci, a répondu Hal. Pendant qu'on était là-bas, j'ai vu ce qu'ils comptaient faire après nous avoir attrapés. J'ai eu un aperçu de leur plan tout entier ! Leur camionnette n'avait pas de plaque. Et ils avaient l'intention de nous injecter des tranquillisants. Des trucs assez effrayants.

J'ai frissonné, Callie a resserré ses bras autour d'elle, et Nia s'est passé la main dans les cheveux.

Rosie nous a désigné une rue étroite, qui conduisait sur une place :

– Par là.

On l'a traversée à petites foulées. De l'autre côté, Rosie a plongé dans une entrée que j'ai prise pour celle d'un magasin. En réalité, c'était un renfoncement d'où partait un immense escalator menant sous terre.

– C'est le métro, nous a-t-elle expliqué. L'une des meilleures cachettes de Washington. (Elle nous a passé des tickets.) Avec ça, vous pourrez entrer et sortir comme vous voudrez.

Mais, alors qu'on descendait, j'ai levé les yeux et tendu le doigt. Les deux gardes qui nous poursuivaient fendaient la foule à coups d'épaule. J'étais désespérée. Était-il même possible qu'on arrive à leur échapper ?

On a commencé à se frayer un chemin à notre tour, bousculant des gens qui lisaient le journal ou consultaient leur téléphone. Les gardes gagnaient du terrain. On a commencé à courir et, sans même se servir des tickets, on a sauté par-dessus les tourniquets.

Juste devant nous, un autre escalator descendait jusqu'au quai du métro. Une rame arrivait justement.

« On ne va pas y arriver ! » a soufflé Callie d'une voix tremblante.

J'ai jeté un coup d'œil en arrière et vu qu'un autre homme les avait rejoints. On l'avait déjà vu à l'aérodrome. Il avait la carrure d'un joueur de football ou d'un ex-marine, et il descendait l'escalator d'un pas lourd. Heureusement, il y avait beaucoup de monde, et nos poursuivants devaient louvoyer entre les gens, voire attendre, impatients et furieux, que le passage soit libre.

Une sonnerie a retenti, indiquant que les portes se refermaient, au moment où Hal arrivait à toute allure sur le quai, suivi de près par Rosie et Callie, puis Nia et moi. Les portes se sont bloquées juste devant lui. La vague des passagers qui venaient de descendre est arrivée sur nous, et on s'en est servis pour se cacher. Leurs corps formaient une barrière humaine entre nous et le garde musclé qui venait d'arriver au bas de l'escalator.

« Et maintenant ? » a demandé Hal à Rosie.

Elle était à court de solutions. Je me rappelai avoir vu cette même expression sur le visage de ma mère, à la fin de notre périple en caravane.

Hal a pris les choses en main. Comme la foule se dirigeait vers l'escalator, faute d'avoir une meilleure idée, on a suivi le mouvement. Les gardes nous ont vus et imités, environ trois mètres derrière nous. Impossible de se frayer un chemin, il y avait bien trop de monde.

Aucune porte de sortie. Une fois en haut de l'escalator, on serait coincés, tels des poissons dans un filet. Comme l'indiquait la posture des hommes derrière nous, ils le savaient. Ils étaient soulagés, confiants, convaincus que tout serait terminé dans quelques minutes.

Et j'en étais sûre aussi. On n'était que des enfants. Et eux, des adultes entraînés pour ce type de job.

Je me suis demandé où ils allaient nous emmener. Dans cette camionnette qu'avait vue Hal ? Le Dr Joy nous attendrait-il sur la banquette arrière ? Qu'allait-il nous faire ? J'ai eu un frisson en songeant qu'il allait pomper le sang de mes veines et le conserver dans une cuve réfrigérée. J'ai saisi le pendentif avec le sang de mon père comme s'il s'agissait d'un talisman, qui pouvait me protéger.

À cet instant, j'ai entendu les crissements de freins d'un autre métro. Chaque cellule de mon corps a bondi devant ce regain d'espoir. On pourrait peut-être sauter dans cette rame ! Toutefois, alors que je m'emballais, Callie calculait : elle estimait le nombre de secondes qu'il faudrait au métro pour s'arrêter, pour que les passagers sortent, que d'autres montent, que les portes se referment, et elle le comparait avec notre vitesse de montée et le temps qu'il nous faudrait pour redescendre.

– On n'y arrivera pas, a-t-elle dit. On ne pourra pas attraper celui-là non plus.

C'est toujours assez impressionnant de la voir faire, mais… c'est Callie.

De son côté, Rosie a retourné les opérations de Callie dans sa tête, et elle a soudain sauté par-dessus la main courante. Elle a atterri sur la rampe entre les deux escalators, les genoux pliés comme si elle surfait. Hal l'a suivie, puis Callie, moi, et Nia. C'était très dur de garder l'équilibre, surtout qu'on essayait de descendre le plus vite possible. On alternait entre la marche en crabe et la glissade.

Au départ, les gardes sur l'escalator montant sont restés figés sur place. J'ai croisé le regard de l'un d'eux en passant devant lui. Il avait des yeux bleus perçants, et il me regardait comme si une vitre à l'épreuve des balles se dressait entre nous, comme s'il risquait de se blesser en essayant de m'attraper. Le Tatoué a été plus rapide, mais pas encore assez. Il a tendu la main et attrapé le bout de mon T-shirt, mais je le lui ai arraché.

On a passé les portes du train juste au moment où la sonnerie retentissait. Notre wagon était couvert de graffitis : S.HE.B.LIE.VD, « elle croyait », s'étalait sur une des fenêtres, écrit à la bombe. J'ai regardé en arrière : les gardes luttaient pour descendre sur l'escalator qui remontait. L'un d'eux a fini par suivre le même chemin que nous, mais pas aussi vite. Les portes venaient de se refermer lorsqu'ils ont atteint la plate-forme.

CHAPITRE 22

Hal semblait sur le point de tomber en état de choc. Il avait les yeux exorbités, et il était blanc comme un linge :

– Je n'arrive pas à y croire ! Ça s'est joué à si peu de chose !

Nia a regardé autour de nous, parcourant le wagon des yeux, examinant les autres par les hublots :

– Je ne suis pas convaincue : ils ont peut-être des hommes dans la rame.

– Est-ce que vous vous rapprochez d'Amanda ? a demandé Rosie, essoufflée. Je peux vous aider ?

On lui a raconté notre rencontre avec la mère de Callie, l'effaceur d'altérations qu'elle avait mis au point, et le bouquet qu'on avait trouvé.

– Eh bien, vous avez une sacrée chance, a-t-elle repris. Cette ligne de métro va directement au cimetière national d'Arlington.

Nia a poussé un profond soupir. Je voyais bien qu'elle était apeurée et fatiguée, voire épuisée, entre la course-poursuite et les efforts qu'elle avait déployés au Vietnam Memorial. Elle s'est assise à côté de Callie; toutes les deux avaient le regard dans le vide. Qu'est-ce qui nous attendait, encore?

Mais Hal n'était pas fatigué. Il se tenait à une poignée comme s'il avait trop d'énergie pour s'asseoir. Les pensées dans sa tête devaient tourner encore plus vite que les roues du train, car il s'est soudain retourné vers Rosie, comme s'il reprenait une discussion qu'ils venaient d'avoir.

– Comment Amanda nous a-t-elle trouvés? (Rosie a gardé le silence, attendant sans doute qu'il continue.) Tout à l'heure, tu as dit qu'elle se faisait naturellement des amis. Mais, là, c'est quand même gros comme coïncidence, non?

– Je ne sais rien de plus, a répondu Rosie en haussant les épaules. Amanda m'a expliqué qu'elle avait reconnu quelque chose en vous, qu'elle était venue chercher des guides, et je lui ai demandé comment elle les reconnaissait. Elle m'a répondu que c'était comme de se faire un ami dans une ville inconnue: elle se baladait, passait d'un endroit à l'autre sans connaître personne jusqu'à ce que, tout à coup, elle rencontre quelqu'un et sente s'établir une connexion.

– Tu penses qu'elle l'a ressentie avec chacun de nous, comme on la ressent ensemble? a demandé Callie en levant les yeux vers Hal.

– Vous vous êtes vraiment rapprochés, a remarqué Rosie.

– Non, a répondu Hal en rougissant. Enfin, si, c'est vrai. Mais il y a plus que ça. Il se passe ce truc, quand on est ensemble. C'est comme si on voyait dans la tête les uns des autres.

– On se rend plus forts, a ajouté Callie.

– Comment ça ? s'est étonnée Rosie.

Alors on lui a tout raconté : que nos pouvoirs semblaient mieux fonctionner quand on était ensemble, comment Callie avait réussi à donner de sa force à Hal, que les visions de Nia étaient plus puissantes et partagées si on se tenait par la main.

Quand on a eu fini, Rosie a secoué la tête sans rien dire. Je me suis sentie un peu coupable, je me suis dit qu'on la surchargeait d'informations. J'aurais voulu revenir en arrière. Amanda devait ressentir ça sans arrêt.

Notre rame est sortie du tunnel et s'est engagée sur le pont qui traverse la rivière Potomac. On voyait tout Washington par les fenêtres. J'ai sorti mon appareil et pris quelques photos, surtout pour me calmer. Je me suis intéressée aux reflets du soleil sur le dôme du Jefferson Memorial, et les colonnes du Lincoln Memorial, hautes et droites.

– Avec vous..., a commencé Rosie, c'est comme si j'étais de nouveau avec Amanda. Vous lui ressemblez tellement. C'est comme si vous aviez tous une partie d'elle en vous. Toutes ces choses que vous pouvez faire, vos capacités, ou vos pouvoirs, comme vous les appelez, ce sont les mêmes que ceux d'Amanda. Tu vois, Zoé, Amanda pouvait se fondre dans le paysage exactement comme toi : quand elle le décidait, les gens ne la voyaient même pas. Elle possédait la force de Callie, la connexion intuitive de Nia aux évènements passés, et, comme Hal, elle voyait ce qui *allait* se dérouler. Vous tous, ce que vous possédez, elle le détenait également.

– Wow ! me suis-je exclamée en posant mon appareil photo. C'est impressionnant.

– Oui, a répondu Callie. Je vois ce que tu veux dire.

Quand on est descendus du métro, juste devant le portail du cimetière national d'Arlington, j'ai de nouveau songé à mon père.

C'est toujours le cas quand je passe devant un lieu pareil. Même si c'est un cimetière militaire, où des présidents morts reposent à côté de soldats américains.

J'ai vu au loin partir un corbillard, suivi par une file de voitures. Un enterrement. L'adieu dont mon père avait été privé.

– Viens ! m'a appelée Hal.

Je me suis rendu compte qu'ils étaient tous loin devant moi. Je me suis arrêtée devant les grilles, sans être vraiment sûre de pouvoir entrer. Mais il le fallait. C'était important. J'avais une tâche à accomplir.

J'ai retenu ma respiration et serré entre mes doigts ce qui me restait de mon père. Puis j'ai suivi mes amis dans le cimetière.

– Cet endroit doit être plus grand que la ville d'Orion elle-même, a soufflé Callie.

Nia a soupiré, un peu exaspérée :

– À cause de la citation, je croyais qu'il nous suffisait de venir ici. Que ce qu'on devait chercher serait évident, et... et voilà.

– Je sais, a ajouté Hal. Et, sincèrement, mon cerveau est trop fatigué pour s'attaquer à un autre puzzle mental. Je n'ai plus une miette de concentration. Je ne sais même pas par où commencer.

– Soyons rationnels, a répondu Nia en sortant notre feuille toute froissée. D'après la liste, on est censés trouver la Tombe du soldat inconnu. Autant prendre une photo, ce sera toujours ça de gagné. Et peut-être que, là, on trouvera une piste pour la suite. Amanda doit savoir qu'on utilise la chasse au trésor : elle a disséminé des indices sur notre trajet toute la journée.

La Tombe du soldat inconnu n'était pas compliquée à trouver. Il aurait même été difficile de la rater. Elle est située en haut d'une grande volée de marches, et fait environ la taille de notre auditorium au lycée. Juste derrière on apercevait les colonnes de l'Amphithéâtre du mémorial d'Arlington.

– D'accord, ai-je dit en observant le monument. Et maintenant ?

– Et maintenant, a enchaîné Nia en me donnant un coup de coude, voilà !

Elle a tendu la main. Sur les marches devant la Tombe, de l'autre côté des rangées de pierres tombales de ceux qui avaient donné leur vie pour leur pays, se trouvait Amanda. Arabella. Ariel. Elle nous a offert un grand sourire accueillant, comme si elle nous avait toujours attendus ici.

Au cours de ces longues semaines passées à la chercher, j'avais essayé de garder l'image de son visage dans ma tête. Et, là, je l'avais en face de moi, bien vivante. Ses yeux gris-vert, son grand front, sa bouche qui, même sans une couche outrageuse de rouge à lèvres, semblait faite pour embrasser... c'était elle.

Amanda, la reine du déguisement, semblait cette fois naturelle. Ses cheveux étaient attachés en une queue de cheval basse, elle portait un pull noir à col roulé, un jean, une vareuse et des tennis. Elle devait baisser les yeux pour nous regarder. Elle m'a fait penser à une peinture dans une église, celle d'un ange observant la Terre depuis les cieux.

La course-poursuite dans le métro et notre discussion m'avaient épuisée, mais, en voyant Amanda, j'ai senti un reflux d'énergie. Qu'elle soit saine et sauve était un tel soulagement ! Je me suis rappelé à quel point je me sentais bien quand elle était là. Tout ce qu'elle touchait devenait cool. C'était comme si, soudain, on retirait un énorme poids de mes épaules. Mes bras retombaient le long de mon corps, complètement détendus. L'air me paraissait plus propre et vivifiant que ce que j'avais pu respirer jusque-là.

Amanda a descendu quelques marches. Elle avait les mains enfoncées dans ses poches. Son regard a accroché le mien, elle a haussé les sourcils, et j'ai presque pu l'entendre compter dans sa tête, comme si elle allait me donner le rythme d'une chanson que je devais jouer, décidant à quelle vitesse et quand ça commencerait.

Je sais que c'est complètement dingue, mais, à cet instant, j'ai su qu'elle exerçait un contrôle sur ce qui se passait. Amanda arriverait à tirer parti de la situation. Elle a sauté de la plate-forme de la tombe et s'est dirigée vers nous.

Après avoir échangé avec sa sœur un long regard et un immense sourire, elle s'est tournée vers nous et s'est jetée dans nos bras pour un câlin groupé.

– Tu es là, je n'arrive pas à y croire ! s'est écriée Callie.

– Moi non plus ! a hurlé Nia.

Hal a serré tout le monde contre lui, et Amanda, au milieu de tout ça, nous offrait un sourire lumineux, touchant ici une épaule, là une joue.

Rien n'avait changé, ni son odeur, ni la sensation de l'avoir près de nous.

– Je suis tellement contente de vous voir ! s'est-elle exclamée.

– Et moi alors ! ai-je répondu.

Bien évidemment, dès qu'on a tous été en contact, cette connexion électrique s'est établie avec une explosion de fourmillements. Ça n'avait encore jamais été aussi fort. Je me suis souvenue de ce puzzle en plastique que j'avais étant petite, à quel point j'adorais voir les pièces s'emboîter. C'était ce que je ressentais à cet instant.

– « La joie des retrouvailles surpasse de loin la douleur de l'absence, qui sinon la pourrait supporter[1] ? » a récité Amanda d'une voix douce et chantante, presque un éclat de rire.

Comme toujours, elle avait trouvé une citation pour exprimer ce qu'on ressentait.

---

1. Tiré de *Tamerlane, A tragedy* de Nicholas Rowe (non traduit en français).

Le visage de Nia s'est illuminé. Je voyais bien que la présence d'Amanda lui donnait la même énergie qu'à moi, la même impression que tout était possible.

– Nicholas Rowe, a-t-elle dit. Belle référence obscure. Comment as-tu su que je venais de la découvrir ?

Amanda a haussé les sourcils et souri.

– Amanda, a repris Callie, est-ce que tout va bien ? Tu es en danger.

– On l'est tous, a-t-elle répondu sans la moindre peur dans la voix. Vous sentez ça ?

J'ai hoché la tête.

– Chacun de nous se sent plus fort quand on est ensemble, a-t-elle continué. Parce qu'on est plus forts ensemble que séparés.

– C'est ce que tu essayais de nous faire comprendre ?

– Exactement.

– J'ai tellement de questions à te poser ! s'est exclamée Nia.

– J'en suis sûre, a répondu Amanda. Comme vous tous.

– Oui, a ajouté Hal, mais tout à coup ça ne paraît plus si important...

– Je me sens..., a ajouté Callie. Je me sens tellement bien !

J'ai hoché la tête : c'était vrai. Les couleurs étaient plus vives, les sons plus nets. La brise m'apportait l'odeur de l'herbe fraîchement coupée près de nous. Le tissu de mon T-shirt sous mes doigts était une sensation incroyable.

Amanda s'est tournée vers moi.

– Je veux te parler, a-t-elle déclaré. Je veux être ton amie. Mais, maintenant, il faut que tu écoutes. Concentre-toi sur tout ce que j'ai dit, et tout ce que je vais dire. Et toi, a-t-elle ajouté pour Callie, tu découvres que la force ne tient pas qu'aux muscles, mais aussi au cœur. Tu ne ploieras pas.

Elle a ensuite regardé Nia :

– Tu vois le passé, mais tu dois regarder vers l'avenir.

Et à Hal :

– Le destin n'existe pas.

Elle a attrapé la feuille de la chasse au trésor.

– C'était horrible ? a-t-elle demandé avec un sourire.

J'ai vu dans ses yeux qu'elle comprenait à quel point ça avait été dur, à quel point on avait été perdus et effrayés.

– Ça va empirer, a-t-elle repris. Mais je sais qu'on peut les battre. J'ai un plan.

– Ma mère voulait que je te donne ça, a dit Callie en lui tendant la fiole. Ne bois pas immédiatement, mais, si tu veux devenir... la personne que tu aurais été sans les modifications du Dr Joy, elle pense que ça marchera.

– Si je bois ça, l'Officiel ne voudra plus de moi, a résumé Amanda en haussant les sourcils.

– Alors vas-y ! s'est exclamée Rosie. Qu'est-ce que tu attends ?

– Je ne veux pas sauver que moi. Je veux nous sauver tous.

– Ariel, est intervenue sa sœur, tu es sûre de le comprendre aussi bien que tu le penses ? Tu sais ce qu'il veut ?

– Moi, a répondu notre amie. Il vous embarquera tous, mais c'est moi qu'il veut. Et, s'il ne peut pas m'avoir, il veut au moins mon sang. Je pense qu'il veut se servir de notre sang pour nous recréer, comme du clonage, mais différemment.

Elle a soudain relevé la tête, comme une biche qui aurait entendu un bruit :

– Il faut que j'y aille !

Elle a croisé les doigts et les a tendus vers nous : « au revoir » et « bonne chance » en un seul geste. Puis elle a disparu derrière la Tombe.

Hal m'a tirée par le bras au moment où des bruits de course me parvenaient. On s'est jetés derrière des pierres tombales juste à temps pour voir passer les gardes, cette fois à la poursuite d'Amanda, où qu'elle ait pu aller.

– J'imagine qu'on ne les intéresse plus, a commenté Callie en les regardant partir.

– Et maintenant ? a demandé Hal.

– Vous devriez retourner avec les autres, a répondu Rosie. Vous y seriez plus en sécurité.

– On a rendez-vous dans moins d'une heure, a confirmé Nia. Et je voudrais m'assurer que Cisco va bien.

– Alors allons-y, a repris Rosie. On peut traverser le pont du mémorial d'Arlington pour retourner au National Mall. Il va falloir se dépêcher.

Callie a soupiré. Comme on passait au-dessus de l'eau, j'ai pris quelques photos des vagues, qui commençaient à s'agiter sous la vive brise printanière. Les cerisiers sur la berge formaient un nuage blanc. J'ai immortalisé nos ombres sur le trottoir, toutes les cinq alignées.

– Je pense qu'il y a une chose qu'on devrait faire, a dit Rosie. Tout ce qu'on a, toutes les preuves physiques de ce qui se passe, pourrait nous mettre en danger. Faites attention à ne jamais en avoir sur vous. Elles pourraient se retourner contre vous. Ou tomber dans de mauvaises mains.

– Comment ça ? ai-je demandé. Les mains de qui ?

– Je ne sais pas. Mais mon père a été très clair à ce sujet avant de disparaître, et il m'a fait promettre de vous le dire.

– Et ça ? a demandé Nia en sortant les enveloppes de sa poche.

– Déchire-les, a conseillé Rosie. Et jette-les à l'eau.

Elle a obéi, et les morceaux de papier blanc se sont envolés dans le vent, ont tourbillonné haut dans les airs, avant de redescendre gracieusement vers l'eau grise, tels des flocons de neige.

– Autre chose ? a demandé Rosie.

– On ne sait toujours pas ce que c'est, a répondu Nia en montrant les cartes rouge et bleue. On a oublié de demander.

– Garde-les, mais cache-les, a conseillé Rosie.

Nia les a fourrées dans sa botte. J'ai frotté le pendentif sous mon T-shirt. Était-ce mon imagination, ou bien Rosie me regardait-elle fixement ? Est-ce qu'elle savait ?

J'ai commencé à rassembler des bouts des histoires de mon père, celles que lui et la mère d'Amanda racontaient dans notre cuisine, avec ce qu'on avait vu au labo. Dans l'une d'elles, des enfants étaient réveillés chaque matin par de la musique classique à fond, afin que leur première pensée du matin soit emplie d'une harmonie joyeuse, mais ça les rendait tous malades. Moi, je me réveillais avec une omelette fromage-bacon crémeuse, ma préférée.

La mère d'Amanda avait ri en évoquant des chronomètres pour minuter leurs repas.

Mon père lui avait rappelé que, pendant toute une année, ils n'avaient pas mangé la même chose deux semaines de suite : une semaine c'était curry, la suivante pancakes, jusqu'à faire le tour de toutes les cultures sur le plan culinaire. Mon père avait été tellement traumatisé qu'il nous laissait prendre des macaronis au fromage directement dans la barquette sortie du micro-ondes tous les soirs, si on le lui demandait.

Tout à coup, j'ai pris la mesure de ce qu'avait traversé mon père joyeux et blagueur. Des cartes magnétiques au lieu d'une famille, des rangées de lits à la place d'une chambre avec une porte, des rendez-vous hebdomadaires avec une infirmière et jamais une discussion spontanée avec un parent pour qui il comptait vraiment.

Ce n'était pas juste. Du tout.

Et je tenais là une chance de les arrêter.

J'ai sorti le collier de sous mon T-shirt, retiré la fiole, et je l'ai tendue à la lumière. Le soleil transformait le liquide noir en un écarlate vif, avec des reflets orange.

– C'est mon père, ai-je affirmé avant de me tourner vers les autres. Il m'aimait. (J'ai fermé les yeux très fort, mais je n'ai pas pu retenir mes larmes.) Et c'est tout ce qui reste de lui.

Ils ont hoché la tête, sans feindre la compassion. Je voyais à leurs expressions qu'ils ressentaient les mêmes choses que moi, qu'ils avaient réussi à intégrer ce que je savais.

L'histoire de mon père faisait désormais partie d'eux... Je n'étais plus seule dans ma douleur. Cette certitude m'a donné la force de tendre la fiole par-dessus le rebord du pont, de retirer le bouchon, et de détacher mes doigts un à un pour la laisser tomber dans les vagues, où elle a rebondi un instant avant d'être engloutie. Je l'ai regardée sombrer.

Je n'ai pas dit adieu à mon père à voix haute. Mais j'ai fermé les yeux et j'ai songé très fort à lui. J'ai imaginé son visage, souriant, sachant que je le portais en moi.

Callie, Hal et Nia se sont approchés, m'entourant de leurs bras. J'ai senti le courant passer par chacun d'eux, avant de me traverser et de repartir. Au lieu de m'éloigner d'un bond, comme avant, j'ai accueilli cette chaleur.

C'était notre force désormais : être ensemble.

Chapitre 23

On a fini de traverser le pont en silence. Une fois de l'autre côté, on a vu un kiosque qui vendait des boissons, ainsi que des articles pour les touristes : T-shirts, cartes de la ville et cartes postales.

Callie s'est arrêtée devant les cartes postales, comme si elle se demandait laquelle acheter. Elle a sorti son téléphone de sa poche, avant de cadrer une image du musée national d'Histoire américaine. Elle a appuyé sur quelques touches, puis elle nous a montré le résultat.

– Génial ! s'est exclamée Nia.

Le cliché de la carte postale faisait parfaitement illusion : c'était comme si Callie avait photographié elle-même le monument.

Nia a attrapé douze cartes assemblées en forme d'accordéon : « Les monuments en fleur : 12 lieux incontournables pendant la floraison des cerisiers ».

– Ça devrait être parfait, a-t-elle décrété.

J'ai commencé à prendre des photos, pendant que Callie et Hal partaient à la recherche d'autres images similaires. Les tourniquets formaient un rang à l'avant du kiosque, et on a fait le tour pour atteindre le fond, ce qui nous a sauvés : lorsque Hal m'a saisie par le bras, on avait une cachette toute trouvée. Il a lancé un regard appuyé à Nia et Callie, qui se sont aussitôt immobilisées. Voyant cela, Rosie s'est déplacée d'un pas pour se mettre à couvert.

Dans un petit espace entre les tourniquets, j'ai aperçu ce que Hal avait dû prévoir : un garde, qui venait droit sur nous. Il marchait d'un pas décidé, comme s'il savait déjà où nous trouver. Dans quelques secondes, il mettrait la main sur nous.

Toutefois, lorsqu'il n'a plus été qu'à quelques pas, Rosie a bondi. Avant qu'on n'ait pu faire quoi que ce soit, elle est partie à toute allure. Le garde l'a immédiatement reconnue et s'est élancé à sa poursuite.

C'est arrivé tellement vite que c'était fini avant même qu'on ne comprenne ce qui se passait. Rosie devait savoir qu'on n'accepterait jamais de la laisser se sacrifier pour nous.

Nia est devenue toute pâle, Hal s'est passé les doigts dans les cheveux et frotté le nez. Callie lui a posé la main sur l'épaule, et il a accentué le contact, comme pour lui demander de sa force.

On a traversé le National Mall, passant devant le Lincoln Memorial, le Jefferson Memorial, et le mémorial de la Seconde Guerre mondiale. On s'apprêtait à traverser la 17th quand on a entendu des sirènes de police au loin. J'ai frissonné en songeant qu'elles avaient peut-être quelque chose à voir avec Rosie, ou Amanda, ou les deux. J'ai pensé à la mort de leur mère, un accident dû à une course-poursuite. Le danger était partout.

On est arrivés en retard. Tout le monde était déjà remonté dans les cars, et M. Fowler nous attendait sur le marchepied, consultant régulièrement sa montre d'un air affolé. On a couru sur les cent derniers mètres.

– Merci beaucoup, a-t-il grondé d'un air furieux. J'ai failli faire une crise cardiaque ! On ne pourra plus organiser de sorties au club d'Histoire si les élèves se conduisent de façon aussi inconsidérée que vous quatre. Vous avez mon numéro, enfin, il ne vous est pas venu à l'idée d'appeler ? Si Heidi Bragg ne m'avait pas informé que vous êtes constamment irresponsables, j'aurais alerté la police. Et, à cause de vous, on a failli rater notre visite du Capitole. M. Thornhill a eu beaucoup de mal à nous réserver des places pour visiter la chambre du Sénat, et il est hors de question que votre inconscience gâche la fin du voyage pour les autres.

J'ai à peine entendu ce qu'il disait. Je me moquais bien qu'on se fasse crier dessus : tout ce qui comptait, c'était qu'on soit en sécurité dans le car, avec Cisco et les autres élèves.

– C'est parti ! a hurlé notre professeur au chauffeur dès qu'on est montés.

Ça sentait les restes de déjeuner et le désodorisant.

– Désolée, monsieur Fowler, a dit Callie en baissant la tête.

Je voyais bien qu'elle souriait, mais son expression est rapidement devenue dure et déterminée. Oui, nous étions en sécurité. Mais qu'en était-il de Rosie ? Et d'Amanda ?

Au Capitole, le premier portique de sécurité était juste derrière les portes. Il y avait un certain nombre d'élèves devant nous, et Heidi a dû retirer des kilos de bijoux, mais on a fini par y arriver. J'ai posé délicatement mon appareil photo sur le plateau en plastique pour le soumettre aux rayons X, avant de me placer derrière Callie. Hal avait un médiator, des clés, un porte-monnaie et son téléphone. Nia a déposé une bague géante en plastique vert, une édition poche de *La mort d'Ivan Ilitch*, un rouge à lèvres, un bout de stylo tout mordillé, un portefeuille en cuir vert de luxe, et une barrette. Callie n'avait pratiquement rien dans les poches, mais l'agent de sécurité a sorti de son sac une bouteille d'eau, un gloss, un exemplaire du magazine *Lucky*, quelques pièces et billets, un stylo en forme de sucre d'orge, et un paquet de chewing-gums. Il a attrapé mon appareil photo, l'a fait tourner entre ses mains, et m'a demandé de prendre un cliché pour prouver que ce n'était pas un explosif.

« Souriez ! » ai-je dit.

J'ai cadré son visage à fossettes : ses cheveux et ses poils étaient d'un blond si clair, qu'il n'avait même pas de quoi former un duvet au-dessus de sa bouche.

Alors que je faisais la mise au point, mon sujet est devenu flou et je n'ai plus vu que l'arrière-plan. J'ai remarqué un homme au visage ouvert qui regardait vers nous, les bras croisés, comme s'il luttait pour rester immobile. Il fixait directement mon objectif, ce qui était étrange. Est-ce qu'il nous observait ? Plus étrange encore, je l'ai reconnu, même s'il m'a fallu un moment pour me rappeler où je l'avais vu. Je me souvenais simplement qu'il m'avait fait bonne impression, qu'il me rappelait mon père, le genre d'adulte que j'aimais bien.

Lorsque j'ai appuyé sur l'obturateur, il a dû entendre le bruit et il a tressailli, comme quelqu'un de modeste qui ne pense pas qu'on puisse le prendre en photo.

Je l'avais vu récemment.

Et, soudain, je me suis souvenue : c'était le gentil homme d'affaires qui avait ramassé notre feuille, quand on l'avait fait tomber en allant au Vietnam Memorial, et qu'on avait été à deux doigts d'être attrapés par les gardes de l'Officiel. Comment était-il arrivé ici, au Capitole ? Était-ce une coïncidence ? Il n'était tout de même pas sénateur ?

Je me suis dit que sa présence était peut-être un bon présage, le signe que le vent tournait. Ce n'était pas mon père, mais il ressemblait à un père. Ce qui était une bonne chose, non ?

Callie a dû le repérer en même temps que moi. Quand j'ai baissé mon appareil photo, elle avait déjà fait quelques pas vers lui et lui adressait un sourire joyeux :

– Coucou ! Vous vous souvenez de nous ?

Il a souri, ce même sourire sceptique mais intéressé qu'il avait eu sur le trottoir. Il a hoché la tête.

– Vous travaillez sur une chasse au trésor, c'est ça ? a-t-il questionné.

Callie a acquiescé en souriant de plus belle. J'ai jeté un coup d'œil à Hal et Nia, qui n'en perdaient pas une miette. J'ai vu qu'ils nourrissaient le même espoir que moi. Rosie avait dit qu'on était en sécurité avec notre groupe. Peut-être était-ce dû à cet homme ? Il semblait tellement à l'aise et détendu, comme s'il contrôlait parfaitement ce qui l'entourait.

– Vous travaillez ici ? a demandé Callie d'un air assuré.

On était tous prêts à y croire. J'ai réfléchi, me demandant comment cet homme réussissait à nous donner envie de lui faire confiance.

Il a ri et, pour la première fois, j'ai eu un doute. Une porte s'est ouverte dans mon esprit, de quelques centimètres. Je ne voulais pas changer d'avis au sujet de quelqu'un, simplement parce que son rire n'était pas très agréable. Toutefois, le rire en dit beaucoup sur une personne. Certains s'amusent de choses qui n'ont rien de drôle. Ça ne les rend pas mauvais, ça signifie simplement qu'ils n'ont pas un grand sens de l'humour.

– Je ne travaille pas dans ce bâtiment, a-t-il répondu. Je le visite, tout comme vous, j'imagine. Mais je travaille bien pour le gouvernement.

Je commençais à lui faire confiance de nouveau, à oublier son rire dérangeant. Callie s'est détendue, elle aussi.

– Vous travaillez pour le gouvernement ? a-t-elle répété. C'est génial ! Qu'est-ce que vous faites ?

– Oh, moi ? Je fais simplement partie des officiels, a-t-il répondu avec un clin d'œil.

Ou peut-être était-ce autre chose, un clignement de paupières, ou il avait plissé les yeux. Je ne sais pas ce qui a changé dans son visage, mais c'était une métamorphose. Tout à coup, ce n'était plus quelqu'un de gentil, un homme d'affaires amusé qui aidait un groupe d'adolescents.

J'ai compris. On a tous compris. Il n'était pas l'un des officiels du gouvernement.

Il était *l'officiel* du gouvernement. L'Officiel.

CHAPITRE 24

Encore une fois, je me suis rappelé ce que m'avait appris Amanda : sois calme. Reste tranquille.

J'ai récupéré mes affaires, me déplaçant aussi lentement que si j'étais sur la plage et que je me relevais après avoir bien bronzé. Je me suis forcée à bâiller, ce qui est contagieux, et a eu l'effet escompté : Hal, Callie et Nia m'ont imitée. C'était comme si mes profondes inspirations les ralentissaient, eux aussi.

Callie a jeté un coup d'œil nerveux aux autres élèves, s'assurant qu'ils ne partaient pas sans nous, mais, quand elle a senti mon regard appuyé, elle a soupiré.

– Heu... Il faut qu'on rejoigne notre groupe, a déclaré Hal à l'Officiel.

Comment était-il possible que quelqu'un à l'air si digne de confiance se transforme en une personne atroce ? Comment cela avait-il pu se produire le temps d'un rire ? Et comment avais-je pu rater ça ? Je l'avais cru. D'habitude, je suis douée pour comprendre les gens, un peu trop même. Mais avec lui j'avais échoué. Complètement échoué. Je ne pouvais pas lire en lui, pas plus qu'en Amanda.

Quand je me suis tournée vers le groupe, j'ai vu que Heidi regardait l'Officiel avec une expression que je ne lui avais jamais vue. Elle fronçait les sourcils, la mâchoire contractée et les lèvres formant une moue attentive.

– Regardez Heidi, ai-je soufflé en prenant discrètement une photo d'elle. Regardez comment elle l'observe.

– Elle le connaît, a répondu Callie.

J'ai tourné mon appareil vers l'Officiel pour le voir rendre son regard à Heidi. Il lui a adressé un clin d'œil au moment où j'appuyais sur l'obturateur.

À ce moment-là, M. Fowler nous a présenté une femme du nom de Jackie, qui allait être notre guide. Elle nous a emmenés au point de départ, juste sous la rotonde du Capitole. L'homme dont on pensait désormais qu'il était l'Officiel nous a regardés partir.

Il y a beaucoup de choses à apprendre au sujet du Capitole américain. Jackie nous a indiqué que le Capitole faisait 24 503 m^2, qu'il contenait 540 pièces, 658 fenêtres et 850 portes. Les pièces où se réunissaient la Chambre des lords et le Sénat sont devenues de petits musées. La première est remplie de statues, et la deuxième, de bureaux auxquels s'asseyaient autrefois les sénateurs. On voit encore les encriers dans lesquels ils trempaient leurs plumes.

Il existe des trains souterrains reliant les bureaux des députés au Capitole, afin qu'ils puissent arriver le plus vite possible lorsqu'il leur faut voter. Il y a aussi des ascenseurs spéciaux et des salles de conférence. Nous avions tant à apprendre sur cette pièce, sur le contexte et la façon dont les quelles lois avaient été votées.

C'était impressionnant, et je me suis forcée à écouter. Autrement, j'allais hurler et partir en courant. L'Officiel ! Là, dans le Capitole ! J'ai commencé à prendre des photos : des baskets usées et poussiéreuses sur le marbre impeccable, des aigles avec des ergots acérés et menaçants sculptés en haut des colonnes, de la lumière se déversant d'une fenêtre plus grande que moi, les ombres projetées par les corniches crénelées qui me rappelaient toujours des dents de bébé.

J'ai retrouvé toute ma concentration lorsque Jackie nous a conduits en haut d'un escalier au troisième étage, et s'est arrêtée au bout du couloir, devant une double porte.

– Vous avez beaucoup de chance aujourd'hui, a-t-elle annoncé. Il est rare qu'un groupe scolaire puisse voir notre gouvernement en action, mais aujourd'hui le Sénat est réuni et vous allez pouvoir jeter un coup d'œil.

J'ai pensé qu'on verrait des hommes et des femmes taper du poing sur la table, et hurler pour se faire entendre. Comme le Sénat républicain dans *Star Wars*, où des créatures extraterrestres de tous poils circulent dans la salle à bord de minivaisseaux. Je pensais qu'au moins, il y aurait des gens dans la salle, même si ce ne serait pas aussi bondé que lors du discours annuel du Président.

Je ne m'étais pas préparée à ne voir qu'un seul sénateur dans la salle, qui prononçait un discours tout seul, face à une caméra installée à quelques mètres de son visage. Il parlait comme si la pièce était pleine, mais, quand on s'est installés dans la galerie qui la surplombait, j'ai vu que personne ne l'écoutait, pas même le groom qui tenait sa mallette ni l'homme occupé à nettoyer les sculptures au fond.

« C'est pour C-SPAN, nous a murmuré Jackie. Vous connaissez C-SPAN, la chaîne gouvernementale ? »

Ouais. C'était une chaîne à zapper, au même titre que le téléachat.

J'ai dû me concentrer pour comprendre de quoi parlait le sénateur : un amendement avait été proposé à un projet de loi encore à l'étude. Dans cet amendement, il y avait un paragraphe. Dans ce paragraphe, une phrase. Et, dans cette phrase, il y avait une expression... que cet homme n'aimait pas. Parce qu'elle utilisait le mot « cela » au lieu de « les programmes présents et actuels ».

Dès que j'ai eu saisi ça, je me suis enfoncée dans mon siège et j'ai laissé mes pensées vagabonder. Le Sénat ressemble à une salle de classe d'autrefois. Chaque sénateur possède un vieux bureau en bois. À la place du professeur se trouve une estrade qui s'apparente au siège d'un juge dans une salle d'audience. Il n'y avait personne d'autre, à l'exception d'une jeune femme en tailleur qui semblait être une secrétaire, et qui classait des papiers. De temps en temps, quelqu'un traversait la pièce et allait ranger correctement une chaise qui avait été repoussée lors de la dernière sortie des sénateurs.

– Je pense qu'un vote va bientôt avoir lieu, a annoncé Jackie, attendez un peu. Vous allez voir tous les sénateurs se précipiter dans la pièce.

Mais ça a été bien plus « mouvementé ». L'Officiel est arrivé dans la galerie et s'est dirigé vers nous d'un pas décidé. Il avait la même expression innocente et joyeuse, mais il n'était pas heureux comme je l'avais cru. Il se rengorgeait. J'ai eu l'intuition soudaine qu'à cet instant, si tout ne se déroulait plus comme il le voulait, on lui verrait une tout autre expression, et il n'aurait plus du tout l'air d'un père.

J'ai échangé un regard affolé avec Nia, qui l'avait elle aussi remarqué. Il s'est penché pour murmurer quelque chose à l'oreille de Jackie, et elle a tapé dans ses mains comme un enfant à Noël. Elle adressait d'immenses sourires à M. Fowler et à l'Officiel.

– Les enfants, j'ai une excellente nouvelle, a-t-elle déclaré. Cet homme remarquable ici présent s'est arrangé pour que quatre élèves puissent aller voir la salle.

– Je les escorterai moi-même en bas, a ajouté l'Officiel, et veillerai à leur, euh... (Avais-je été la seule à remarquer qu'il s'interrompait ?) sécurité.

– Voulez-vous que je sélectionne les élèves ? a proposé M. Fowler. Nous avons quelques vrais mordus de politique, comme Allie K., là-bas, et ce serait un honneur...

– Pourquoi pas ces quatre-là ? l'a coupé l'Officiel en désignant, bien sûr, Callie, Hal, Nia et moi. Ils m'ont l'air très calés en Histoire américaine.

Est-ce qu'il riait ? J'ai bien remarqué qu'il nous regardait comme s'il s'attendait à ce qu'on rie aussi, à ce qu'on apprécie sa manœuvre, un peu comme une super blague entre nous. J'ai également vu que le garde au tatouage était arrivé, et bloquait la porte qui était notre seule issue.

J'ignore ce qu'on aurait fait si l'Officiel ne s'était pas penché vers nous.

– Si vous tenez à la sécurité d'Amanda, nous a-t-il murmuré, vous allez venir avec moi sans protester.

Peut-être qu'on aurait dû essayer de fuir ? Demander de l'aide à M. Fowler ? Nous tourner vers Cisco ? Ou juste hurler ?

Mais on a cru l'Officiel, alors on s'est levés sans rien dire et on l'a suivi. Nia n'a même pas jeté un coup d'œil à Cisco en passant.

En descendant les escaliers derrière l'Officiel, j'ai remarqué le tombé impeccable de sa veste sur les épaules, sa coupe parfaite sur la nuque. Il semblait être le genre d'homme qui ne ratait jamais un détail. La mallette fatiguée qu'on lui avait vue la première fois avait disparu, et je me suis demandé si elle faisait partie de son déguisement. Amanda m'avait expliqué que, parfois, un seul élément permettait de se faire passer pour quelqu'un d'entièrement différent.

J'ai aussi remarqué les gardes. Celui au tatouage était deux mètres derrière, et celui qui s'était endormi dans l'aérodrome, deux mètres devant.

L'Officiel ne nous a pas menacés. Il n'a même pas vérifié si on le suivait bien. Il marchait d'un pas rapide, affairé, souriant aux inconnus qu'on croisait, comme s'il acceptait leurs félicitations pour s'être sacrifié pour encadrer des ados.

Il nous adressait même un sourire de temps en temps.

On ne lui répondait pas.

Je crois que, même avec un pistolet sur la tempe, je n'aurais pas pu sourire. C'était comme si du lest était accroché à mes chevilles, et ma terreur grandissait à chaque pas. Était-ce la fin ? Était-ce le moment où on allait tous se retrouver ligotés à un lit d'hôpital dans un sous-sol, comme Thornhill ?

J'étais certaine de ne jamais revoir les autres élèves. J'étais sûre de ne jamais retrouver ma famille. J'ai regardé les autres guides : est-ce qu'ils comprenaient à quel point la situation était grave ?

Sûrement. Hal et Callie se tenaient par la main. Nia m'a lancé un regard qui contenait bien plus de peur que ce qu'elle accepte de montrer habituellement. Il fallait qu'on trouve une façon de s'échapper. Si seulement on avait pu parler sans que l'Officiel nous entende. Si seulement on avait su ce qui allait se passer ! Je me suis rappelé la camionnette qu'avait vue Hal, quand on avait failli être pris au Vietnam Memorial. Est-ce qu'elle nous attendait ? M. Fowler n'était peut-être pas le plus brillant des astres de la galaxie, mais il se rendrait tout de même compte qu'on avait disparu ?

Consternée, je me suis souvenue de Jackie nous parlant de tous les tunnels, entre les bureaux des députés. On serait loin avant que quelqu'un ne se doute de quoi que ce soit.

L'Officiel a ouvert une porte, et on l'a suivi dans la chambre du Sénat. Comme promis, on se tenait sur une moquette bleu nuit, face à des murs lambrissés de bois sombre, face aux rangs incurvés de bureaux en bois, juste sous l'estrade. Des enfants vêtus de gris déposaient un œillet rouge sur le siège de chaque sénateur. Quand j'ai levé les yeux vers la galerie, j'ai vu ma classe : tous les élèves avaient l'air de mortellement s'ennuyer, tandis que M. Fowler nous adressait de grands signes frénétiques. Le sénateur qui parlait à la caméra est parti quand on est entrés.

Mais il s'est tourné vers nous avant de partir, et son sourire avait disparu.

– On ne bouge pas, a ordonné l'Officiel. On ne parle pas.

La jeune femme qui classait des papiers sur l'estrade lui a jeté un regard acéré, et j'ai cru un instant qu'on était sauvés. Peut-être avait-il oublié qu'elle était là ? Peut-être allait-elle nous sauver ? Puis je l'ai reconnue : blonde, magnifique. Je me suis souvenue de l'avoir vue sous le porche des Rivera. Nia, Callie et Hal étaient à l'intérieur, et j'observais d'un peu plus loin. Cisco avait ouvert la porte, et elle s'était présentée comme étant Waverly Valentino, la tante d'Amanda. Cisco ne l'avait pas crue, et il semblait qu'il avait eu raison.

Elle nous regardait avec un sourire moqueur. L'Officiel lui a jeté un coup d'œil avant de se retourner vers nous, et j'ai eu l'impression qu'il avait de mauvaises nouvelles. Le sénateur aux idées embrouillées est alors entré de nouveau, et il est passé à quelques pas de nous.

C'était comme de regarder quelqu'un tirer un rideau sur une fenêtre illuminée la nuit : l'Officiel changeait d'expression en figeant certains traits de son visage et en en accentuant d'autres. J'ai lu un jour que, dans les années 1950, des psychologues avaient analysé les milliers de micro-mouvements que pouvaient faire les humains avec leur visage, et en avaient déduit une sorte de catalogue pour communiquer avec le monde entier. Normalement, il est impossible de contrôler ces mouvements, mais l'Officiel en semblait capable. Il était habile au point de transformer son visage en masque. Fini, l'androïde maléfique, terminés, le méchant fier de lui et l'adulte gentil. C'était maintenant un homme qui ressemblait vraiment à un officiel du gouvernement : zélé, impersonnel et terne.

– Vous avez oublié quelque chose ? a-t-il lancé au sénateur.

L'homme a tendu la main comme pour le saluer, tout en continuant de farfouiller sur l'estrade.

– Mes lunettes, a-t-il répondu en les voyant enfin sur le bureau.

Une pensée m'a traversé l'esprit : peut-être qu'on pouvait essayer d'attirer son attention sans que l'Officiel remarque qu'on appelait à l'aide ? Mais toutes mes idées me semblaient irréalisables : écrire un mot et le glisser dans sa poche, par exemple. On n'avait pas assez de temps.

C'était comme si l'Officiel avait lu dans mon esprit.

– Il vous est complètement inutile, a-t-il murmuré. C'est incroyable qu'à notre époque basée sur les médias, quelqu'un d'aussi vieux se présente pour être réélu.

Il nous a fait signe de nous avancer vers une rangée de chaises installées juste derrière la caméra, qui avait été retirée. Elles étaient collées les unes contre les autres, et j'avais tellement peur que j'étais heureuse d'être serrée entre Hal et Nia.

Je commençais à m'habituer aux fourmillements électriques qui me parcouraient chaque fois qu'on était tous en contact, et c'était réconfortant. J'avais l'impression qu'on était plus forts quand on était ensemble. Peut-être qu'on avait encore le pouvoir de résister ?

– Je tiens à vous expliquer, a commencé l'Officiel quand on s'est assis.

Il parlait de façon impassible et ennuyée. Ça pouvait faire partie de son déguisement : personne ne pouvait nous entendre depuis la galerie, mais, s'il donnait l'impression de nous réprimander ou de nous menacer, M. Fowler le remarquerait. Enfin, si ça avait été un professeur autre que M. Fowler, il l'aurait remarqué. Quoi qu'il en soit, c'était un des nombreux visages de l'Officiel, et il aurait été apaisant si on n'avait pas eu conscience des intentions sinistres qui se cachaient derrière son discours.

– Le premier point, c'est que vous n'avez aucune possibilité de vous échapper, a-t-il repris. Je sais ce que vous vous dites : que, si vous avez réussi à vous échapper tout ce temps, vous y arriverez de nouveau. Alors écoutez-moi bien : jusqu'à maintenant, je ne *voulais* pas vous attraper. Je vous observais. Je vous ai vus nettoyer les graffitis d'Amanda sur la voiture du principal, et toi, Zoé, je t'ai vue les regarder.

– Nous n'avons pas peur de vous ! a craché Nia.

– Tant mieux pour vous, mademoiselle Rivera, a dit l'Officiel comme s'il parlait à une enfant de trois ans qui vient d'apprendre à faire dans le pot. Mais vous devriez.

Il a eu un petit rire, comme amusé de sa propre blague. L'adulte gentil et désintéressé, qui s'inquiétait seulement pour notre sécurité, était de retour.

– Le problème avec les ados d'aujourd'hui, c'est que vous vous croyez immortels. Vous pensez qu'il ne peut rien vous arriver de mal. C'est comme ça que vous finissez par sauter d'un pont dans une rivière où vous n'êtes pas censés nager, ou dans d'horribles accidents de voiture.

– Nous ne faisons rien de tout ça, a répondu Nia. Ce n'est pas nous qui créons le danger. C'est vous.

L'Officiel a haussé les épaules.

– À vous de voir, a-t-il déclaré. Si vous voulez continuer de fuir, je continuerai de vous pourchasser. Jamais je ne vous lâcherai. Vous n'imaginez pas les ressources dont je dispose. Vos parents ne peuvent pas vous aider. Déjà, en vous mêlant de cette affaire, vous avez mis vos frères et sœurs en danger. Vous ne tenez pas à aggraver la situation, n'est-ce pas ?

Hal n'a pas pu dissimuler le regret et la peur sur son visage. Il pensait à Cornelia, et il regrettait de l'avoir impliquée. Il lui avait parlé de leur père, de ce qu'on avait découvert à la faculté, et de tout ce qu'on avait compris sur le programme C33. Pourquoi n'avait-il pas anticipé le danger, ne lui avait-il pas dit de se cacher ? Ou de rester près de leur père ?

La tension est devenue presque palpable à mesure que chacun pensait aux risques que nous faisions courir à nos familles. Je songeais à Iris et Pen, à ce que mes parents avaient sacrifié pour nous protéger, et à la façon dont j'avais tout réduit à néant.

– Pour être honnête, a repris l'Officiel à voix basse, comme pour lui-même, plus vous vous rapprochez d'Amanda, plus je me rapproche d'elle. Finalement, peut-être vaut-il mieux vous laisser filer dans la nature ?

– Vous avez dit que vous la teniez déjà, suis-je intervenue.

– Ah oui ? L'important, c'est que ce sera bientôt le cas. Elle viendra vous chercher en courant. Vous m'intéressez uniquement comme appâts. Mais j'ai promis à Joy de vous livrer en un seul morceau, a-t-il ajouté en bâillant. Il voudrait que vous l'aidiez dans ses recherches. Et, sincèrement, une fois qu'Amanda sera là, ça ne me posera aucun problème de vous enfermer comme rats de laboratoire humains jusqu'à la fin de votre vie.

– Ça ne marchera pas, a répliqué Hal. Trop de gens bien luttent contre ça.

L'Officiel a plongé son regard glacial dans le sien, et Hal s'est recroquevillé.

La peur montait en moi aussi. J'essayais de lutter contre la panique, de ne pas supplier. Mais j'ignorais combien de temps je pouvais tenir.

Tout à coup, j'ai entendu une sonnerie stridente. J'ai cru que mon esprit me jouait des tours : il était tellement rempli de peur, d'adrénaline et de questions, que ce n'était pas étonnant qu'il se mette à sonner. Que se passait-il ?

CHAPITRE 25

Le bruit n'était pas le fruit de mon imagination. Les enfants qui distribuaient les œillets ont redressé la tête, posé les fleurs, et sont sortis rapidement. J'ai entendu notre classe se lever. Jackie parlait d'une voix nasillarde de « rangs ordonnés », « sans bavarder » et de « se diriger vers l'issue la plus proche », tandis que M. Fowler comptait, s'assurant que tout le monde était dans son champ de vision.

Incroyable comme il a fallu longtemps à mon cerveau pour comprendre que c'était une alarme incendie. Une alarme incendie ? Au Capitole ? Qui l'aurait cru ?

Avant que M. Fowler n'ait eu le temps de finir de compter et de se rappeler qu'on était en bas, l'Officiel l'a interpellé.

– M. Fowler ! a-t-il lancé avec la voix confiante d'un futur président entre deux hurlements de l'alarme. Vos élèves sont là et, par mesure de sécurité, je les escorterai moi-même au point de rendez-vous de votre classe sur la pelouse du Capitole.

M. Fowler avait l'air à la fois effrayé, distrait et reconnaissant. Il a hoché la tête, avant d'agiter les bras pour faire accélérer le pas aux élèves. Il nous a jeté un dernier regard, comme s'il se demandait s'il était bien sage de laisser quatre de ses élèves seuls avec un inconnu dont il ignorait même le nom. L'Officiel a alors posé la main sur l'épaule de Callie avec un sourire rassurant de bon papa. Le temps qu'elle se dégage d'un haussement d'épaules, M. Fowler avait tourné les talons.

– Oh non ! a dit l'Officiel en réponse au geste de notre amie.

Il parlait d'une voix lente et basse, comme s'il s'ennuyait à mourir.

– Vous ne craignez pas qu'il y ait un vrai feu ?

L'Officiel s'est contenté de sourire, ce qui a confirmé mes doutes : cette alarme n'avait rien d'accidentel. La femme, qui pour moi s'appelait toujours Waverly Valentino, était descendue de l'estrade pour venir se placer au côté de l'Officiel.

– Maude Cooper, a-t-il lancé en guise de présentation. Une ancienne C33. Avez-vous lu son dossier ?

– Non, a répondu Hal.

– Là où un grand nombre de C33 ont vu leurs capacités d'empathie améliorées, Maude a été modifiée dans l'autre sens. Elle ferait une excellente gardienne de prison, ou un très bon bourreau. Joy comptait l'utiliser comme taupe : elle infiltrerait des organisations secrètes sans jamais que son jugement ne soit biaisé par les relations qu'elle y développerait. Comme vous le voyez, certains C33 se sont révélés utiles, au lieu d'être sources de problèmes. Elle va vous escorter jusqu'à votre prochaine destination.

Maude nous a fait signe de passer devant elle :

– Par ici.

Les couloirs du Capitole étaient remplis de gens cherchant à sortir.

On a tourné dans un couloir où le flot de gens se transformait en petit ruisseau, avant de passer une porte et de descendre un escalier sur plusieurs niveaux. Une fois arrivés dans ce qui devait être un sous-sol, on était seuls. Il y avait des rangées de casiers qui recouvraient les murs, des salles de repos et de stockage, ainsi qu'une immense cuisine. Je sentais l'odeur de nourriture en train de cuire, le même fumet que dans les couloirs de l'école près du réfectoire. L'alarme sonnait toujours quand Maude a ouvert une autre porte et nous a conduits dans une salle à manger, où les tables étaient dressées avec des nappes blanches et de belles serviettes. L'heure du déjeuner était passée depuis longtemps, et elles semblaient prêtes pour le lendemain.

– C'est la salle à manger des sénateurs ? a demandé Callie.

Nia n'a pas pu s'empêcher d'avoir l'air intéressé. Non loin des portes d'entrée se trouvaient les trains qui circulaient dans les tunnels sous le Capitole, et permettaient aux hommes et aux femmes du Congrès de se rendre à leurs bureaux, aux salles à manger, et aux deux chambres lorsqu'un vote était nécessaire.

Les trains ne ressemblaient pas à des trains. C'étaient plutôt le genre de petits chariots qu'on conduit dans les parcs d'attractions: ouverts sur les côtés, avec un auvent sur le dessus et des bancs de trois places.

Je me suis demandé s'ils fonctionnaient malgré l'alarme incendie. J'ai eu ma réponse immédiatement: Maude nous a fait signe de descendre sur les rails pour traverser le tunnel.

– Et si l'alarme s'arrête et que les trains se remettent en route? a demandé Nia. Qu'est-ce qui va se passer?

– Vous feriez mieux de vous dépêcher, a répondu Maude, ou on va très vite le découvrir.

– Les alarmes incendie finissent par être coupées, ai-je dit. M. Fowler va remarquer notre absence, et il va appeler la police.

– C'est prévu. Et, quand les agents viendront, nous leur fournirons toutes les preuves nécessaires pour qu'ils concluent que vous avez profité de la confusion pour vous enfuir. Heidi témoignera, et je suis sûre qu'elle ne sera pas la seule, de votre comportement étrange au cours des semaines passées. La police va savoir que vous étiez secrètement amis avec Amanda Valentino, et que sa disparition vous a inspirés, que vous avez voulu faire pareil. Vous montrez tous les quatre des signes d'instabilité. Vous êtes mécontents, et votre amitié vous a servi à concocter ce plan de fuite.

– Mes parents vont engager un détective privé, a prévenu Nia. Ils ne lâcheront pas prise. Ma mère va faire le siège de la police de Washington pour être sûre que les agents remuent ciel et terre afin de me retrouver.

On arrivait au bout du tunnel, et on commençait à voir de la lumière.

– Et ils reviendront toujours les mains vides, a répondu Maude. Parce que vous ne serez plus là.

– Où est-ce qu'on va ? ai-je interrogé.

Depuis la mort de mon père, j'ai vécu dans beaucoup d'endroits différents. Chaque fois que je m'habituais à un lieu, il fallait repartir : être entraînée contre ma volonté est un sentiment que je connais bien. En revanche, avoir l'impression que ce pouvait être la dernière fois que je découvrais un lieu, c'était nouveau. À la façon dont le ton de Maude avait changé quand elle nous avait dit qu'on quittait Washington, je m'étais interrogée : voulait-elle dire qu'on devait se préparer à mourir ?

On a fini par sortir du tunnel et se retrouver au sous-sol des bureaux du Sénat. Comme il n'y avait pas là d'alarme incendie, Maude nous a fait passer devant des gardiens, et des hommes et des femmes en costumes et tailleurs. Monter un escalier, passer un couloir, descendre un escalier... Je me suis demandé si elle cherchait délibérément à nous désorienter, afin qu'on ne puisse pas retrouver le chemin si on cherchait à s'échapper.

Mais c'était inutile : avec un garde devant et un autre derrière, on ne risquait pas de tenter quoi que ce soit.

On a atterri dans un parking souterrain, et on s'est dirigés vers une camionnette banalisée, immatriculée 2Q2Q10. Hal s'est étranglé. J'ai su ce qu'il voyait avant nous : l'intérieur. Ils ont ouvert les portes battantes à l'arrière et nous ont forcés à monter. Ils nous ont menottés avec des sortes de liens en plastique, du même genre que ceux dont ma mère se sert pour fixer les étagères aux équerres sur les murs, avant de nous pousser sur des bancs. Chacun de nous était attaché au sol par un lien de plastique et un boulon, mais rien d'autre ne nous retenait au banc.

– Ma mère sera folle de rage quand elle apprendra tout ça. Elle vous enverra en prison jusqu'à la fin de vos jours, a sifflé Nia à Maude.

– Pour la première fois de ta vie, a-t-elle répondu, tu vas te retrouver hors du rayon de contrôle de ta mère. J'aurais cru que ça te ferait plaisir.

– Dans cette situation, rien ne pourrait me faire plaisir, a répliqué Nia avec un regard noir.

Maude a fermé la porte. Il faisait sombre. Très, très sombre.

Quand on fait un trajet en camionnette sur un banc avec les mains attachées et une cheville liée au sol, ça devient très vite inconfortable. Chaque fois qu'on passait une bosse, j'essayais de maintenir ma position, mais on glissait tous, on oscillait et on se rentrait dedans, percutant les parois.

Au bout de quelques minutes, j'ai senti le plastique des liens mordre ma peau. Je n'imaginais même pas ce que pouvaient ressentir Hal et Callie. Au moins, Nia et moi portions des bottes.

La camionnette a dû entrer sur une autoroute, parce qu'on était moins secoués. Du coup, la douleur dans mes poignets et ma cheville s'est faite moins intense. Un peu moins.

– Je suppose qu'on va avoir zéro à la chasse au trésor, a lancé Hal.

Lui et moi étions assis face à Callie et Nia.

Je n'ai pas pu m'en empêcher : j'ai éclaté de rire.

– C'est probable, oui ! ai-je répondu.

– Au moins, on aura essayé ! a répliqué Callie en riant elle aussi.

Toute cette histoire... c'était complètement absurde.

Nia était dans le même état que nous, mais elle a essayé de s'exprimer malgré tout.

– Et personne d'autre n'a dû travailler dessus tout en étant poursuivi... (Elle s'y est reprise à trois fois pour aller au bout de sa pensée.) En étant poursuivi, a-t-elle répété. En étant poursuivi par... par les gorilles de l'Officiel !

Je riais si fort que des larmes ont dévalé sur mes joues. J'ai essayé de les essuyer avec le dos de mes mains attachées, mais c'était beaucoup trop compliqué. J'ai préféré les laisser couler.

Quand on a eu fini de rire, et qu'on a repris conscience des parties douloureuses de notre corps, Callie a demandé :

– Et maintenant ? Il va nous arriver quoi, à votre avis ?

Même s'ils ne pouvaient pas me voir dans l'obscurité, j'ai secoué la tête.

– J'aimerais bien le savoir, a répondu Hal.

On s'est tus un moment. Personne n'avait plus vraiment le cœur à parler. Tout à coup, la voix de Nia s'est élevée :

– Élève un enfant, a-t-elle déclaré.

Il m'a fallu un moment pour reconnaître la citation : le Proverbe cité sur l'obélisque du Washington Monument, qu'on avait recopiée sur notre feuille.

– Le flambeau a été transmis, a continué Hal.

– Nous supporterons n'importe quel fardeau, surmonterons n'importe quelle épreuve, soutiendrons n'importe quel ami, ai-je ajouté.

– Renaître dans la liberté, s'est souvenue Nia.

– Les noms ont été rédigés, a récité Callie.

– Ils nous ont été enlevés, ai-je dit.

– Les yeux du monde sont fixés sur vous, a conclu Hal.

Comme pour tous les indices d'Amanda, j'ignorais s'il s'agissait de quelque chose de réel, d'un code secret ou d'un message transmis directement à nos esprits, ou encore des trois à la fois. Cependant, il y avait une chose dont j'étais sûre : c'était elle qui avait fait ressortir les lettres d'une façon visible uniquement à travers un objectif. Ils constituaient son message pour nous.

Bizarrement, ces mots me donnaient la certitude que, quoi que manigance l'Officiel, quoi qu'il ait pu arriver à nos parents, on allait y mettre fin. On allait saboter les plans de l'Officiel.

Plus fou encore : même attachée dans une camionnette, bringuebalée dans tous les sens sur un banc, les bras et le dos douloureux, et des larmes plein les joues, je croyais encore en Amanda. Si elle affirmait qu'on allait précipiter la chute de l'Officiel, alors c'était vrai.

Je croyais en elle parce qu'elle croyait en moi. Je savais qu'elle n'était pas le résultat de manipulations génétiques réalisées par le Dr Joy sur ses parents. Ça n'avait rien à voir avec des pouvoirs, ou des capacités secrètes. C'était l'essence de son être, sa personnalité, l'expression de son regard. C'était la façon dont elle transformait en œuvre d'art tout ce qu'elle touchait. Ses carnets, ses vêtements et même ses années de fuite portaient son empreinte. Impossible de faire taire sa voix. Elle avait traduit une ville, ses monuments officiels, son cimetière militaire en poème, poème qui nous apportait un peu de réconfort dans cette atroce camionnette. Je me le suis récité dans ma tête, encore et encore. Je ne pouvais me raccrocher qu'à ça, mais c'était déjà assez.

Élève un enfant.
Le flambeau a été transmis.
Nous supporterons n'importe quel fardeau, surmonterons n'importe quelle épreuve, soutiendrons n'importe quel ami.
Renaître dans la liberté.
Les noms ont été rédigés. Ils nous ont été enlevés.
Les yeux du monde sont fixés sur vous.

Chapitre 26

Quand la camionnette s'est arrêtée et que les gardes ont ouvert les portes, il faisait nuit. Ma jambe n'en pouvait plus de douleur et, dès que le garde a coupé le lien, ça a empiré. C'était comme de réveiller une partie du corps qui se serait endormie. Mes épaules me faisaient mal, et mes poignets étaient en feu.

Pendant qu'on nous traînait vers un bâtiment, j'ai essayé de me repérer. On se trouvait sur un parking. J'ai vu des chênes. Les murs étaient en brique. On pouvait être n'importe où.

Lorsque le garde m'a poussée pour monter un trottoir, j'ai vu un panneau : « PARKING RÉSERVÉ AU PERSONNEL ». Et, en dessous : « FACULTÉ DE PHARMACIE D'ORION ».

Bien évidemment. Il fallait que l'Officiel nous ramène là où tout avait commencé : dans le complexe d'expérimentation humaine C33 abandonné du Dr Joy, sous lequel se trouvait un bijou de technologie, son laboratoire tout récent et complètement fonctionnel.

– Dépêchez-vous ! a ordonné Maude en sortant de la camionnette côté passager, son portable à l'oreille.

– Qu'est-ce que l'Officiel compte faire de nous ? a demandé Nia.

– Probablement rien, a-t-elle répondu. Vous devriez plutôt vous inquiéter du Dr Joy. Mais c'est surtout la venue d'Amanda qui devrait vous préoccuper. Si elle ne se montre pas rapidement, j'ignore ce dont l'Officiel serait capable pour attirer son attention.

– Elle ne viendra pas, a affirmé Callie. Elle est trop futée. Et elle sait qu'on peut se débrouiller.

Maude a souri en nous dépassant, et agité la main en s'éloignant.

Bien sûr, Maude avait raison. Mais on ne l'a compris que lorsque les gardes nous ont pratiquement jetés dans une pièce vide, à l'exception de quatre lits identiques à ceux qu'on avait vus dans le dortoir des C33, et d'une table. Un plateau y était posé, avec des sandwichs et quatre briques de lait chocolaté, ainsi qu'un petit mot :

« Les enfants :

Bon appétit. Nous nous verrons bientôt pour discuter. Tout va bien se passer.

Oncle Joy »

« Les enfants » ? Il nous prenait pour quoi, des gamins de neuf ans ?

Je me suis dit que la nourriture était peut-être empoisonnée ou droguée, mais on avait tellement faim qu'on s'est jetés dessus. De plus, on ne voyait pas ce qui pourrait nous arriver de pire. Quand on a eu fini, Callie a frotté les marques rouges sur ses poignets, Nia a fait les cent pas en boitant, et Hal s'est assis sur un lit. Les mains crispées sur le bord du matelas, il avait la tête en arrière et les yeux fermés.

Même si je n'avais pas à me cacher de qui que ce soit, je me suis laissée aller à la tentation de me rendre invisible. Je me suis placée dans l'ombre d'un petit placard. J'ai rentré mes mains dans les manches de ma veste. J'ai apaisé mon visage en respirant lentement, me remémorant mon père qui préparait des biscuits de Noël en fredonnant *We are the world.* Il avait toujours été ridiculement attaché à la culture des années 1980, et je comprenais désormais que c'était dû à son initiation brutale à la pop en 1984. Ce souvenir de lui, dos à moi, passant d'un bout du plan de travail à l'autre, était l'un de mes premiers, et c'était suffisant pour me rendre forte. J'ai commencé à fredonner sa chanson dans ma tête, me connectant à son rythme.

– Où est Zoé ? a demandé Hal.

Je suis alors sortie de l'ombre, les laissant me voir. Nia a levé les yeux elle aussi, comme si la voix de notre ami l'avait tirée de l'espèce de transe dans laquelle elle était plongée.

– Je viens d'avoir une vision très étrange de l'Officiel dans son bureau, a-t-il repris. Peut-être que, si on se tient les mains, je distinguerai mieux les détails.

On a obtempéré, et il a pu partager avec nous ce qu'il voyait. Ça ne nous a pas perturbés d'être capables désormais de partager les visions de Hal et de Nia. Nos pouvoirs avaient fait un bond en avant. Mais on était trop concentrés pour s'en soucier.

Contrairement aux visions de Nia, fragmentées et comme tirées d'un film, celle de Hal était extrêmement claire. C'était comme de voir à travers de l'eau et du verre, comme les rochers dans un aquarium.

L'Officiel était appuyé contre le dossier de son fauteuil de bureau, et il faisait craquer ses jointures.

– Il a peur, ai-je dit, énonçant ce qui était évident pour moi.

– Mais de quoi ? a demandé Nia.

– Il a peur d'Amanda. Il attend qu'elle arrive et, plus il attend, plus il a peur.

– Wow ! a soufflé Hal. Impressionnant.

– Alors on ne peut pas baisser les bras, a affirmé Callie. (Sa voix m'a apaisée et m'a redonné confiance.) C'est ce que veut l'Officiel. Il s'y attend. Mais c'est hors de question.

– Tu as raison, a répondu Nia, rassérénée elle aussi par la force de conviction de notre amie. Commençons par le commencement : Callie, est-ce qu'il y a un moyen de sortir d'ici ?

Les fenêtres étaient si hautes qu'on ne pouvait pas les atteindre. Callie a essayé la porte, mais le métal était trop solide. Nia a posé la main dessus :

– Elle est entourée d'acier, et bloquée par deux barres qui s'enfoncent dans les murs sur un mètre de chaque côté.

– Une minute ! s'est exclamé Hal. Comment tu as pu voir ça ? Je croyais que tes visions étaient toujours liées à des gens.

– Et bien, c'est le cas : j'ai vu les hommes mettre les barres en place, a expliqué Nia. L'un d'eux a dit : « Ça, c'est du verrou ! », et l'autre a répondu : « Ils essaient de faire quoi, reconstruire Fort Knox ? »

– Mais tu as aussi vu que les barres s'enfonçaient dans les murs sur un mètre.

– C'est vrai, a-t-elle acquiescé. Étrange. Comment j'ai pu le savoir ? (Elle a réfléchi un instant, puis son visage s'est illuminé.) Ils tenaient les plans du bâtiment ! Je les ai vus : ils les avaient à bout de bras et ils les étudiaient. Peut-être que c'est comme ça que j'ai su ? Que mon cerveau a enregistré l'information sans que je m'en rende compte ?

– Peut-être, a répondu Hal d'un air dubitatif.

– Est-ce que tu vois autre chose ? a demandé Callie. Une porte secrète, ou un truc comme ça ?

Nia a fermé les yeux, avant de secouer la tête :

– Je les vois presque. Je m'en rapproche, et ils deviennent flous. Je vois les mains qui tiennent les pages. Je vois le blanc, les lignes, l'écriture, mais je n'arrive pas à tout garder dans ma tête !

– Alors il ne doit pas exister de moyen évident de sortir, a commenté Callie en pinçant les lèvres.

– Désolée, a fait Nia.

– Inutile de t'excuser, a répondu Hal. C'est déjà génial que tu aies pu en voir autant.

– Nos pouvoirs deviennent plus forts, a ajouté Callie. Mais je suis très surprise de la tournure qu'ils prennent.

– Je pense que ça vient surtout de toi, Callie, ai-je suggéré.

– Moi ? a-t-elle dit. Impossible. Mon pouvoir est le plus nul. Je ne vois pas le passé, le futur, ou dans la tête des gens comme vous. Je ne peux que casser des portes et soulever des trucs.

– Oh, que non ! a rétorqué Nia. Ton pouvoir est bien plus vaste que ça. Ta mère l'a dit : tu peux te dresser contre les autres. Et, quand on est tous en contact, je pense que notre force vient de toi. C'est toi qui fais grandir tous nos pouvoirs.

– Wow ! a soufflé Callie avec un minuscule sourire.

– D'après Rosie, Amanda possède chacun de nos pouvoirs, nous a rappelé Hal. Ensemble, on forme un tout, et ce tout, c'est Amanda.

– Tous ses efforts pour nous rassembler et faire de nous une équipe, a ajouté Callie, c'était bien plus que pour du soutien moral. Elle savait qu'on serait plus forts à quatre. Maintenant, il faut qu'on se serve de ces dons et qu'on trouve un moyen d'aider Amanda.

– Hal, est-ce que tu as vu quelque chose au cours des dernières minutes ? a demandé Nia.

– Non, a-t-il répondu. La source est tarie.

– Peut-être qu'on devrait se prendre les mains de nouveau ? a proposé Callie. Ça nous a bien aidés pour les visions de Nia.

On a tous acquiescé. On a formé un cercle entre deux lits, main dans la main. La connexion électrique habituelle s'est aussitôt mise en place. Et soudain, dans un sifflement et un petit bruit sec, toutes les lumières se sont éteintes.

– C'était nous, ça ? ai-je demandé en tournant la tête dans le noir.

– En fait... je crois que c'était moi, a avoué Nia d'une petite voix.

– Tu as éteint toutes les lumières du bâtiment ? s'est exclamée Callie. Comment... ?

– J'ai vu les plans de nouveau. Je ne sais pas pourquoi, mais ils ont jailli quand on s'est pris les mains. En les analysant, j'ai réussi à faire un truc : j'ai trouvé un diagramme électrique, j'ai isolé le coupe-circuit et, en le regardant, je me suis concentrée sur l'interrupteur principal. Et, là, ça a... explosé. Mon cerveau est devenu une espèce de fer à souder vivant.

Hal a poussé une exclamation qui résumait nos pensées à tous.

On s'est tus, et on a remarqué que tout dans le bâtiment était également silencieux. On n'entendait plus de machines au sous-sol, mais des bruits de course dans le couloir, des pas et des voix qui criaient :

– Par ici ! Le secteur neuf !

La lumière de secours s'est mise en route dans la pièce, rouge et faible. Elle nous éclairait depuis le haut de la porte et des néons sur les murs. Abasourdis, on a laissé retomber nos mains.

Puis les yeux de Hal se sont mis à briller. Il venait d'avoir une vision. Je le savais.

– Qu'est-ce que tu as vu ? a murmuré Nia. Qu'est-ce qui se passe ?

– C'est Amanda, a-t-il répondu. Elle est là.

C'est alors que des gardes ont brusquement ouvert la porte.

– Levez-vous ! ont-ils hurlé. Sortez ! Maintenant !

CHAPITRE 27

Les gardes se sont précipités à l'intérieur, ils ont poussé Hal en avant et attrapé sans douceur Nia par le coude, avant de tous nous faire courir dans le couloir. On est passés devant les portes de l'ancien dortoir, on a descendu un escalier, franchi une double porte, et on est arrivés dans le laboratoire dernier cri.

Les gardes nous ont alors livrés à l'Officiel, qui se tenait sur une plate-forme au beau milieu de la pièce, comme s'il s'agissait du centre de commande d'un vaisseau de *Star Trek*. Maude était un pas derrière lui. Même dans le faible éclairage d'urgence provenant d'ampoules au-dessus de la porte et de petits spots au sol, je voyais bien que sa blouse était immaculée et ses cheveux blonds parfaitement coiffés, comme si elle était constituée d'un matériau synthétique.

Tous les laborantins qu'on avait vus s'affairer la dernière fois avaient disparu, et semblaient être partis en grande hâte. Des papiers, des tubes à essai et autres accessoires de scientifiques fous étaient éparpillés sur les paillasses. J'ai également remarqué des ventilateurs, des brûleurs à gaz, des vases à bec et des décanteurs de toutes tailles, des centrifugeuses, des réfrigérateurs...

– Je ne vois que trois gamins, a dit l'Officiel. Où est la quatrième ?

Je me suis alors rendu compte que j'avais disparu sans le vouloir. Je me tenais derrière un pilier, tout mon corps faisait écho aux bruits du laboratoire. Quiconque regarderait vers moi conclurait que j'étais comme l'équipement scientifique, que j'avais ma place dans cette pièce.

– La Caméléon, c'est vrai..., a murmuré l'Officiel avant de regarder Maude. Cherchez cette fille, la petite Costas. Elle sera là où vous vous y attendez le moins. (Il pensait que j'avais eu l'intelligence de me cacher en chemin... ce qui aurait été une excellente idée.) Elle n'a pas pu aller bien loin. Et, de toute façon, ces trois-là suffiront à faire sortir Amanda de sa cachette.

Maude a fait signe aux gardes de la suivre, et la porte s'est refermée derrière eux avec un cliquètement et un grincement métalliques. Tout comme à l'étage, ce verrou-là ne serait pas facile à briser.

– Amanda ! a lancé l'Officiel. Je sais que tu es là. Et je détiens tes amis !

Était-elle réellement là ? J'ai tourné la tête, et aperçu quelque chose du coin de l'œil. Elle se tenait dans la pièce où on s'était cachés la première fois, celle dont le panneau indiquait « STOCKAGE DES ÉCHANTILLONS GÉNÉTIQUES », c'est-à-dire du sang. Elle gardait son visage dans l'ombre, mais l'éclairage d'urgence révélait la courbe de sa joue et l'arête de son nez.

– Tu es suffisamment intelligente pour savoir que tu as plus besoin de moi que je n'ai besoin de toi, a continué l'Officiel. Vois-tu, il te sera impossible de progresser plus loin toute seule.

La porte du Stockage des Échantillons Génétiques s'est ouverte en grand.

– Oh, alors j'ai besoin de vous ? a répliqué Amanda d'une voix forte.

L'Officiel a brutalement tourné la tête et posé les yeux sur la silhouette floue de notre amie. Elle est sortie de sa cachette et s'est dirigée vers le centre du laboratoire.

– Rappelle-toi, a soufflé Hal comme elle passait devant lui, il a peur de toi.

– Pas le moins du monde ! a rétorqué l'Officiel.

Amanda était en pleine lumière et je voyais son sourire en coin, plein d'ironie.

– « La seule chose que nous ayons à craindre, c'est la crainte elle-même », a-t-elle cité.

Elle a froncé les sourcils et plongé son regard dans celui de l'Officiel, avec l'air de chercher quelque chose de lointain à l'horizon : un oiseau en vol, ou un repère à peine visible.

Sa voix s'est élevée, forte et rassurante, mais aussi mystérieuse, douce, profonde et incroyablement claire :

– Voyez-vous, ce que vous faites ne restera pas impuni.

Callie, Hal et Nia se sont rassemblés autour d'elle. L'Officiel a tenté de soutenir son regard, sans grand succès. Il a détourné les yeux, puis il s'est redressé et les a posés sur les guides. Il s'est soudain rendu compte qu'il était seul avec nous, que Maude et les gardes étaient toujours dehors. Il a éclaté d'un rire de robot, sans âme, et Amanda a esquissé un semblant de sourire. Elle était prête à se battre.

– Tout ça t'amuse beaucoup, n'est-ce pas ? a lancé l'Officiel.

Le sourire de notre amie s'est effacé, et j'ai vu qu'il avait touché un point sensible. Lui aussi a dû le sentir, car il a continué d'enfoncer le clou :

– Toutes ces années, ça a dû être difficile de sentir que tu changeais différemment des autres, d'entendre ta mère te dire de ne pas y penser, d'ignorer ce que tu savais pouvoir faire. C'est pour ça que tu t'es lancée dans cette recherche spirituelle ? Le mystère, les déguisements, le catalogage, l'apprentissage de connaissances obscures...

Amanda a grimacé, comme si on la forçait à manger un plat qu'elle détestait.

– Pourquoi ne pas laisser tomber toute cette mascarade ? a repris l'Officiel. Tu pourrais devenir celle que tu es destinée à être. Imagine à quel point tu seras fière lorsque tu auras enfin déployé tout ton potentiel ! Imagine quelle puissance sera la tienne quand tu auras accepté que je t'aide et que je te dirige !

– Je refuse que vous me dirigiez, a-t-elle répondu calmement.

– Si tu restes seule, que vas-tu devenir ? Une artiste ? Une guérisseuse ? D'après Joy, tu as d'impressionnantes qualités artistiques. Peut-être deviendras-tu une écrivaine célèbre ? Ou une réalisatrice ? Ou bien une peintre, dont les tableaux seront exposés dans des musées ?

» Rien de tout ça ne fait le poids face à ce que je peux t'offrir. Tu le sais. Tu sais que je peux t'offrir la chance de devenir exceptionnelle.

– Exceptionnelle en quoi ? a répliqué Amanda. À être votre toutou, répondant au moindre de vos ordres ?

– Dans certains pays, les gens meurent de faim. Et leurs dirigeants ne font rien pour les aider. En six mois, tu pourrais réformer le gouvernement. Avec tes visions, ta compréhension du passé, du présent et de l'avenir, et ta force, tu pourrais changer le destin de millions de personnes.

Amanda restait parfaitement immobile, et elle écoutait.

– Le crime à l'échelle internationale ne fait qu'augmenter, a continué l'Officiel. Des trafiquants d'armes et de drogue, des voleurs opèrent en dehors de la juridiction des principaux gouvernements et des Nations unies. Leur argent les protège. Avec tes connaissances en langues, ta capacité de te déguiser, de lire dans l'esprit des gens, tu pourrais infiltrer les mondes hautement sécurisés de ces criminels.

» Tu serais importante, une alliée des dirigeants du monde, de la royauté, de ceux qui contrôlent les commerces et qui changent notre façon de penser. Imagine la vie que tu mènerais : des yachts, des fêtes, des avions privés, tout ce que tu désires.

» Et à la fin de ta vie... Crois-moi, des équipes de scientifiques travailleront à étendre au maximum sa durée si tu te joins à moi. À la fin de ta vie, tu pourras dire que tu as joué un rôle dans le changement de l'histoire de l'Humanité. Tu dois bien comprendre la logique de ma proposition ?

Des images me sont subitement apparues, mais ces visions ne ressemblaient pas à celles de Nia et Hal. Elles étaient plus floues, presque de couleur sépia, comme une vieille photo. J'ai su, sans comprendre comment, que je voyais ce que voyait Amanda : son avenir.

Elle portait une robe couleur de l'océan tropical, décorée de sequins et décolletée dans le dos. Elle se tenait sur une plage de sable blanc, ses longs cheveux blonds rejetés en arrière, un verre de champagne à la main, riant tandis qu'un vieil homme en uniforme militaire avec de nombreuses médailles et décorations s'inclinait devant elle et lui portait un toast admiratif.

Je l'ai vue, vêtue d'un treillis kaki et de bottes, coiffée d'une casquette de l'armée. Debout au sommet d'une dune, elle fouillait l'horizon à l'aide de jumelles, un lance-missile en bandoulière sur l'épaule.

Puis elle était à Paris, la tour Eiffel derrière elle, sur un trottoir bondé. Elle portait une veste de tailleur, une jupe crayon et de hauts talons, tenait une mallette à la main, et ses grands yeux gris-vert semblaient plus immenses encore sous ses lunettes de soleil. Elle entrait dans un bâtiment de verre, et pénétrait dans un hall moderne. Elle passait un badge dans un tourniquet de sécurité, puis se dirigeait vers une porte sous un panneau « SANS ISSUE. RÉSERVÉ AU PERSONNEL ».

Ce n'étaient pas les beaux vêtements ou les super-déguisements qui l'intéressaient. C'était le pouvoir. Je savais pourquoi. Toutes les deux, on avait perdu un parent. On était en fuite. On ne se sentait jamais en sécurité. Parfois, on avait l'impression qu'il fallait être la personne la plus forte pour ne pas se sentir menacée au milieu des autres. Amanda pouvait obtenir ça.

Mais elle n'en voulait pas.

– Je ne travaillerai pas pour vous, a-t-elle décrété.

– Tu sais, mon chou, a répondu l'Officiel d'un air presque triste, j'ignore quelle vision déformée de l'univers tu as, mais tout dans le monde tourne autour du pouvoir. Tu en as, ou tu n'en as pas.

– Ce n'est pas le pouvoir que vous proposez de me donner, a répondu Amanda en relevant le menton avec défi. « Il n'y a point d'assujettissement si parfait que celui qui garde l'apparence de la liberté ; on captive ainsi la volonté même. »

– Rousseau, bien sûr, a raillé l'Officiel. La volonté, l'expression de soi, le libre arbitre… Tout cela est bien trop surestimé. Soit on atteint le sommet de la montagne et on arrive de l'autre côté, soit on passe sa vie à regarder les semelles des chaussures de ceux qui ont réussi.

Il a appuyé sur le bouton d'une console de contrôle, et l'une des unités médicales s'est illuminée. Il devait y avoir un générateur que Nia n'avait pas détecté lorsqu'elle avait fait sauter le système électrique du bâtiment.

J'ai d'abord dû me protéger les yeux de la lumière soudaine avant de voir ce qui se trouvait à l'intérieur : deux chaises d'examen, semblables à celles qu'on trouve chez les dentistes, étaient installées côte à côte, tels des lits jumeaux. Dans l'espace entre les deux, un vieil homme tripotait une machine dont partaient des tubes et des fils. Il me semblait vaguement familier, mais je ne voyais pas son visage.

L'une des chaises était vide, mais l'autre était occupée. Et par Heidi Bragg. Elle était inclinée, les cheveux attachés en une queue de cheval parfaite, et les mains jointes posées sur ses genoux. Elle avait peur, je le voyais. Ses doigts étaient crispés parce qu'elle tremblait.

Je voyais aussi pourquoi elle avait peur : des dizaines de tubes et de fils étaient plantés dans son corps, un masque à oxygène lui couvrait le visage, une intraveineuse était fichée dans l'un de ses bras, et il y avait des électrodes sur ses tempes et sur ses poignets. Brittney Bragg se tenait juste derrière elle avec une main posée sur son épaule, comme pour apaiser sa fille avant le début d'une procédure médicale de routine.

Pourquoi Heidi était-elle là ? À quoi servaient tous ces tubes et ces fils ? Pourquoi sa mère coopérait ? Elle ne voulait pas se battre pour sortir Heidi de là ?

Le vieil homme s'est retourné et je me suis rendu compte que je l'avais déjà vu. Quand Hal, Callie et Nia avaient été à l'aérodrome où Thornhill était gardé prisonnier, je l'avais vu passer dans une Jeep.

Je connaissais cet homme. Je savais ce qu'il avait fait à nos parents. Je connaissais son nom. C'était le Dr Joy.

Bien qu'il ait près de quatre-vingts ans, il paraissait fort et plein d'énergie. Il avait une chevelure épaisse d'un blanc impressionnant, et le dos bien droit.

– Ah ! s'est-il exclamé en ouvrant les bras comme s'il nous accueillait chez lui. (J'ai pensé à toutes les horribles choses qu'il avait infligées à mon père, au petit garçon à qui on faisait une prise de sang dans la vision de Nia.) Les enfants. Enfin, vous voilà avec moi.

– Je vois que vous reconnaissez le Dr Joy, a repris l'Officiel. Et je suis certain que vous ne serez pas surpris d'apprendre qu'il a mis au point une nouvelle technologie pour nous assister dans notre projet.

Callie se tenait à côté de Hal et Nia, près du centre de contrôle de l'Officiel. Elle a effleuré la rampe, laissant une légère entaille. J'ai senti son geste aussi clairement que si elle m'avait frotté le dos: elle nous envoyait à tous de la force. Amanda a roulé des épaules. Moi aussi, je me suis sentie plus forte. Mais peut-être pas assez pour faire face à cet homme.

– Les enfants, a repris le Dr Joy en faisant un pas en avant, je ne suis pas un monstre. Je nourrissais les meilleures intentions envers vos parents. J'étais un oncle Joy aimant.

– Ils vous appelaient oncle Joe, l'a coupé Amanda. Comme oncle Joe Staline. Vous avez détruit de nombreuses vies.

– Pas moi, a objecté le Dr Joy en montrant les dents, les yeux brillants. C'est la faute du gouvernement, qui a arrêté mon programme. Vos parents étaient mes bébés, mes poussins dans un incubateur, et ça a été atroce, vraiment atroce pour moi, de devoir les lâcher dans un monde inconnu et glacé alors qu'ils n'étaient qu'à moitié formés.

– Si vraiment vous teniez à nous, vous détruiriez ce laboratoire. Vous nous feriez confiance pour qu'on soit qui on est, a répliqué Amanda.

Elle se tenait droite, les poings et les bras relâchés.

– Oh ! j'ai confiance, a ronronné le Dr Joy. J'ai confiance en ce qui se trouve en toi, Amanda. Ton sang, ton ADN, ce que tu es devenue... c'est bien trop magnifique pour être gâché. Tu es mon cadeau au monde. Alors, viens donc gentiment. Autrement, cette machine que tu vois servira à saboter notre travail.

– Comment ça, saboter ?

Amanda a étudié l'équipement comme si elle remarquait tout juste sa présence.

– Comme ça, a rétorqué l'Officiel d'une voix où montait la fureur d'être défié. (Je voyais bien qu'il n'en avait pas l'habitude.) Si tu prenais un peu du sang qui court dans tes veines et que tu l'examinais sous un microscope, la moitié de ce que tu verrais provient d'un tube à essai. Tu ne t'appartiens pas. Tu es un produit de ce laboratoire. Tu es la propriété du gouvernement. Tu n'es pas une personne, mais un ensemble d'améliorations qui nous ont fait dépenser beaucoup trop d'argent, de temps et d'énergie pour qu'on accepte de laisser tomber.

– Tu es du sang, a ajouté le Dr Joy. Nous le sommes tous. Mais toi, ma chère, tu es faite de sang qui est mien. Je l'ai créé. Avec cette machine, je suis prêt à distiller ce sang, à en extraire les améliorations et à les transmettre à un nouvel hôte.

– C'est ça que tu veux ? a demandé Amanda à Heidi. Tu veux être moi ?

Heidi a retiré le masque à oxygène.

– Je ne pourrais pas supporter d'être toi, a-t-elle corrigé. Je vais être mieux que toi. Je vais être moi, avec tes pouvoirs.

– Ou bien tu vas être détruite, a répondu Amanda. Tu risques de ne plus être capable de voir ou de réfléchir correctement. Tu pourrais devenir une expérience humaine qui a dérapé, un Frankenstein.

» Et s'il lui arrivait quelque chose ? a-t-elle ajouté à l'attention de Mme Bragg.

Mais, avant que la mère de Heidi n'ait pu répondre, j'ai vu que l'Officiel détournait son attention d'Amanda pour la première fois. Le Dr Joy a suivi son regard, comme nous tous.

L'Officiel observait quelque chose d'orange. Et de rouge. Qui s'agitait. Par la fenêtre de la salle de Stockage des Échantillons Génétiques, où se cachait Amanda quelques minutes auparavant.

– Pourquoi cette pièce scintille-t-elle ? a aboyé le Dr Joy d'une voix dure, comme s'il réprimandait un assistant maladroit.

– Est-ce..., a commencé l'Officiel.

Il s'est arrêté : il ne voulait pas de réponse à sa question.

Amanda a souri de nouveau :

– Oui. Il y a un incendie.

– Quoi ! s'est exclamé le Dr Joy. Comment est-ce arrivé ?

– Vous êtes un scientifique, a-t-elle répondu en faisant mine d'examiner ses ongles. Vous devez savoir comment naît un feu : un mélange de carburant, d'oxygène et de chaleur.

– Mais..., a-t-il balbutié.

– Pour être plus précise, je vous dirai que j'ai inondé la pièce de liquide d'allumage, et que j'y ai traîné quelques-uns de ces vieux matelas que, bizarrement, vous gardez sur les lits du dortoir où nos parents ont passé leur enfance. Vous devriez vous montrer plus prudents. Ce genre de truc peut devenir très inflammable.

L'Officiel et le Dr Joy échangeaient des regards incrédules.

– Voyez-vous, a repris Amanda, pendant que vous étiez occupés à kidnapper mes amis pour essayer de m'appâter dans ce laboratoire, j'y étais déjà, avant vous, pour préparer cette petite fête.

– Tu as... Tu as mis le feu à la salle de stockage du sang ? a rugi l'Officiel.

– Et vous savez le plus fou ? a continué Amanda. Je l'ai fait sans l'aide de super-pouvoirs. Le Dr Joy a passé le plus clair de sa vie à essayer d'en faire apparaître chez mes parents. Parfois, les pouvoirs sont inutiles. Tout comme le pouvoir. Parfois, il suffit d'avoir une allumette.

Elle a montré une pochette qui provenait de Play it again, Sam, son magasin préféré tenu par Louise Potts, une ancienne C33. Celle-ci adorait les accessoires, telles que les pochettes d'allumettes, un détail qu'appréciait Amanda.

Le Dr Joy est devenu blanc comme un linge. Il avait pris dix ans d'un coup.

– Désolée, a dit Amanda. Il y avait quelque chose là-dedans que vous ne vouliez pas passer au barbecue ?

CHAPITRE 28

Le Dr Joy s'est précipité vers la porte de la salle de stockage, l'a ouverte, et a aussitôt été englouti par les flammes.

C'est du moins ce que j'ai cru voir. Quand j'ai cligné des yeux, j'ai remarqué qu'il n'avait pas bougé d'un poil, mais qu'il était hypnotisé par le feu. J'ai jeté un regard aux autres guides. Tous avaient les yeux écarquillés, comme s'ils avaient eu la même *vision*. On venait de *partager* une vision.

Est-ce que, désormais, nos esprits étaient capables de se connecter même quand on ne se touchait pas ? N'y avait-il donc aucune limite à ce dont on était capables ?

– Zoé ! a sifflé Amanda, interrompant mes réflexions. Vas-y !

J'ai compris immédiatement ce que je devais faire. J'ai couru vers le brasier. Le Dr Joy, l'Officiel, Heidi et Brittney Bragg, et même Callie, Hal et Nia regardaient les flammes. Ils étaient fascinés. Personne ne m'a vue bouger.

Et soudain, comme dans notre vision, le Dr Joy s'est mis à courir. J'ai poussé un chariot rempli de vases à bec vides, qui l'a percuté, et ça a suffi à lui faire perdre l'équilibre, à l'empêcher de se jeter à corps perdu contre une porte plus brûlante qu'un four.

Puis, comme dans l'horrible ralenti d'un film, j'ai regardé le Dr Joy se relever en vacillant. Malgré mes nouveaux pouvoirs, je n'ai pas réussi à l'arrêter. Il a essayé d'actionner la poignée, mais elle était bien trop chaude et il s'est brûlé la main. Il a réessayé en l'enroulant dans un pan de sa blouse. Avant qu'il ait pu ne serait-ce que tourner la poignée, le tissu a commencé à brûler. Quand il s'est écarté, j'ai vu des trous aux bords brunis de la taille de balles de tennis dans sa blouse.

Il a titubé jusqu'à la paillasse, et il a attrapé un gant qui semblait être un croisement entre une manique et ce que porterait un astronaute dans l'espace. Mais Callie avait eu le temps de nous rejoindre, et sa force lui a permis de retenir le Dr Joy. Amanda, elle et moi venions de lui sauver la vie.

Toutefois, ça n'avait pas l'air de lui faire plaisir. Il s'est éloigné de la porte et l'a examinée un instant, incrédule, avant de s'effondrer sur le sol. Il a tendu les bras, comme s'il s'attendait à ce que les échantillons de sang deviennent humains et courent vers lui.

– Tout mon travail ! s'est-il écrié. Ma vie. Mon héritage. Le futur de l'espèce humaine !

– Réduits à néant, a dit Amanda d'une voix égale. Et en cendres.

– Amanda, les gardes arrivent, a averti Hal.

– Nia, a lancé notre amie. (Est-ce qu'elle parlait à voix haute ? Ou se servait-elle de ce nouveau pouvoir pour communiquer par télépathie ?) Nia, il est temps de verrouiller les portes.

Je n'avais pas la moindre idée de ce dont elle parlait. Et je sentais que Nia était tout aussi perdue.

Tout à coup, elle a partagé une vision avec nous tous : quelque chose de clair, net et factuel, qui a apaisé mon esprit terrifié et embrumé : les dessins qu'elle se rappelait, issus de sa vision.

Les ouvriers n'en faisaient plus partie, je ne voyais plus que des plans : des lignes claires, de bonnes proportions, des quadrillages et des graphiques, un schéma, mais aussi des dessins de pièces, de baies, de couloirs, de portes. Au-dessus de tout ça, il y avait de petites lignes plus claires. En les observant, j'ai compris qu'il s'agissait des plans de câblage électrique, informatique, du générateur, et du système de contrôle à distance des alarmes, des horloges, de la fermeture des fenêtres et de la ventilation. Normalement, il aurait fallu un ordinateur pour comprendre et décoder toutes ces informations, mais Nia les lisait comme s'il s'agissait d'un autocollant de pare-chocs, quelque chose qu'on doit pouvoir lire en un coup d'œil.

J'ai entendu des bruits de cliquètement, de glissements métalliques, et un coup sourd, puis les gardes qui grattaient aux portes.

Nia en profita aussi pour actionner le système anti-incendie dans la salle de stockage, réduisant les flammes à néant.

L'Officiel a pressé un bouton sur son talkie-walkie.

– Venez immédiatement, a-t-il ordonné.

– On est enfermés dehors, a répondu la voix calme de Maude.

– C'est de ta faute, a craché l'Officiel en jetant un regard noir à Amanda.

Elle a haussé les épaules et secoué la tête :

– En réalité, c'est Nia qui a fait ça. Elle a découvert comment s'introduire dans les systèmes du bâtiment. Vous êtes complètement à sa merci.

– Mais ce n'est pas ça, ton pouvoir ! s'est exclamé l'Officiel en se tournant vers Nia. Je croyais que tu te limitais aux visions liées à des objets, des visions du passé.

– C'est ce que je pensais aussi, a acquiescé Nia.

Malgré la situation, elle était ravie d'obtenir de nouvelles compétences.

– Mais c'est...

L'Officiel s'est arrêté. Je pense qu'il allait dire « impossible », mais le temps d'en arriver là il a remarqué qu'il regardait toujours en direction d'Amanda, sauf qu'elle avait disparu.

– Ils évoluent, a affirmé le Dr Joy en se relevant. (Il parlait d'une voix presque inaudible, comme pour lui-même.) Tout comme je l'avais prévu. Ils grandissent juste là, sous nos yeux.

Je savais qu'ils en avaient le pouvoir. Tout comme Amanda, ils ont la capacité de s'adapter et de devenir plus puissants lorsqu'ils ont besoin de leurs pouvoirs.

Et, tout à coup, on a tous eu de nouveau conscience de la présence d'Amanda. Debout sur une paillasse au milieu de la pièce, elle donnait de grands coups de pied dans l'équipement, qui s'écrasait en mille morceaux sur le sol, des papiers s'envolaient...

– Venez m'aider ! a-t-elle lancé. Il faut qu'on détruise cet endroit !

Ça au moins, c'était drôle. On a vidé des tiroirs, brisé des vases à bec, fichu en l'air les rangées parfaites de tubes à essai. J'ai jeté un coup d'œil à Heidi Bragg et sa mère. Elles observaient Amanda d'un air impassible, décidées et confiantes en leur capacité de patienter au cœur de la tempête tout en restant hors de portée.

Le Dr Joy s'est contenté de regarder pendant quelques secondes, lui aussi. Puis il s'est précipité vers nous, et il a commencé à ramasser ce qu'on cassait.

– Toi..., a-t-il commencé en levant les yeux sur Amanda.

Il a fait un pas vers elle.

– Zoé ! s'est-elle écriée.

Grâce à une vision que Hal a partagée avec nous, j'ai vu ce qui allait se passer, ce que je devais empêcher. Je n'ai pas eu trop de mal à faire en sorte que le Dr Joy ne me voie pas tandis que je lui barrais la route.

– Tu n'as pas le droit, a-t-il grondé en faisant un pas de plus. Ces échantillons. Ces mutations. C'est le travail de toute ma vie. Je t'ai créée, mais tu es devenue trop forte. Tu es comme ton père, tu essaies de contrecarrer mes plans. Tu es trop gâtée. Il faut que je mette un terme à tes actions.

Il a sorti une seringue de sa poche et il a levé le bras, comme s'il comptait l'enfoncer dans la poitrine d'Amanda. Mais j'étais plus que prête. Quand il est passé devant moi pour se jeter sur la paillasse, j'ai bondi et lui ai arraché la seringue des mains. Il a poussé une exclamation de surprise et s'est retourné, les pans de sa blouse s'envolant au passage.

– Zoé ? (Il a croisé mon regard, avant de baisser les yeux sur la seringue que je tenais, puis de revenir à mon visage.) Donne-la-moi.

Amanda a sauté de la paillasse et a tendu la main pour que je la lui remette. L'Officiel a profité de cet instant de distraction pour se jeter sur notre amie. Mais elle s'est aussitôt dégagée, elle s'est retournée et s'est accroupie derrière lui. Il a imité son geste, et jeté une jambe en arrière.

Amanda a sauté, avec une force impressionnante. L'Officiel a de nouveau tenté de se jeter sur elle et elle s'est écartée d'un bond. Il a reculé d'un pas en riant.

– Tu te rends bien compte qu'en t'entraînant à utiliser tes pouvoirs contre moi, tu développes les forces dont je vais avoir besoin. Tu prends un grand risque : si tu te livrais à moi sans résister, tu me serais aussi, pour l'essentiel, complètement inutile.

– Je vous serai toujours inutile, a répondu Amanda.

Mais cette fois elle n'a pas été assez rapide. L'Officiel a tendu la main et il lui a attrapé le poignet. Il a tiré dessus pour l'attirer à lui, bien qu'elle ait lutté pour lui résister. Nia, Callie, Hal et moi nous sommes précipités vers eux : à cinq contre un, on allait y arriver ! Toutefois, avant qu'on les atteigne, Amanda a passé un bras par-dessus celui qui la maintenait, et elle a planté l'aiguille juste au-dessus du coude de l'Officiel :

– Ne bougez pas.

– Qu'est-ce que...

Il a baissé les yeux, incapable de comprendre comment l'aiguille avait bien pu arriver là.

– Tu m'as touché avec ça ? s'est-il écrié. Qu'est-ce qu'il y a là-dedans ? Joy ?

Le Dr Joy avait recommencé à marmonner dans sa barbe. Il ne semblait même pas avoir entendu la question.

– Sais-tu ce que c'est ? a demandé l'Officiel à Amanda.

– Non, a-t-elle répondu, mais j'ai le pouce sur le piston. Alors, à moins que vous ne vouliez en faire l'expérience vous-même, je vous suggère de faire ce que je dis. À cet instant même, des gouttes de cette solution sont peut-être déjà entrées dans votre système sanguin. (Il est resté immobile.)

» Je suis sûre que le Dr Joy ne m'aurait jamais injecté quoi que ce soit d'autre qu'une solution saline sans danger, n'est-ce pas ? Il m'aime. Il me l'a juré à l'instant, vous ne l'avez pas entendu ? Il ne m'injecterait jamais, voyons, de la promazine ? Ce truc qu'il avait utilisé sur mon père quand il avait essayé de s'enfuir ? Ou du phénobarbital, qu'il a injecté à ma mère pour la rendre plus docile après ces faux tests dans le monde réel ?

– Heu, Joy ? a répété l'Officiel. Qu'est-ce... qu'il y a... dans cette... seringue ?

Mais le Dr Joy était occupé à rassembler les papiers qui s'étaient éparpillés sur le sol. Je commençais à douter franchement de sa santé mentale.

– Venez, a ordonné Amanda en entraînant l'Officiel vers l'ordinateur au centre de la pièce.

Il a grimacé lorsque l'aiguille s'est enfoncée dans son bras.

– Asseyez-vous !

Il a obéi. Les spasmes qui agitaient son visage trahissaient sa peur.

– Tapez, a repris Amanda.

– Que veux-tu que j'écrive ?

– La séquence qui efface les données, a-t-elle répondu. Nia, viens l'observer. Je pense qu'en posant la main sur l'ordinateur, tu arriveras à suivre ce qu'il fait.

L'Officiel a hésité.

– Vous ne comprenez pas ? (La voix d'Amanda était douce, calme et claire.) Comme l'a dit un jour le champion poids lourd Joe Louis, vous pouvez courir, mais pas vous cacher.

Il a commencé à taper. Nia a posé la main sur la machine, et elle hochait la tête pour signifier à Amanda qu'il faisait bien ce qu'on lui avait ordonné.

– En avons-nous fini ? a-t-il demandé.

– Pas tout à fait, a-t-elle répondu. Je veux que vous accédiez à tous les comptes où vous conservez l'argent qui sert à financer de futures recherches, la poursuite des C33, la collecte de données, la conservation de sang et la création de laboratoires, et je veux que vous le transfériez sur les comptes de ces organismes de charité. (Elle a sorti une liste de sa poche.) Vous serez ravi d'apprendre que vos dons serviront à des programmes qui viennent en aide aux orphelins, comme ceux que le Dr Joy a utilisés.

» Ce pourrait être le bon moment de détacher Heidi de cette machine, a ajouté Amanda à l'attention de Mme Bragg. J'ignore comment les modifications qu'on apporte à l'ordinateur pourraient l'affecter.

Brittney a reculé jusqu'à sa fille, mais elle n'a rien retiré. Elle semblait indécise, ses yeux pleins d'égoïsme se sont étrécis tandis qu'elle pesait sa décision. Elle devait espérer que l'Officiel allait retourner la situation.

– Je ne peux pas détruire le système comme vous voudriez que je le fasse, a fini par annoncer l'Officiel. Il est programmé pour repousser toute tentative d'effacer ces informations. Il me faudrait une carte de laissez-passer, et je n'en ai pas.

– Une carte de laissez-passer ? a dit Amanda en fronçant les sourcils, dubitative.

– Je les conserve dans un coffre, à Washington. Il vous est impossible de les prendre. Surtout maintenant. Alors je suis désolé. Vous pouvez me tuer. Mais vous ne pouvez pas complètement détruire ce programme. Sans ces cartes, il perdurera.

Il n'a pas pu dissimuler son sourire suffisant.

– Oh ! s'est exclamée Nia. Vous voulez parler de ces cartes ?

Elle s'est penchée et elle a sorti les cartes rouge et bleue de sa botte. Callie a fixé son regard sur le visage de l'Officiel, attendant de le voir se décomposer.

– Et dire que Nia a failli les lancer dans le Potomac ! a fait Callie de sa voix la plus douce et la plus innocente. Ça aurait été dommage.

Amanda a eu un large sourire, avant de glisser les cartes dans les deux fentes de l'unité centrale, à gauche de l'Officiel.

– Allez, a-t-elle ordonné en bougeant un peu l'aiguille.

L'Officiel s'est remis à taper, mais, cette fois, ça a eu un effet sur la machine à laquelle était reliée Heidi. Les lumières sur le côté se sont éteintes, et l'équipement s'est arrêté dans un chuintement étouffé. Au même instant, Heidi a perdu connaissance.

– Non ! a hurlé le Dr Joy.

Il avait tout de la Méchante Sorcière de l'Ouest, lorsqu'elle fond à la fin du *Magicien d'Oz*. Il avait le regard fixé sur l'Officiel.

– Morton, a-t-il dit. Si tu détruis le système, le sujet sur la chaise mourra.

– Heidi ! a crié Mme Bragg. Aidez-moi ! Je vous en prie !

S'inquiéter pour Heidi a été la perte d'Amanda. Elle s'est retournée pour regarder Mme Bragg, et l'Officiel a agrippé son poignet avant de la repousser. Elle a titubé en arrière et elle s'est rattrapée à la rambarde près de Hal. Nia s'est avancée, mais l'Officiel l'a jetée par terre d'un simple geste.

Il a retiré la seringue de son bras et l'a balancée à travers la pièce.

Mme Bragg s'était redressée. Elle avait une main posée sur le bras de Heidi, mais tout son corps était tendu vers nous :

– Docteur Joy ! Aidez-moi !

L'Officiel fouillait dans sa poche et, quand il a été proche d'Amanda, il a sorti un petit objet argenté de la taille d'une pièce de monnaie. Il l'a plaqué sur un mur, où ce truc a commencé à émettre des vibrations. Ce n'était pas fort, mais le bruit était très aigu. En quelques secondes, je me tordais de douleur.

Chapitre 29

Amanda, Callie, Hal et Nia ressentaient la même souffrance provoquée par le disque de l'Officiel. Le son qu'il émettait nous causait une véritable agonie. Tout comme les chiens, on percevait les ultrasons de cette machine: ce n'était pas fort, mais calibré de manière à nous faire souffrir.

Amanda a lâché le bras de l'Officiel et s'est pliée en deux, la tête sur les genoux. Callie s'est couvert les oreilles. Hal a fermé les yeux le plus fort possible. Et Nia s'est caché le visage derrière les mains.

L'Officiel affichait un sourire de plus en plus marqué. Ses yeux pétillaient d'une énergie nouvelle, ses mains tremblaient d'excitation, et ses cheveux, qui avaient été si bien coiffés, rebiquaient au bout. Il a saisi son talkie-walkie.

– Maude, a-t-il appelé en recommençant à taper sur le clavier. Je suis en train de contourner le système de verrouillage interne. Active le protocole d'intrusion.

– Et Heidi ? a crié Mme Bragg depuis l'autre bout de la pièce. Demandez de l'aide pour Heidi !

– Joy, qu'est-ce qui se passe ? a aboyé l'Officiel en désignant Mme Bragg d'un geste du menton. Vous pouvez la réparer ?

Mais le Dr Joy ne s'occupait plus ni de Heidi ni de la machine. Il a désigné le petit disque argenté sur le mur et a adressé un regard curieux à l'Officiel :

– Quelle est cette invention ? Avez-vous des secrets pour moi ?

– C'est une immunité, a répondu l'Officiel d'un air fier. Un peu comme la kryptonite. Ça empêche les enfants de se servir de leurs pouvoirs.

– C'est vous qui l'avez fait ?

– Je l'ai fait faire.

– Et je l'ignorais.

Le visage gris et crispé de douleur, Amanda s'est maladroitement jetée sur l'Officiel. Elle a réussi à agripper son coude, mais sa prise était trop faible, et il s'est facilement dégagé.

À cet instant, les portes se sont brutalement ouvertes et Maude est entrée en courant, suivie des deux gardes du début, puis d'un troisième, celui qu'on avait vu dans le métro de Washington.

Les deux premiers se sont dirigés droit sur Amanda, mais elle s'est glissée derrière une paillasse avant de fuir vers le fond de la pièce. Ils l'ont poursuivie, renversant au passage un plateau d'instruments métalliques et se retenant au bord des tables quand ils abordaient les virages trop rapidement.

Maude a saisi Callie par le bras, et celle-ci a essayé de s'échapper. Dix minutes plus tôt, elle se serait défaite de cette femme aussi facilement que d'un cardigan. Mais là, peu importait qu'elle se débatte : Maude la tenait bien. L'Officiel avait raison : cette femme n'avait aucune empathie.

Le troisième garde s'est approché de moi, et je me suis réfugiée derrière un pilier. Je ne resterais hors de vue que pendant quelques secondes, mais ce serait suffisant. J'ai vu un grand objet recouvert d'un drap derrière moi, semblable à une cabine téléphonique, et j'ai su que je pourrais m'y glisser. Ou bien je pouvais me tourner vers l'une des paillasses et faire semblant d'être une scientifique. Il me suffisait d'avoir une blouse blanche. J'en ai trouvé une, au nom de Kelly Black. Je l'ai enfilée, et j'ai baissé les yeux sur la paillasse, agitant les mains comme si je faisais décanter des liquides dans des tubes à essai. Je me suis concentrée sur une musique d'ascenseur : *Windy*, du groupe Association. J'ai fredonné d'une façon si calme et apaisante que toute personne qui allait l'entendre, y réfléchir, se l'approprier ne pourrait résister à la sensation d'un froid anesthésiant qui s'installerait entre ses yeux et son cerveau.

Mais ça n'a pas fonctionné : j'ai senti la main du garde s'abattre sur mon épaule. Il m'a également saisie par la taille et m'a traînée à travers le laboratoire avant de me jeter sans douceur sur une chaise de bureau à roulettes. Il a tiré mes bras derrière le dossier et il a attaché mes mains à l'aide d'un nouveau lien de plastique. Callie et Hal étaient déjà dans la même situation, et Nia se faisait attraper pendant qu'on me ligotait.

Deux gardes tenaient Amanda par les bras. Ses cheveux lui retombaient sur le visage, dissimulant ses yeux. Était-ce pour ça que je n'arrivais pas à lire en elle ?

Ce n'était pas censé se passer comme ça. J'aurais voulu sentir le réconfort de partager cette pensée avec les autres, mais c'était impossible. J'entendais toujours les miennes, bien sûr, mais plus les leurs. Je n'avais pas seulement l'impression d'avoir perdu l'ouïe, mais aussi d'avoir perdu mes amis. Je ne m'étais pas rendu compte à quel point j'étais devenue dépendante de notre connexion.

– Heidi ? a appelé Mme Bragg. Heidi, ma chérie !

J'ai levé les yeux et vu que les efforts du Dr Joy pour remettre la machine en route avaient payé. Les lumières s'étaient rallumées, elles avaient recommencé à clignoter, et Heidi avait de nouveau les yeux ouverts. Mme Bragg semblait s'être calmée.

– Tout est prêt, Joy ? a demandé l'Officiel. Il est temps de rendre Heidi opérationnelle. Quand elle sera améliorée et qu'elle fera partie de l'équipe, on pourra commencer à réparer tout ce que celle-ci (il a désigné Amanda) a endommagé. Mettez-la sur la chaise, a-t-il ordonné en montrant le siège vide.

Heidi se frottait les tempes, et semblait souffrir autant que nous.

Le Dr Joy s'est lentement tourné vers l'Officiel, et il est resté inexpressif quelques minutes avant de hocher la tête.

Il n'avait pas l'énergie d'un chiot fou, et ça n'avait rien à voir avec le fait qu'il avait près de quatre-vingts ans. Il y avait quelque chose dans sa façon de bouger qui...

Je ne savais pas comment l'exprimer. C'était comme si j'avais le mot sur le bout de la langue.

– Vous lui donnez quand même Heidi ? a lancé Amanda à Mme Bragg.

Bien que les gardes la traînent par les bras à travers la pièce, elle parlait d'une voix calme et semblait parfaitement posée, donnant l'impression d'être une danseuse étoile portée par deux membres de sa troupe. Mais elle m'a jeté un regard pénétrant, que je n'ai pas su interpréter. Est-ce qu'elle voulait quelque chose ? Ou qu'on fasse quelque chose ? Elle a dirigé son regard vers Mme Bragg.

– Vous livrez Heidi à des gens qui n'ont même pas essayé de lui sauver la vie ? a-t-elle repris.

De nouveau, je n'ai pas réussi à aller au bout de ma pensée. Impossible de trouver un mot pour décrire ce que je voyais. Je ne pouvais pas plus lire en Amanda qu'en le Dr Joy.

Et, là, j'ai su : je n'avais pas simplement perdu ma capacité de me cacher, j'avais perdu celle de déchiffrer les gens. Et, si je m'étais sentie sourde, je me sentais désormais aveugle.

Amanda était solidement attachée sur la chaise près de celle d'une Heidi affaiblie. Elle n'avait aucune chance de défaire ses liens, mais elle possédait assez de liberté de mouvement pour empêcher le Dr Joy d'enfoncer son aiguille.

– Reste tranquille ! lui a-t-il chuchoté. Si tu continues à gigoter, je vais te piquer ailleurs.

– Faites donc, vieil homme, a grondé Amanda. Je préférerais me vider de mon sang sur le sol plutôt que de vous laisser le transférer dans votre précieuse petite invention !

– Attendez, a coupé Heidi d'une voix faible en regardant sa mère. Je ne veux pas. Je ne veux plus.

– Heidi..., a commencé Mme Bragg.

Elle a regardé le Dr Joy, puis l'Officiel. Elle adressé son sourire perplexe de présentatrice télé à sa fille.

– J'ai dit que je ne voulais pas ! a rugi Heidi.

Mme Bragg a commencé à défaire ses liens.

– Je suis désolée, a-t-elle dit à l'Officiel. Mais vous avez promis que rien ne serait fait contre la volonté de Heidi.

– Asseyez-vous, lui a ordonné l'Officiel.

– Mais...

– J'ai dit : assis !

Mme Bragg s'est assise. En un éclair, Maude a été près de la chaise, occupée à renouer les liens qui avaient été distendus.

Heidi a écarquillé les yeux. Combien de fois avait-elle joué la comédie pour obtenir ce qu'elle voulait ? Maintenant, elle devait lutter pour retenir ses larmes.

– Maman ? a-t-elle soufflé, incrédule.

– Je ne peux pas lutter contre eux, a répondu Mme Bragg, déchirée. Ils sont plus puissants que nous... Ça a toujours été la raison.

Amanda se débattait tellement bien qu'elle a réussi à dégager l'un de ses bras.

– Vous ne pouvez pas lui donner un sédatif ? a demandé l'Officiel au Dr Joy.

– Vous aviez promis qu'elle viendrait de son plein gré, a grommelé le Dr Joy en se dirigeant vers une autre partie du laboratoire.

En attendant qu'il revienne, l'Officiel s'est approché d'Amanda :

– Puisqu'il s'agit des derniers moments où tu es consciente, autant que je te le dise : tu vas vivre.

Même sans mes pouvoirs, je voyais bien que l'Officiel se méfiait d'Amanda. Il lui parlait d'un ton confiant, mais il prenait garde à rester hors de portée. Si seulement j'avais pu voir à quoi il pensait, entrer dans sa tête, en découvrir plus sur sa crainte, ce qui l'inquiétait vraiment, j'aurais pu crier un avertissement à Amanda.

Mais je n'avais rien à lui offrir. J'étais inutile.

– Dans quelques minutes, a-t-il expliqué, tu vas commencer une nouvelle vie. Tu ne seras qu'une lycéenne parmi d'autres à Endeavor. Tu n'auras aucun souvenir d'aujourd'hui. Tu ne te rappelleras pas tes nouveaux amis, la loyauté que tu leur as inspirée, ni les pouvoirs que tu possédais. À part quelques cauchemars récurrents, tu n'auras aucune idée des dommages que tu as causés. Tout va être effacé.

J'ai pensé à l'antidote au travail du Dr Joy, la bouteille pleine du liquide sur lequel la mère de Callie travaillait depuis sa naissance, qu'on avait donné à Amanda pour qu'elle le boive le moment venu. C'était ça, l'effet voulu ? La rendre indifférente, impuissante, hantée et pleine de souffrance ? Mme Leary nous avait simplement dit de ne pas le boire tant que l'Officiel était à la poursuite d'Amanda, que, sans nos pouvoirs, on ne pourrait pas la sauver.

Mais elle ne savait pas qu'il y aurait ce petit disque argenté émettant un son tellement perçant qu'il m'empêchait presque de réfléchir. C'était comme s'il écrasait mes pensées, qu'il les interrompait et qu'il les défaisait.

Et c'est alors que j'ai compris comment ça fonctionnait. Au moment où le Dr Joy s'approchait avec le sédatif, où les gardes maintenaient Amanda pour qu'il puisse faire l'injection, où son corps s'est affaissé comme si elle dormait dans le siège d'avion le plus inconfortable possible, où le Dr Joy enfonçait sans problème l'intraveineuse au creux de son coude, j'ai compris comment cette machine qui ne semblait pas plus grosse qu'une pièce de monnaie pouvait nous empêcher d'utiliser nos pouvoirs.

Elle agissait à l'inverse de moi : je pouvais me rendre invisible parce que je me glissais dans les rythmes que je ressentais chez les autres. Je pouvais bouger en suivant le schéma de leurs clignements d'yeux. Je pouvais m'associer à une chanson qui s'harmonisait à la musique de leur cerveau, de manière qu'ils n'entendent pas cette nouvelle voix, la mienne.

Et cette machine, cette machine étrange au bruit si douloureux, dérangeait tout ce qui me venait naturellement, toutes les conclusions logiques à toutes les chansons ou les pensées dans ma tête, et elle devait avoir le même effet sur nous tous. Elle ne suivait aucun schéma établi. Elle n'avait aucun sens, et il était impossible pour nos cerveaux d'assimiler, de contrôler et de comprendre ce son qu'elle produisait.

L'Officiel n'avait pas inventé de quoi nous retirer nos pouvoirs. Ça les empêchait simplement de fonctionner, comme des globules blancs attaquant des cellules virales pour les rendre inertes.

Je savais désormais ce qu'on devait faire : imposer notre propre rythme, chanter notre propre chanson, bouleverser le rythme précipité de la machine à intervalles irréguliers. On devait lui montrer qui on était.

Et ce serait facile, car, grâce à Amanda, on savait qui on était.

Un point commun nous rassemblait, Hal, Callie, Nia et moi : après qu'on fut devenus amis avec Amanda, toute notre vie avait changé. Mais peut-être n'était-ce pas là le bon mot. Plus exactement, elle nous avait révélés à nous-mêmes. Elle nous avait aidés à surmonter nos peurs. À sortir de l'ombre.

Et maintenant c'était à nous d'aider Amanda à s'échapper. Je voyais déjà son sang remplir le tube de l'intraveineuse et arriver dans un réservoir, sur le côté de la machine du Dr Joy. L'engin a commencé à rugir et à gargouiller, à produire des bips et des bourdonnements électriques.

– On peut encore l'atteindre, ai-je soufflé aux autres en essayant de parler entre deux vagues irrégulières du sifflement atroce. Mais il faut qu'on arrête d'écouter ce truc. Ensemble, on peut être plus forts que cet objet. On peut faire en sorte qu'Amanda nous entende nous plutôt que lui.

Nia, Callie et Hal m'ont dévisagée comme si j'étais folle, les yeux emplis de peur et de douleur.

– Qu'est-ce qu'il faudrait qu'elle entende ? a hoqueté Hal.

– Aucune idée, ai-je avoué.

Je songeais vaguement à répéter son nom, encore et encore. Ou tous ses noms. Celui de son totem. Ou ceux de tous nos totems. Aucune de ces idées ne semblait convenir.

– Le poème ! s'est exclamée Nia.

– Quel poème ? a demandé Callie.

Nia lui a répondu en commençant à réciter et, dès qu'on a compris ce qu'elle disait, on l'a imitée.

– Élève un enfant.

Le flambeau a été transmis.

Nous supporterons n'importe quel fardeau, surmonterons n'importe quelle épreuve, soutiendrons n'importe quel ami.

Renaître dans la liberté.

Les noms ont été rédigés. Ils nous ont été enlevés.

Les yeux du monde sont fixés sur vous.

– Amanda, a ensuite dit Callie. Je sais que tu étais là, cette nuit sur la colline du Pommier. Je n'ai plus besoin de te voir de mes yeux pour croire.

– Amanda, a continué Hal, un jour je te peindrai telle que je t'ai vue ce matin-là, une couronne de pâquerettes dans les cheveux.

Nia a cité un poème dont j'ai appris plus tard qu'Amanda et elle l'adoraient : « Ariel », de Sylvia Plath.

– Un moment de stase dans l'obscurité./ Puis l'irréel écoulement bleu/Des rochers, des horizons. Amanda, à mes yeux tu es la lionne de Dieu.

– Amanda, ai-je dit, je t'aime comme la tarte aux pommes aime le cheddar.

J'ignore si elle a entendu le mot « cheddar », car ma voix s'est brisée. Il devenait impossible de ne pas pleurer.

Hal ne nous a pas laissés nous arrêter là.

– Des tournesols, a-t-il repris.

– Des étoiles, a répondu Callie.

– Des mots, a répondu Nia.

– Mon père, ai-je soufflé.

On a répété ces mots encore et encore, laissant s'écouler la magie de leur importance, l'amour qu'ils renfermaient. Je les ai sentis pleuvoir sur moi, et assourdir le bruit de l'invention de l'Officiel, telle de la neige, aussi légers qu'un oreiller de plumes. J'ai fermé les yeux et me suis entièrement détendue, soudain apaisée, comme si j'étais allongée dans un champ à regarder passer les nuages un soir d'été. J'avais l'impression d'être plongée dans un aquarium. Impossible de rassembler assez de forces pour lever mon bras. Et je n'en avais aucune envie. Je voulais rester à jamais dans la chaleur de ce qu'on ressentait tous les quatre pour Amanda.

J'ai paresseusement ouvert mes yeux pleins de sommeil, comme si je me réveillais d'une longue sieste, pas tout à fait certaine de l'endroit où je me trouvais. J'ai vu quelque chose. L'Officiel. Et soudain j'ai de nouveau réussi à lire en lui. Il avait peur, une peur semblable à un nuage se transformant en tempête. Il avait peur, parce qu'il commençait à penser que son plan n'allait pas marcher.

Non, une minute. Il *savait* que son plan n'allait pas marcher. Je l'ai vu à la façon dont ses pupilles se sont rétrécies, sa respiration s'est accélérée, et ses épaules se sont relevées de quelques centimètres.

Et il avait raison. Son plan n'allait pas marcher. Si je pouvais le déchiffrer aussi facilement, c'était que mon pouvoir était revenu. Et, si c'était le cas, alors il en allait sûrement de même pour les autres.

Je n'ai pas eu le temps de poser la question : Callie a soudain jailli hors de ses liens. Nos esprits se sont connectés de nouveau, j'ai senti le retour de la force de mon amie, son superbe courage, et je me suis rendu compte à quel point ça m'avait manqué.

– À gauche ! a crié Hal avant même que les gardes ne viennent vers elle.

Libérée par Callie, Nia s'est élancée vers le disque, gardant la main dessus jusqu'à ce qu'elle comprenne son fonctionnement. Puis elle a fermé les yeux et s'est concentrée très fort, avant de retirer sa main : le disque est tombé du mur, et il a atterri sur le sol avec quelques derniers échos plaintifs. Il a vibré quelques instants, et il s'est éteint.

Callie a couru vers Amanda, écartant l'Officiel de son passage. Elle a donné une poussée à la machine, qui s'est écrasée dans un grand fracas entre Amanda et Heidi. Elle a continué à vrombir et à bourdonner cependant, et les bruits d'extraction du sang ne cessaient pas.

– Il faut qu'elle se réveille, a dit Hal. Elle va perdre beaucoup trop de sang si on ne la déconnecte pas immédiatement.

J'ai bien vu que Callie ignorait comment faire. Fallait-il secouer Amanda ? Attaquer la machine de nouveau ? Était-il dangereux de détacher Amanda alors que l'engin fonctionnait toujours ?

Au final, Callie n'a pas agi seule : on l'a fait tous ensemble. Toutes nos pensées se sont concentrées sur l'urgence.

– Réveille-toi ! avons-nous tous souhaité aussi fort que possible.

Hal et moi étions toujours attachés, mais peu importait. Tout comme Amanda nous l'avait montré, notre esprit transcendait notre force physique.

– Reviens, Amanda, s'il te plaît !

Je ne crois pas avoir jamais désiré quelque chose plus fort qu'à cet instant, que de la voir ouvrir les yeux. J'avais déjà tant perdu : mon père, et maintenant Amanda. Mon père ne reviendrait jamais. Mais Amanda était toujours là. Seule la peau fine de ses paupières nous séparait d'elle.

– Ouvre les yeux, ai-je chuchoté. S'il te plaît, s'il te plaît, reviens !

Amanda a ouvert les yeux. Elle s'est redressée sur son siège. Elle a pris une profonde inspiration, ses yeux se sont écarquillés, le front inexpressif et la mâchoire détendue. Son visage était aussi calme que si elle posait pour un portrait. Toute sa concentration se retrouvait dans son regard, tandis qu'elle semblait rassembler toute la force qu'elle possédait. Elle a retiré l'aiguille de son bras et s'est levée, face à l'Officiel, prête pour un affrontement dont ils savaient tous deux qu'il allait le perdre.

Mais, tout à coup, l'Officiel a eu la seringue dont Amanda l'avait menacé serrée dans sa main. Avant qu'on n'ait eu le temps de réagir, il a saisi Heidi et posé l'aiguille contre son cou. Il nous a regardés avec des yeux fous.

– Joy m'a dit qu'on ne pourrait vous attirer qu'en faisant appel à votre sens du bien et du mal, a dit l'Officiel. Alors je parie que je peux négocier la vie de Heidi. Si vous me laissez partir, elle vivra.

Amanda a eu une légère grimace. Elle a cligné des yeux, sa calme détermination était ébranlée.

L'Officiel avait raison. Elle ne pouvait pas le laisser faire du mal à Heidi.

CHAPITRE 30

Tout à coup, les portes du laboratoire se sont ouvertes et on a vu nos parents courir vers nous avec de grands gestes. M. Thornhill menait le groupe avec Rosie, M. Bennett, Mme Leary et ma mère. Mme Rivera et Cisco étaient juste derrière, suivis par une foule d'adultes, dont je reconnaissais quelques-uns : Louise Potts, la femme aux multiples tresses qui nous avait vendu le sac avec le tournesol, et, étonnamment, le chef Bragg.

Tirant parti de cet instant de distraction, Callie a mis l'Officiel à genoux de deux coups rapides. La seringue a glissé sur le sol, hors de sa portée. Les gardes ont couru vers Amanda, mais, avant qu'ils n'aient pu l'atteindre, Thornhill s'est jeté dans la bataille.

Voir Amanda et Thornhill lutter côte à côte était extrêmement impressionnant. Sans connaître tout leur passé, je savais qu'ils n'avaient jamais partagé plus de quelques minutes ensemble en tant que père et fille : Thornhill avait caché son identité à Amanda jusqu'à la nuit où elle était venue exiger des réponses, juste avant qu'il ne soit attaqué. Ils semblaient être absolument synchrones, et prenaient un plaisir évident à lutter contre les gardes. C'était comme s'ils dansaient : leurs jambes accomplissaient des mouvements précis, leurs bras jaillissaient en défense, ils baissaient la tête, échangeaient parfois un regard qui signifiait « Je m'en occupe » ou « Joli coup ! ».

Dans une mêlée assez floue, les C33 (Amanda, Thornhill, M. Bennett et des inconnus) ont maîtrisé Maude et les gardes. Un C33 que je ne connaissais pas nous a détachés, Hal et moi, à l'aide d'un sécateur. On s'est levés juste à temps pour voir Amanda et Thornhill affronter seuls l'Officiel. Nia, Callie et moi avons fait cercle autour d'eux, avec les autres C33, et on a regardé l'Officiel se battre. J'imagine qu'on aurait pu les aider, mais c'était à eux de mettre fin à cet affrontement. Il a tenu un long moment, mais Thornhill a fini par le clouer au sol.

– Qui es-tu ? a grondé le père d'Amanda. Quel est ton nom ? J'ai cherché partout, et je n'ai pas trouvé.

– Je suis du vent, a répondu l'Officiel. Vous ne pouvez pas me nommer. Vous ne pouvez pas savoir qui je suis. Je ne vous appartiens pas.

– Non, a répondu une voix derrière notre groupe.

On s'est tous retournés pour voir Brittney Bragg droite comme la justice, une main posée sur le poignet de Heidi. Elle a ancré son regard dans celui de l'Officiel.

– Tu t'appelles Morton Clavermacle, a-t-elle dit. Alias C33-2138.

Les adultes C33 ont tous eu un hoquet de surprise.

– Le petit Morton ? a soufflé Mme Rivera.

– J'étais gentille avec toi, a dit Mme Leary. Je te tenais la main quand tu faisais des cauchemars.

J'ai eu un flash, et j'ai revu le petit garçon qui suppliait l'infirmière de ne pas lui faire de piqûre.

– C'était lui ! s'est écriée Callie en nous regardant, le doigt tendu vers l'Officiel.

J'imagine que la compassion n'était plus vraiment de mise, tout à coup.

Le chef Bragg a fait un pas en avant et il l'a saisi par l'épaule.

– Tu as raison sur un point, mon gars, a-t-il dit. Tu n'appartiens pas au principal Thornhill, ou quel qu'il soit. Tu es à moi, maintenant. Et tu es en état d'arrestation.

Un officier qui venait d'arriver, et semblait un peu perdu, a tiré les bras de l'Officiel dans son dos et lui a passé les menottes.

Nos parents nous ont enfin regardés, et je me suis rendu compte à quel point tout ça avait l'air complètement fou. On allait avoir beaucoup d'explications à donner.

Nos cheveux et nos vêtements étaient complètement froissés, l'équipement de laboratoire gisait en morceaux sur le sol, et des papiers jonchaient le sol. Heidi sanglotait, le visage entre les mains. Mme Bragg essayait de la réconforter, mais son rouge à lèvres avait débordé et sa fille refusait de la regarder. Elle semblait vouloir son père plus que tout. Amanda avait les cheveux emmêlés, et les joues rouges. Quand elle avait retiré l'intraveineuse, du sang avait coulé de l'intérieur de son coude jusqu'à son poignet.

Je ne pouvais pas m'arrêter de trembler : mes dents, mes mains, mon dos... Thornhill a posé une main sur mon épaule, puis sur celle de Nia, avant de s'approcher de Callie et Hal :

– Les enfants, vous avez réussi. C'est terminé.

– C'est terminé ? a répété Nia, comme si on venait de lui expliquer que tout n'avait été qu'une blague.

Hal a donné un coup de pied dans un morceau de verre. Callie s'est pincé le nez. J'ai soudain remarqué que j'avais mal aux jambes, et que je n'avais rien mangé depuis le sandwich au thon du Dr Joy.

Ma mère m'a enveloppée du plus gros câlin jamais inventé. J'ai senti ses larmes sur ma joue lorsqu'elle m'a embrassée, et son parfum qui m'a rappelé notre ancienne vie, avant que tout ne change encore et encore.

Par-dessus son épaule, j'ai vu que M. Bennett avait passé un bras autour des épaules de Hal. Callie et sa mère étaient serrées l'une contre l'autre, comme si elles comptaient ne jamais se lâcher. Mme Rivera tenait le visage de Nia entre ses mains tandis que Cisco la serrait à l'étouffer, donnant l'impression qu'il était la pom-pom girl énamourée et elle la star. Et elle l'était.

J'ai vu Amanda entre Thornhill et Rosie. Il la dévisageait en secouant la tête, moitié pleurant, moitié riant. Le sourire de Rosie aurait pu illuminer les ampoules de Times Square. Amanda souriait aussi, de sa façon bien à elle : les lèvres incurvées, ses yeux gris-vert calmes et pleins de savoir. Puis elle a secoué la tête, incrédule. Elle a regardé son père et sa sœur comme si jamais elle ne pourrait détacher son regard d'eux, avant de les attirer contre elle et de cacher son visage dans leurs bras.

Dès que les retrouvailles ont été finies – et elles ont duré un long moment –, les adultes ont commencé à nous raconter comment ils nous avaient trouvés, et on leur a expliqué ce qui s'était passé dans le laboratoire.

Apparemment, le plan de l'Officiel pour faire passer notre disparition pour une fugue avait failli fonctionner. Heidi avait raconté que Nia, Callie, Hal et moi nous étions enfuis pour imiter Amanda, et tout le monde dans le car l'avait crue. Certains étaient même venus la soutenir de leur témoignage. Cisco lui-même avait failli tomber sous sa coupe. En écoutant ses explications avec M. Fowler, il s'était senti assez mal à l'aise, mais il avait mis cela sur le compte de l'inquiétude qu'il éprouvait pour sa sœur. Rosie l'avait appelé sur son portable et, en l'entendant répéter l'histoire de Heidi, elle avait réussi à briser son emprise.

« Cisco ! avait-elle hurlé. Va à la gare, *pronto* ! »

Une fois qu'il s'était éloigné du Capitole, il avait repris ses esprits. Au moment où il sautait avec Rosie dans le premier train pour Orion, il avait téléphoné à sa mère et lui avait raconté tout ce qu'il savait. Ils étaient arrivés juste à temps pour la réunion d'urgence du Sauvetage Secret des C33.

(Heidi avait prétendu être bouleversée par la disparition de ses « amis », et annoncé que sa mère lui envoyait une voiture privée pour la ramener à Orion. Mme Bragg avait appelé M. Fowler pour tout arranger, et l'Officiel avait embarqué Heidi.)

Mais revenons à la réunion des C33 : le Sauvetage Secret était un groupe que Thornhill avait créé quand il était arrivé à Orion, et qu'il s'était rendu compte qu'il ne pourrait pas réunir sa famille tant que l'Officiel et le Dr Joy étaient dans la nature. Il avait travaillé avec le père de Hal pour localiser et contacter autant d'anciens C33 que possible, et constituer un réseau pour échanger des informations sur les projets de l'Officiel et du Dr Joy, et se protéger eux-mêmes ainsi que leurs familles.

Oh, et le petit ami de ma mère ? Il n'existait pas. Elle avait passé toutes ses soirées à travailler avec le groupe de Thornhill, qui avait mis les bouchées doubles après qu'il avait été kidnappé. Quand les C33 avaient appris notre petite virée à l'aérodrome, ils avaient libéré Thornhill, qui avait retrouvé sa place de leader. Elle s'occupait de lui chez nous lorsque j'avais appelé, plus tôt dans la journée. C'était sa voix que j'avais entendue dans notre cuisine.

La dernière personne à avoir été recrutée était Cornelia. Elle avait failli s'évanouir lorsque la sonnette avait retenti, et que Cisco Rivera était apparu dans l'embrasure de la porte pour lui demander de monter dans sa voiture. Hal la taquinait au sujet de sa popularité à l'école, qui atteindrait des sommets dès lundi, lorsque des photos atterriraient sur Facebook; photos probablement mises en ligne par Cornelia elle-même.

Heureusement qu'elle avait été là: grâce au site www.laffaireamanda.fr, elle avait récolté des informations au sujet d'une camionnette noire prenant la sortie d'autoroute vers Orion une heure environ après notre disparition. On l'avait aperçue se dirigeant vers la faculté de pharmacie.

Les mises à jour de Cornelia avaient alerté Mme Leary, qui contribuait activement au site. Elle avait accouru depuis Washington, emportant avec elle la toute dernière version de sa formule pour effacer les altérations génétiques. Ils en étaient à établir un plan sur la façon d'entrer dans le bâtiment, les suggestions allant d'appeler l'armée à utiliser du gaz empoisonné, quand le chef Bragg était entré avec Louise Potts.

« Nous avons été infiltrés ! » avait crié un C33 nerveux dans le silence qui avait suivi cette arrivée.

Tout le monde avait eu un frisson en considérant l'idée que, peut-être, Louise Potts était depuis toujours une espionne à la solde des Bragg, du Dr Joy et de l'Officiel.

Mais il s'était révélé que, contrairement aux apparences, le chef Bragg n'avait jamais travaillé pour l'Officiel. Et il avait expliqué n'avoir jamais vraiment su ce qu'étaient les C33, que Brittney ne le lui avait jamais expliqué en détail. Et là, sa femme et sa fille étant en danger, il voulait aider.

Il ne savait qu'une chose de l'enfance de sa femme : elle avait été très douloureuse. Brittney était bien décidée à ce que ce ne soit pas le cas pour Heidi et Evan, son plus jeune fils, c'est pourquoi elle leur passait tout. Étant donné qu'il n'y avait rien de plus important pour le chef Bragg que la paix des ménages, il avait accepté sans sourciller un bureau secret chez lui et les drôles de boîtes que sa femme y stockait. Il avait soupçonné quelque chose lorsque Brittney s'était arrangée pour couvrir le délit de fuite de sa fille. Il avait même ordonné à l'officier Marciano de s'en prendre à Hal après la disparition de Thornhill, parce que Heidi lui avait rapporté des rumeurs selon lesquelles on avait vu notre ami faire les graffitis et qu'il était souvent puni.

Quand Brittney avait organisé, et payé, la chirurgie plastique et la rééducation de Béa Rossiter, il avait commencé une enquête discrète.

Toutefois, il ne voulait pas agir, jusqu'à ce que l'un de ses hommes vienne lui dire que quatre lycéens d'Orion avaient disparu au cours d'un voyage scolaire à Washington, et que sa fille soutenait qu'ils s'étaient enfuis. Il n'avait pas réussi à joindre Heidi sur son téléphone. Et Brittney ne décrochait pas non plus. Tout à coup, il avait eu très peur pour elles.

Il s'était assuré que son revolver était bien dans son holster et que la batterie de sa radio était chargée, et il s'était jeté dans sa voiture pour se rendre à Play it again, Sam. Il s'était souvenu d'avoir vu sa femme sortir du magasin de Louise Potts un après-midi et, même s'il n'était pas très branché mode, il s'y connaissait en travail de détective. Il savait que le nom de Louise avait été mentionné lors de la disparition d'Amanda, alors il avait enquêté sur elle. Lorsqu'il avait vu que son numéro de sécurité sociale n'avait que quelques chiffres de différence avec celui de sa femme, il avait compris qu'il devait y avoir un lien, et il s'était précipité au magasin. Quand il avait exigé une explication, Louise l'avait emmené à la réunion pour qu'il ait des informations de première main.

Et voilà comment, avec l'aide de tous les C33 qu'ils avaient pu réunir en aussi peu de temps, le chef Bragg, certains membres secrets de la haute société d'Orion et nos parents avaient enfoncé les portes du laboratoire.

Les hommes du chef Bragg ont emmené l'Officiel, le Dr Joy et les gardes, direction : la prison !

– Et maintenant il est temps de mettre fin à tout ça, a déclaré Mme Leary en se tournant vers Amanda. Il ne nous reste plus qu'une chose à faire pour que ce cauchemar soit terminé.

Elle a sorti une bouteille de sa solution liquide, et a commencé à remplir des gobelets en papier trouvés près de la machine à eau.

– Toi aussi, a dit le chef Bragg en faisant signe à Heidi d'approcher.

Elle n'était plus reliée à la machine, et lissait le devant son pull, essayant de recouvrer sa dignité.

– Mais maman..., a-t-elle murmuré.

Mme Bragg a jeté un œil à son mari, et compris qu'il ne ferait plus d'exceptions pour leur fille.

– Je pense qu'il vaudrait mieux que tu fasses comme eux, a-t-elle dit. (Son mari lui a adressé un regard appuyé.) Je vais boire, moi aussi.

D'habitude, les médicaments ont un goût, comme cerise, chewing-gum ou raisin, et on se demande souvent pourquoi les laboratoires essaient de rendre ça bon alors que, malgré leurs efforts, c'est toujours atroce.

Après avoir goûté l'invention de Mme Leary, je peux dire, avec une certitude de 100 %, qu'ajouter des goûts de cerise, chewing-gum ou raisin est vraiment indispensable, même si ça ne se marie pas du tout avec l'horreur du médicament.

Boire la concoction de Mme Leary, c'était comme de boire de l'eau croupie au fond d'un vase laissé trop longtemps dehors. Mélangée à du marc de café. Mélangé avec le fromage le plus puant au monde. Et l'odeur était presque aussi atroce que le goût. Elle amenait à se demander si on serait toujours en vie après avoir ingéré ce truc.

Ai-je mentionné que ça avait une couleur de vase verte ?

Et que ça dégageait de la vapeur ?

Et que Mme Leary nous a conseillé de boire rapidement, avant que ça ne *mange* le gobelet ?

Même les adultes grognaient en se pinçant le nez, fermant les yeux pour ne plus voir la couleur. Lorsque le bruit a cessé, Mme Leary a expliqué comment ça marchait :

– Ce que vous buvez attaque l'agent de liaison, et tout matériel génétique importé est évacué.

» Bien évidemment, nous ne sommes pas faits que de spécifications génétiques. Notre expérience de la vie détermine en grande partie qui nous sommes et ce dont nous sommes capables. Il sera intéressant de voir ce que nous conserverons et ce qui va disparaître. Je ne pense plus pouvoir travailler en tant qu'astrophysicienne, et Edmund Bennett ne pourra plus manipuler les chiffres avec autant de dextérité. Mais toi, Callie...

Elle n'a pas pu s'empêcher de lui caresser les cheveux pour lui dégager le visage :

– Callie, je ne pense pas que tu vas garder une telle force.

CHAPITRE 31

Quand Amanda nous a rassemblés, Nia, Callie, Hal et moi, on n'avait rien en commun, à part le fait d'être en danger. Notre seul lien était le fait qu'on divisait notre vie au lycée en deux : avant Amanda, et après.

Quand elle est arrivée, elle m'a donné l'impression que je pouvais tout lui dire, qu'elle voyait en moi tout ce qu'il y avait de bon, de mauvais et d'horrible. Elle me pointait les mensonges que je me faisais à moi-même, mais je me sentais aussi honnête et forte.

Amanda a fait tout ça pour moi, et aussi pour Nia, Callie et Hal. Partir à sa recherche nous a obligés à en apprendre plus sur nous, et sur ce dont on était capables. Nos pouvoirs nous ont permis de nous rapprocher au maximum, autant que possible pour quatre personnes. Et maintenant Amanda était de retour. Ce qui nous liait avait été effacé. Le danger avait disparu. Que resterait-il ?

Après avoir bu le médicament et quitté le laboratoire, on est tous rentrés chez nous dormir. Pas pour une nuit, plutôt trois jours d'affilée. Nos parents ont dit au lycée qu'on avait la grippe. Et c'était ce qu'on ressentait : on se réveillait en ayant l'impression qu'on ne pourrait jamais se rendormir, mais, quand on regardait le réveil un peu plus tard, plusieurs heures avaient passé.

Ma mère m'a gardée à la maison jusqu'au vendredi. Seule chez moi le jeudi, j'ai joué du saxo jusqu'à avoir faim, et je me suis rendu compte que ça faisait trois heures. J'ai envoyé un message à Callie, Hal et Nia, qui m'ont répondu que eux aussi restaient chez eux. Callie était restée dehors tard avec sa mère, à observer les étoiles. Elle effectuait des calculs pour lesquels la plupart des gens avaient besoin d'un ordinateur. Nia lisait du Dickens, disant que ça l'apaisait. Et Hal dessinait. Apparemment, aucun de nous n'avait perdu ce qui, selon moi, nous définissait. La potion magique de Mme Leary ne s'y était pas attaquée.

J'aurais pu envoyer un message à Amanda, mais je m'étais tellement habituée à son absence... L'imaginer sans ses pouvoirs me faisait peur. Est-ce qu'elle allait vivre avec Thornhill, désormais ? Est-ce qu'elle allait retrouver son nom de naissance ?

Quand on est arrivé au vendredi matin, et que je suis retournée au lycée, Amanda était toujours Amanda. Je marchais depuis le parking où m'avait déposée ma mère, et Amanda m'attendait juste devant les portes. Elle portait une veste chinoise en velours bleu marine boutonnée jusqu'en haut, un jogging noir, et des Converse violettes à talons qui semblaient lui appartenir depuis toujours.

Elle ne s'est pas fatiguée à dire bonjour, comme si rien n'avait changé. Elle avait même l'air de s'ennuyer.

– Ça fait vraiment bizarre de te voir ici, ai-je dit. De retour au lycée.

– « Plus ça change, plus c'est la même chose[1] », a-t-elle répondu.

– Je..., ai-je commencé. Je ne sais même pas par quel nom t'appeler.

– J'en ai eu beaucoup, hein ? a-t-elle acquiescé. Mais Amanda est le premier que j'aie choisi toute seule, alors c'est celui que je vais garder.

– Nia m'a dit que ça signifiait « Celle qui doit être aimée ».

– Ça me plaît, a-t-elle répondu.

Elle n'a rien dit au sujet du « doit », mais c'était important pour moi. Je n'avais jamais eu le choix, avec elle. On avait été amies dès qu'on s'était rencontrées. Ce soir-là, ma mère avait préparé des lasagnes et la sienne une salade. Les adultes avaient discuté en mangeant des biscuits et du fromage sur la terrasse que mon père avait construite de ses mains, pendant qu'Amanda et moi jouions sur les barres de singe de mon ancienne balançoire.

---

1. En français dans le texte.

Elle a souri, comme si elle savait que je songeais à cette soirée. Était-ce le cas ?

– Tu as beaucoup dormi ? a-t-elle demandé.

– Pendant des jours.

– Moi aussi, a-t-elle répondu. Et, dès que je me réveillais et que je descendais, mon père était là, endormi sur le canapé. Prêt à sauter sur ses pieds et à me proposer des pancakes.

– Tu peux toujours... Tu as toujours des pouvoirs ?

– Et toi ? a-t-elle répliqué d'un air mystérieux.

Plus tard dans la journée, j'avais une heure de libre et je me suis dirigée vers la salle de musique pour répéter. J'avais l'impression de ne jamais avoir assez de musique. Tout à coup, j'ai vu Nia près de son casier.

– Viens avec moi à la bibliothèque, a-t-elle dit.

On a passé une heure à lire des magazines.

– Est-ce que ton pouvoir a... complètement disparu ? ai-je demandé.

Elle a baissé la tête.

– J'ai posé les mains sur tous les objets de famille chargés de significations, a-t-elle répondu. La photo de mariage de ma grand-mère, le premier trophée de foot de mon frère...

– Et ?

– Et rien, a-t-elle conclu en haussant les épaules. Et toi ?

À la table à côté de la nôtre, Kevin Hwang a jeté une boule de papier sur Elizabeth Mop.

– Nullarde ! a-t-il dit.

Ils riaient tous les deux, et je me suis rendu compte que je ne savais pas s'ils flirtaient parce qu'ils s'appréciaient, ou parce qu'ils s'ennuyaient. Quatre jours plus tôt, ils n'auraient eu aucun secret pour moi. Ma capacité de déchiffrer si bien les autres que j'en savais plus qu'eux sur leurs pensées? Elle n'était plus là.

– Tu as essayé de disparaître? a demandé Nia.

– J'ai vu M. Fowler en allant en cours de français, ce matin. Je me suis cachée. Après tout ce qui s'est passé à Washington, je ne pouvais pas faire face.

– Oh là là! s'est exclamée Nia. Je n'aurais pas voulu le croiser non plus. Tu as disparu?

– Je ne sais pas si on peut dire ça. Mais, quand j'ai détourné les yeux, je me suis imaginée en train de jouer la musique la plus typique de M. Fowler à laquelle je pouvais penser.

– Et qu'est-ce que c'était?

– Joni Mitchell, ai-je répondu. Cérébrale, féminine, profonde.

– OK, je vois.

– Et il ne m'a pas aperçue, ai-je ajouté. Ou du moins il n'a rien dit.

– Une coïncidence?

J'ai haussé les épaules.

À l'heure du déjeuner, je suis restée quelques minutes dans l'embrasure de la porte de la cafétéria, à observer la scène. Comment était-il possible que tout ait tellement changé, et que pourtant cette pièce paraisse identique? Les musiciens mangeaient toujours ensemble, tout comme la rédaction du journal scolaire, les basketteurs, l'équipe de cross, et les iGirls. Cisco et sa cour occupaient une table des premières, Béa Rossiter riait avec ses amis.

Une minute. La table des iGirls. Heidi, Lexi, Kelli et Traci y étaient installées comme d'habitude, rassemblées autour de leur reine, penchées vers elle, essayant d'attirer son attention, de partager un commentaire, un rire, un chewing-gum.

Sauf que cette reine, ce n'était pas Heidi. Lexi occupait désormais la place du milieu, et Heidi était à côté d'elle. C'était elle qui se penchait, réclamait de l'attention.

– Hmm, vous avez vu comment est habillée Heidi ? a lancé quelqu'un derrière moi.

Je me suis retournée, et j'ai vu Hal et Callie. Quand nos regards se sont croisés, ils ont baissé la tête et rougi. Ils se tenaient par la main.

J'ai souri, et rapidement reporté mon attention sur Heidi. Elle était vêtue comme d'habitude : des leggings qui moulaient ses jambes parfaites, de grosses bottes, un pull long qui semblait fait d'une matière chère, comme du cachemire et, en plus de tout ça, une cravate d'homme.

Je ne voyais pas les détails de la cravate, mais les couleurs n'allaient pas avec le pull, et elle était tachée. De plus, elle jurait avec le col gracieux du vêtement.

– Mais qu'est-ce que c'est ? a demandé Nia depuis la porte.

– Une cravate.

La réponse venait de derrière nous. On s'est retournés et on a vu Amanda, les mains sur les hanches, la lumière dans son dos nous empêchant de voir son expression. Mais le ton de sa voix indiquait qu'elle était amusée pour un quart, et intriguée pour les trois restants.

– On y va ? a-t-elle proposé.

Je suis entrée la première, suivie par Callie, Nia, Hal, et enfin Amanda. Tout le monde nous regardait, c'était évident. Après tout, Amanda avait disparu, Thornhill avait été attaqué, puis Callie, Hal, Nia et moi étions censés nous être enfuis pendant l'alarme incendie du Capitole la semaine passée. Et pourtant nous étions là tous les cinq, sans qu'aucune mesure disciplinaire n'ait été prise. Thornhill était de retour dans son bureau, à donner des retenues comme s'il ne s'était rien passé. Sauf que, ah ! oui, Thornhill et Amanda avaient fait savoir qu'ils étaient père et fille, et qu'ils vivaient ensemble. Oh ! et Amanda était de retour au lycée. On allait faire sensation pendant un bon bout de temps.

Mais ça aurait pu être pire. On aurait pu commencer à s'habiller avec des cravates vintage.

– Est-ce qu'elle a reçu cette tendance de toi ? a demandé Nia une fois qu'on a été assis.

– Vous croyez que l'échange partiel de sang l'a laissée un peu plus à part qu'avant ? a suggéré Hal.

– Regardez, a répondu Callie. Elle n'a pas choisi d'être à part comme ça, elle ne le ferait jamais. Lexi s'est imposée contre elle. Heidi a perdu son ascendant : avec son pouvoir, les gens accomplissaient sa volonté, vous vous rappelez ?

– Qu'est-ce que c'est que cette cravate, alors ? ai-je remarqué.

– Elle a peut-être pris un peu de moi, a suggéré Amanda en haussant les sourcils.

– Donc elle aurait hérité du look vintage, sans savoir comment le porter pour autant ? a proposé Hal.

Amanda a souri. Elle s'est mise à remuer son lait chocolaté avec sa paille, ignorant la question et s'est tournée vers Callie :

– Tu es contente de retrouver ta mère ?

Callie a rougi.

– Mes parents sont tellement heureux d'être ensemble, a-t-elle répondu, que c'est presque embarrassant. Hier soir, je suis redescendue pour boire un verre d'eau, et ils dansaient un slow dans la cuisine.

– Une *empanada* ? a proposé Nia en les faisant passer.

– Du baklava ? ai-je renchéri.

Cette semaine, puisqu'il n'y avait plus de réunions secrètes, ma mère avait rempli réfrigérateur et placards.

– Peut-être que ma mère me préparera aussi de quoi partager, a repris Callie en grignotant son *empanada*.

– À ce sujet..., a commencé Hal.

Notre amie a levé les yeux, interrogatrice.

– Je ne suis pas sûr qu'on ait très envie de boire ou de manger une préparation de ta mère avant longtemps...

Callie lui a jeté un bout de carotte et il a éclaté de rire. On l'a toutes imité, y compris Amanda.

C'était si bon de la voir rire. Elle n'avait pas besoin d'être sur ses gardes, de se demander qui l'observait, dans combien de temps elle devrait partir, ni de commencer une nouvelle vie sous un nouveau nom. Elle avait un père, une maison, et, si sa sœur était repartie étudier à Washington, il suffisait d'un coup de téléphone pour la joindre. Oh ! et elle nous avait, nous.

Voyez-vous, Callie, Hal, Nia et moi divisions toujours notre vie en deux : avant Amanda, et après. On avait tous fait des sacrifices : la mère d'Amanda, mon père, et d'autres C33 s'étaient sacrifiés. Mais les secrets étaient terminés. Nos existences avaient de nouveau un sens. Nous étions avec Amanda, comme nous l'avions toujours voulu. Nous n'étions plus ses guides. Nous étions ses amis.

Cet ouvrage a été mis en pages
par DV Arts Graphiques à La Rochelle
et imprimé chez Rotolito en mars 2013
pour le compte des Éditions Bayard

Imprimé en Italie
N° d'impression :

U
H
K
B
E
D
P
A
X
Z
C
B
N
O
X
R
I
G
S
S
E
K
S
Z
A
T
F
Z
L